WARCRAFT®

DER LETZTE WÄCHTER

JEFF GRUBB

Ins Deutsche übertragen von Claudia Kern

Dino

Die Deutsche Bibliothek – CIP-Einheitsaufnahme

Ein Titeldatensatz für diese Publikation ist bei der Deutschen Bibliothek erhältlich.

Dieses Buch wurde auf chlorfreiem, umweltfreundlich hergestelltem Papier gedruckt.

In neuer Rechtschreibung.

Übersetzung: Claudia Kern
Lektorat: Manfred Weinland
Redaktion: Mathias Ulinski, Holger Wiest
Chefredaktion: Jo Löffler
Umschlaggestaltung: tab visuelle kommunikation, Stuttgart
Cover art by Sam Didier
Satz: Greiner & Reichel, Köln
Druck: Nørhaven Paperback A/S, Viborg, DK
Printed in Denmark

ISBN: 3-8332-1338-8
5. Auflage, August 2006

www.paninicomics.de/videogame

Für Chris Metzen,
der die Vision behielt

PROLOG

DER EINSAME TURM

Der größere der beiden Monde war an diesem Abend zuerst aufgegangen und hing nun silbrig weiß vor einem klaren, sterngesprenkelten Himmel. In seinem schimmernden Licht erhoben sich die Gipfel der Redridge-Berge. Bei Tag zauberte die Sonne Magenta- und Rost-Töne auf die schroffen Granit-Spitzen, doch im Mondlicht erhoben sie sich nur als dunkle, grimmige Schatten. Im Westen erstreckte der Wald von Elwynn seinen schweren Baldachin aus Eichen- und Satinholz bis zum weit entfernten Meer. Im Osten breitete sich der trostlose Sumpf des Schwarzen Morasts aus, ein Land der Marschen und niedrigen Hügel, der Moore und toten Wasser, der gescheiterten Siedlungen und lauernden Gefahren. Ein Schatten huschte am bleichen Antlitz des Mondes vorbei, ein Schatten von der Größe eines Raben. Er hielt auf eine Lücke im Herzen der Berge zu.

Hier war ein gewaltiger Brocken aus den Rängen der Redrige-Kette gerissen worden und hatte ein kreisförmiges Tal zurückgelassen. Vor Urzeiten mochte hier einmal ein gewaltiger Himmelskörper niedergestürzt sein, der die Gipfel mit der Macht seines Einschlags zum Beben brachte, aber die Erinnerung an diese Heimsuchung war lange verblasst, und die Schale des Kraters hatte sich in einen Kreis steilkantiger Anhöhen verwandelt, kleiner Geschwister der gewaltigen Berge, die väterlich zu ihnen herab blickten. Keiner der alten Bäume von Elwynn wagte sich in diese Höhe, und das Innere des Hügelrings lag öde unter dem Auge des Mondes. Nur verfilztes Unkraut fristete hier ein karges Dasein.

Im Zentrum des Rings erhob sich ein nackter Hügel, so kahl wie das Haupt eines Kaufmanns aus Kul Tiras. Tatsächlich erinnerte die Art, wie die Anhöhe jäh aufstieg und sich dann sanft zu einem fast flachen Plateau neigte, an die Form eines menschlichen Schädels. Viele hatten dies im Laufe der Jahre bemerkt, doch nur wenige waren mutig oder mächtig – oder taktlos – genug gewesen, ihre Beobachtung gegenüber dem Herrn des Bühls zu erwähnen.

Auf der abgeflachten Spitze des Hügels erhob sich ein alter Turm, ein riesiger, mahnender Finger aus weißem Stein und dunklem Mörtel, eine von Menschenhand geschaffene Eruption, die stolz in den Himmel schoss und höher kletterte als die sie umstehenden Erhebungen. Der Turm leuchtete bleich im Mondlicht. Eine niedrige Mauer an seinem Fuß umrahmte einen Burghof, in dem die verfallenen Ruinen eines Pferdestalls und einer Schmiede zu erkennen waren. Aber der Turm dominierte alles.

Einst hatte man diesen Ort Karazhan genannt. Einst war er das Domizil des letzten der rätselhaften Wächter von Tirisfal gewesen. Einst hatte dieser Ort gelebt. Jetzt war er nur noch verlassen und vergessen.

Ein Schweigen lag über dem Turm, und doch waren Bewegungen in ihm zu erkennen. In der Umarmung der Nacht huschten stille Gestalten von Fenster zu Fenster. Phantome tanzten auf Balkonen und Brüstungen. Weniger als Geister, doch mehr als bloße Erinnerungen, waren sie Treibgut der Vergangenheit, das vom Fluss der Zeit angeschwemmt worden war. Diese Schatten hatte der Besitzer des Turms in seinem Wahn losgebrochen, und jetzt waren sie verdammt, ihre Theaterstücke, ihre Komödien und Tragödien, immer und immer wieder in der Stille des verlassenen Turms aufzuführen. Verflucht zum Inszenieren, wurde ihnen aber gleichzeitig des Künstlers größer Schatz, ein Publikum, das ihre Possen hätte genießen können, verweigert.

Doch eines Tages brach sich in der Stille das weiche Kratzen eines Stiefels. Es wiederholte sich. Eine Bewegung blitzte im schimmernden Mondlicht auf, ein Schatten vor dem weißen Stein, das Flattern eines zerrissenen, roten Mantels in der kühlen Nachtluft. Eine Gestalt schritt über die oberste Brüstung des Turms, die vor einem Raum lag, der vor Jahren als Observatorium gedient hatte.

Die Tür zum Observatorium öffnete sich mit kreischenden Scharnieren und stoppte jäh, als Rost und der Lauf der Zeit sie lähmten. Die Gestalt hielt einen Moment lang inne. Dann legte sie einen Finger auf das Scharnier und murmelte ein paar ausgesuchte Worte. Danach schwang die Tür vollends und völlig lautlos auf, die Scharniere waren wie neu. Der Eindringling erlaubte sich ein Lächeln.

Das Observatorium war als solches unbrauchbar geworden. Was an Apparaturen noch übrig war, lag zerschmettert in der Kammer verstreut. Der Eindringling, selbst fast so still wie ein Geist, nahm ein zertrümmertes Astrolabium vom Boden auf, dessen Gradskala in irgendeinem längst vergessenen Wutanfall von starker Hand verbogen worden war. Jetzt war das Gerät nur noch ein Klumpen Gold, schwer und tot.

Plötzlich gab es eine weitere Bewegung in der Kammer, und der Eindringling blickte auf. Jetzt stand eine geisterhafte Gestalt neben einem der vielen Fenster, das Phantom eines breitschultrigen, bärtigen Mannes, dessen einst dunkles Haar an den Rändern vorzeitig ergraut war. Es war eine der Scherben der Vergangenheit. Von ihrem Platz genommen, wiederholte sie ihre Aufgabe immer und immer wieder. Egal ob sie einen Betrachter hatte oder nicht.

Gerade hob der dunkelhaarige Mann das Astrolabium, den noch heilen Zwilling jenes Instruments, das der Eindringling in Händen hielt, und justierte es an einem kleinen Knopf an der Seite. Ein Moment, ein prüfender Blick, eine weitere Drehung des Knopfes … und dunkle Brauen furchten sich über geisterhaften, grünen Augen. Noch ein Moment, noch ein prüfender Blick, noch ein Drehen des Knopfes … Schließlich seufzte die große, beeindruckende Gestalt und stellte das Astrolabium auf einen Tisch, der schon lange nicht mehr existierte. Dann verschwand sie.

Der Eindringling nickte. Solcher Spuk hatte Karazhan schon früher heimgesucht, damals, als der Turm noch bewohnt war. Aber jetzt, aus der Kontrolle (und dem Wahnsinn) ihres Meisters entlassen, waren die Phantome dreist geworden. Nichtsdestotrotz gehörten diese Trümmer der Vergangenheit hierher – im Gegensatz zu ihm. Er war der Störenfried, nicht sie.

Der Eindringling durchquerte den Raum und gelangte an die Treppe, die nach unten führte. Während er die Stufen hinabstieg, flackerte hinter ihm wieder der Spuk des älteren Mannes auf und wiederholte seine Aktion. Er hob das Astrolabium und richtete es auf einen Planeten, der schon vor langer Zeit in andere Bereiche des Himmels aufgebrochen war.

Der Eindringling bewegte sich indes im Turm abwärts, durchquerte Stockwerke und Gänge, um andere Treppen und andere Gänge zu erreichen. Keiner der Räume war ihm verschlossen, auch jene nicht, die hinter festen Riegeln ruhten oder deren Türen Rost und Alter versiegelt hatten. Ein paar gemurmelte Worte, eine Berührung, eine Geste, und die Fesseln flogen auf, Rost sammelte sich in roten Haufen am Boden, Scharniere bewegten sich lautlos. An ein oder zwei Orten glommen Schutzzauber, trotz ihres Alters immer noch mächtig. Der Eindringling blieb für einen Augenblick nachdenklich vor ihnen stehen und suchte in seiner Erinnerung nach dem passenden Gegenzauber. Er sprach das richtige Wort, machte die richtige Handbewegung, zerschmetterte die Magie, die hier noch wirksam war, und schritt unbeeindruckt weiter.

Während er seinen Weg durch den Turm fortsetzte, wurden die Schatten der Vergangenheit stetig unruhiger und aktiver. Jetzt, da sie ein Publikum hatten, schien es, als drängte es die vergessenen Geschichten sich zu erzählen, und sei es auch nur, um sich von diesem Ort zu befreien. Was immer sie einst an Klang besessen haben mochten, war vor langer Zeit verwittert, und nur die Bilder waren zurückgeblieben, wandelten durch die Hallen.

Der Eindringling ging an einem greisen Diener in dunkler Livree vorbei, der langsam über einen leeren Gang schlurfte. Der gebrechliche, alte Mann trug ein silbernes Tablett, und Scheuklappen zierten die Seiten seines Kopfes. Der Störenfried durchquerte die Bibliothek, wo eine grünhäutige junge Frau, ihm den Rücken zugewandt, saß und sich über ein altes Buch beugte. Er durchschritt einen Bankettsaal, an dessen einem Ende eine Gruppe von Musikanten geräuschlos aufspielte, während Tänzer in einer Gavotte wirbelten. Am anderen Ende brannte eine große Stadt, deren Flammen vergeblich gegen die Steinwände und verrotteten Wandteppiche leckten. Der Eindringling ging durch die schweigenden Flammen. Sie konnten ihm nichts anhaben, aber sein Gesicht verzog sich angespannt, als er ein weiteres Mal Zeuge wurde, wie die mächtige Stadt Stormwind um ihn herum niederbrannte.

In einem Raum saßen drei junge Männer um einen Tisch und erzählten sich längst vergessene Lügen. Becher aus Metall lagen auf dem Tisch und darunter. Der Störenfried stand lange vor diesem Bild, bis eine Phantom-Kellnerin eine neue Runde brachte. Er schüttelte den Kopf und ging weiter.

Fast auf der untersten Ebene angekommen, trat er auf einen niedrigen Balkon hinaus, der unsicher wie ein Wespennest an der Mauer über dem Haupteingang hing. Dort, vor dem Turm, zwischen dem Eingang und dem zerfallenen

Pferdestall, stand ein einzelnes, geisterhaftes Bild, einsam und verloren. Es bewegte sich nicht wie die anderen, es stand nur da, unsicher, zögernd, ein Fragment der Vergangenheit, das nicht entlassen worden war. Ein Fragment, das auf ihn wartete.

Das bewegungslose Bild zeigte einen jungen Mann mit schwarzem, unordentlichem Haar, durch das ein breiter, weißer Streifen verlief. Das schüttere Haar eines Bartes, der gerade erst zu sprießen begonnen hatte, tat seinem Gesicht keinen Gefallen. Ein ramponierter Rucksack lag zu Füßen des Jungen, der einen rot versiegelten Brief in der Hand hielt.

Dies war kein Geist, wusste der Eindringling, obwohl der Jüngling inzwischen tot sein mochte, im Kampf unter einer fremden Sonne gefallen. Dies war eine Erinnerung, Treibgut der Vergangenheit, gefangen wie ein Insekt im Bernstein. Sie wartete auf ihre Befreiung. Sie wartete auf ihn.

Der Störenfried legt die Hände auf das steinerne Sims des Balkons und blickte hinaus über den Burghof, über die Anhöhe, über den Hügelring. Schweigen herrschte im Mondlicht, und auch die Berge schienen den Atem anzuhalten und auf ihn warten.

Der Eindringling hob eine Hand und intonierte eine Reihe gesungener Worte. Zunächst kamen die Reime und Rhythmen leise, dann lauter, und schließlich wurden sie zu Rufen, zu Schreien. Sie zerschmetterten die Stille. In der Ferne nahmen Wölfe den seltsamen Gesang auf und warfen einen heulendem Kontrapunkt zurück.

Und das Bild des geisterhaften Jungen, dessen Füße im

Schlamm gefangen schienen, atmete tief ein. Es packte den mit Geheimnissen beladenen Rucksack auf seine Schultern und schleppte sich auf das Tor von Medivhs Turm zu.

EINS

KARAZAHN

Khadgar umklammerte das rot versiegelte Empfehlungsschreiben und versuchte verzweifelt, sich an seinen eigenen Namen zu erinnern. Tagelang war er geritten, hatte verschiedene Karawanen begleitet und sich schließlich allein durch die weiten, dunklen Wälder von Elwynn auf den Weg nach Karazhan gemacht. Dann der beschwerliche Aufstieg in die Berge, bis er diesen ruhigen, einsamen Ort erreicht hatte. Selbst die kalte Luft schien hier von besonderer Art zu sein. Nun stand der junge Mann mit dem dünnen Bart im Hof, wund und müde im schwindenden Licht der Abenddämmerung, versteinert vor Angst angesichts dessen, was er jetzt tun musste: beim mächtigsten Magier von Azeroth vorstellig werden.

Es ist eine große Ehre, hatten die Weisen der Kirin Tor gesagt. Eine Gelegenheit, so versicherten sie ihm und sich selbst, die man nicht verstreichen lassen durfte. Khadgars Lehrer – ein Konklave einflussreicher Gelehrter und Zauberer – hatten ihm erzählt, wie sie schon seit Jahren versuchten, ein geneigtes Ohr im Turm von Karazhan zu finden. Die Kirin Tor wollten erfahren, welches Wissen der mächtigste Zauberer des ganzen Landes in seiner Bibliothek versteckte, welche Forschungen er betrieb. Und vor allem wollten sie, dass dieser geheimnisvolle Einzelgänger endlich begann, für sein Erbe zu planen und einen Nachfolger heranzuziehen.

Der große Medivh und die Kirin Tor stritten offenbar seit Jahren über dies und anderes, und erst jetzt gab der Magus ein paar ihrer flehentlichen Bitten nach. Erst jetzt wollte er einen Schüler annehmen. Ob dies bedeutete, dass das einhelligen Berichten zufolge überaus harte Herz des Zauberers endlich weich wurde, ob es nur ein diplomatischer Schachzug war, oder ob der Magier endlich seine Sterblichkeit zu spüren begann, war Khadgars Meistern gleichgültig. Der mächtige, unabhängige (und für Khadgar höchst geheimnisvolle) Magier hatte um einen Assistenten gebeten, und die Kirin Tor, die das magische Königreich von Dalaran regierten, waren überglücklich, dieser Bitte nachkommen zu dürfen.

So wurde der junge Khadgar ausgewählt und losgeschickt – mit einer Liste von Forderungen, Anweisungen, Befehlen, Gegenbefehlen, Bitten, Vorschlägen, Ratschlägen und weiteren Forderungen seiner Meister. Frage Medivh nach den Kämpfen seiner Mutter mit Dämonen, hatte Guzbah, sein Erster Lehrer, gebeten. Durchforste seine Bibliothek nach allem, was du über die Geschichte der Elfen finden kannst, bat Lady Delth. Geh all seine Bestiarien durch, befahl Alonda, der überzeugt war, dass es eine fünfte Troll-Rasse gab, die in seinen eigenen Büchern bisher noch unerwähnt geblieben war. Sei direkt, offen und ehrlich, riet Norlan, der Haupt-Kunstwerker – der große Magus Medivh schien solche Charaktereigenschaften zu schätzen. Sei fleißig und tu, was man dir sagt. Zeig immer Interesse. Steh gerade! Und vor allem … halte Augen und Ohren offen.

Die Ambitionen der Kirin Tor bereiteten Khadgar kein großes Kopfzerbrechen – seine Erziehung in Dalaran und seine Lehrzeit beim Konklave hatten ihm klar gemacht, dass seine Mentoren von einer unstillbaren Neugier auf Magie in all ihren Formen und Gestalten beherrscht waren. Ständig sammelten, katalogisierten und definierten sie Magie und lehrten ihre Schüler die gleiche Besessenheit. Khadgar unterschied sich in dieser Hinsicht nicht von den anderen.

Tatsächlich, so hatte er klar erkannt, war es wahrscheinlich gerade seine eigene nimmersatte Neugierde, die ihn erst in seine jetzige missliche Lage gebracht hatte. Seine nächtlichen Streifzüge durch die Hallen der Violetten Zitadelle von Dalaran hatten mehr als nur ein paar Geheimnisse enthüllt, die das Konklave lieber nicht an die Öffentlichkeit gelangen lassen wollte.

Die leidenschaftliche Liebe des Haupt-Kunstwerkers zum Flammenwein beispielsweise; oder Lady Delths Neigung zu jungen Kavalieren, die kaum halb so alt waren wie sie selbst; oder die heimliche Sammlung des Bibliothekars Korrigan, der Dutzende von Pamphleten versteckt hielt, die in reißerischer und ausführlicher Manier die Praktiken historischer Dämonen-Anbeter beschrieben.

Und da war die Geschichte mit dem ehrwürdigen Arrexis, einem der größten Weisen von Dalaran, einer Grauen Eminenz, die selbst die anderen respektierten. Er war verschwunden oder gestorben oder etwas noch Schrecklicheres, und die anderen hatten sich entschlossen, darüber zu schweigen, wobei sie sogar so weit gingen, Arrexis' Namen aus ihren Annalen zu streichen. Nie wurde von ihm gesprochen, doch Khadgar hatte trotzdem herausgefunden, dass etwas mit ihm geschehen war – nur was genau, das blieb selbst seinen Nachforschungen verborgen. Khadgar besaß ein Talent dafür, den beiläufigen Hinweis zu finden, die nötige Verbindung herzustellen oder zur richtigen Zeit mit der richtigen Person zu sprechen. Es war eine Gabe, die sich noch einmal als Fluch erweisen mochte.

Jede dieser Entdeckungen konnte dazu geführt haben, dass er diese ehrenvolle (und trotz aller Planungen und Warnungen möglicherweise tödliche) Mission übertragen bekommen hatte. Vielleicht waren seine Meister zu der Ansicht gelangt, der junge Khadgar sei ein wenig *zu* gut darin, Geheimnissen nachzuspüren, und es wäre besser für das Konklave, wenn man ihn an einen Ort schickte, wo seine Neugier etwas Vorteilhaftes für die Kirin Tor bewirken konnte – oder wo er zumindest so weit von der Violetten Zitadelle entfernt war, dass er nicht noch mehr Indiskretionen über seine Meister ans Licht brachte.

Also machte sich der junge Mann mit einem Rucksack voller Notizen und einem Herzen voller Geheimnisse – und einem Kopf voller klarer Forderungen und nutzloser Ratschläge – auf den Weg. In der letzten Woche vor seiner Abreise aus Dalaran hatte ihn fast jedes Mitglied des Konklave mindestens einmal zu sich gerufen, und keiner dieser Zauberer war nicht brennend an Medivh interessiert gewesen. Für einen Magier, der im entlegendsten Winkel des Nirgendwo hauste, umgeben von Bäumen und ominösen Bergen, widmeten die Kirin Tor ihm erstaunlich große – und erstaunlich brennende – Neugierde.

Khadgar sog tief den Atem durch die Nase ein – was ihn daran erinnerte, dass er sich noch immer zu nahe bei den Pferdeställen aufhielt – und schritt auf den Turm zu. Sein Füße fühlten sich an, als zöge er sein Pack-Pony an einem Seil hinter sich her, das an seinen Knöcheln festgebunden war.

Vor ihm gähnte der Haupteingang wie eine Höhle. Er besaß weder Tor noch Fallgatter. Das machte Sinn, denn welche Armee würde sich durch den Wald von Elwynn kämpfen und die steilen Wände des Kraters erklimmen, nur um sich dann dem Magus Medivh stellen zu müssen? Es existierten keinerlei Aufzeichnungen, dass irgendjemand oder irgendetwas jemals versucht hätte, Karazahn zu belagern.

Der im Schatten liegende Eingang war so hoch, dass ein Elefant ihn hätte passieren können. Darüber hing ein breiter Balkon mit einer Balustrade aus weißem Stein. Von dort aus musste man auf einer Ebene mit den Hügeln sein, die die Anhöhe wachsam umstanden, und sogar einen Zipfel der dahinterliegenden Berge erkennen können.

Etwas huschte über die Balustrade, eine winzige Bewegung, die Khadgar eher fühlte als sah. Vielleicht eine in ein weites Gewand gehüllte Gestalt, die vom Balkon zurück in den Turm trat. Beobachtete man ihn? Jedenfalls gab es niemanden, der kam, um ihn zu begrüßen. Wurde erwartet, dass er sich allein in den Turm begab?

„Du … bist … der … Neue?“, fragte schleppend eine sanfte, dunkle Stimme.

Khadgar, der den Kopf noch immer hoch zum Balkon gereckt hatte, schrie beinahe vor Schreck auf. Vor ihm war eine gebeugte, dürre Gestalt aus den Schatten des Eingangs herausgetreten.

Das krumme Geschöpf sah nur vage menschlich aus, und einen Augenblick lang fragte sich Khadgar, ob Medivh Waldtiere verwandelte, um sie als Diener für sich arbeiten zu lassen. Diese Kreatur hier erinnerte ihn an ein haarloses Wiesel, dessen langes Gesicht von etwas eingerahmt wurde, das aussah wie ein Paar schwarzer Rechtecke.

Die Wiesel-Gestalt trat weiter aus den Schatten heraus und wiederholte ihre Frage. „Du … bist … der … Neue?“ Jedes Wort wurde mit einem eigenen Atemzug artikuliert, eingeschlossen in eine eigene kleine Kiste, isoliert von den anderen. Die Kreatur trat nun vollkommen ans Licht und gab sich als nicht mehr und nicht weniger Bedrohliches zu erkennen als einen peitschendürren alten Mann in einer dunklen Kammgarn-Livree. Ein Diener – aber zweifellos wohl doch ein Mensch. Er trug noch immer die dunklen Rechtecke an den Seiten seines Kopfes, wie einen Satz Ohrenschützer, die sich nach vorne bis zu seiner weit vorstehenden Nase hin erstreckten.

Der Besucher bemerkte, dass er den alten Mann anstarrte. „Khadgar“, sagte er. Dann, einen Augenblick später, hielt er das Empfehlungsschreiben hoch. „Von Dalaran. Khadgar von Dalaran, im Königreich von Lordaeron. Ich bin von den Kirin Tor gesandt. Von der Violetten Zitadelle. Von Dalaran. In Lordaeron.“ Ihm war, als werfe er kleine Wort-Steine in einen großen, leeren Brunnen, und er hoffte, der alte Mann werde auf irgendeines dieser Wurfgeschosse reagieren.

„Natürlich bist du Khadgar“, entgegnete der alte Mann. „Von den Kirin Tor. Von der Violetten Zitadelle. Von Dalaran. Von Lordaeron.“ Der Diener nahm den ihm dargebotenen Brief, als sei das Dokument ein lebendiges Reptil, und nachdem er die zerknitterten Ecken glattgestrichen hatte, steckte er es in die Weste seiner Livree, ohne es geöffnet zu haben. Nachdem Khadgar den Brief so viele Meilen getragen und beschützt hatte, fühlte er einen seltsamen Verlustschmerz. Dieses Schreiben stellte seine Zukunft dar, und er sah es ungern verschwinden, sei es auch nur für kurze Zeit.

„Die Kirin Tor schicken mich, um Medivh zu assistieren. Lord Medivh. Der Zauberer Medivh. Medivh von Karazhan.“ Khadgar wurde klar, dass er nur einen halben Schritt davon entfernt war, in einem vollkommenen Gestammel zusammenzubrechen, und mit einer entschlossenen Anstrengung schloss er fest den Mund.

„Da bin ich mir sicher“, sagte der Diener. „Dass die Kirin Tor dich geschickt haben, meine ich.“ Er klopfte auf das Siegel des Briefes, der aus seiner Weste hervorschaute. Dann tauchte eine dünne Hand unter die andere Seite seiner Weste und zog ein Paar schwarze Rechtecke hervor, das durch ein dünnes Metallband miteinander verbunden war. „Scheuklappen?“

Khadgar blinzelte. „Nein. Ich meine, nein danke.“

„Moroes“, sagte der Diener.

Khadgar schüttelte den Kopf.

„Ich bin Moroes“, sagte der Diener. „Verwalter des Turms. Medivhs Kastellan. Scheuklappen?“ Wieder hob er die schwarzen Rechtecke, die wie Zwillinge jenen glichen, die sein eigenes, schmales Gesicht umrahmten.

„Nein, danke … Moroes“, sagte Khadgar, dessen Gesicht vor Neugier zu zucken begann.

Der Diener drehte sich um und gab Khadgar mit einem schwachen Wink seines Armes zu verstehen, ihm zu folgen.

Khadgar nahm seinen Rucksack auf und musste sich sputen, um den Diener einzuholen, der schon weit vor ihm ging und in den Schatten kaum mehr zu erkennen war. Obwohl er sehr gebrechlich wirkte, bewegte sich der Verwalter mit einem erstaunlichen Tempo.

„Seid Ihr allein im Turm?“, fragte Khadgar, als sie begannen, eine geschwungene Treppe mit breiten, niedrigen Stufen empor zu steigen. Der Stein senkte sich in der Mitte, wo ihn Myriaden von Diener- und Gäste-Füßen abgeschliffen hatten.

„Häh?“, machte der Diener.

„Seid Ihr allein?“, wiederholte Khadgar seine Worte und fragte sich, ob er gezwungen sein würde, wie Moroes zu sprechen, um verstanden zu werden. „Lebt Ihr hier allein?“

„Der Magus ist hier“, antwortete Moroes mit einer keuchenden Stimme, die so dünn und so tot wie Grabesstaub klang.

„Ja, natürlich“, sagte Khadgar.

„Würde nicht viel Sinn machen, dass du hierher kommst,

wenn er es nicht wäre“, fuhr der Diener fort. „Hier, meine ich.“

Khadgar überlegte, dass die Stimme des Alten so düster klang, weil sie nicht oft benutzt wurde. „Natürlich“, stimmte er zu. „Sonst noch jemand?“

„Du. Jetzt“, fuhr Moroes fort. „Mehr Arbeit, sich um zwei zu kümmern, als um einen. Nicht, dass man mich fragte.“

„Also nur Ihr und der Zauberer dann, normalerweise?“, sagte Khadgar. War der Verwalter wegen seiner Wortkargheit angestellt (oder geschaffen) worden?

„Und Köchin“, sagte Moroes. „Obwohl Köchin nicht viel redet. Aber danke der Nachfrage.“

Khadgar versuchte verzweifelt, sich zurückzuhalten und nicht mit den Augen zu rollen, aber er schaffte es nicht. Möglicherweise verhinderten jedoch die Scheuklappen zu beiden Seiten von Moroes’ Kopf, dass der Verwalter sein despektierliches Verhalten bemerkte.

Sie erreichten ein erstes Stockwerk und kreuzten einen ersten Gang, der von Fackeln beleuchtet wurde. Moroes schritt sofort munter auf einen weiteren Aufgang in der Mitte abgewetzter, geschwungener Stufen zu, doch Khadgar blieb einen Augenblick stehen, um die Fackeln zu betrachten. Er hielt eine Hand bis auf wenige Zoll an die flackernde Flamme, aber er fühlte keine Hitze. Khadgar fragte sich, ob die kalten Flammen im gesamten Turm zu finden waren. In Dalaran benutzte man phosphoreszierende Kristalle, die ein gleichmäßiges, konstantes Glühen ausstrahlten, doch bei seinen Nachforschungen war er auf Berichte von reflektierenden Spiegeln gestoßen und auf Elementargeister, die in

Laternen gefangen gehalten wurden – und ein Buch sprach von riesigen gefangenen Glühwürmchen. Doch diese Feuer schienen wie festgefroren zu sein.

Moroes, der schon halb die nächste Treppe hinauf war, drehte sich langsam um und gab ein keuchendes Husten von sich. Khadgar beeilte sich, ihm zu folgen. Offenbar behinderten die Scheuklappen den alten Verwalter nicht sonderlich.

„Warum die Klappen?“, fragte Khadgar.

„Häh?“, machte Moroes.

Khadgar berührte die Seiten seines eigenen Kopfes. „Die Scheuklappen. Warum?“

Moroes verzog sein Gesicht zu einer Grimasse, von der Khadgar nur annehmen konnte, dass sie ein Lächeln darstellen sollte. „Magie ist stark hier. Stark. Und falsch. Manchmal. Man sieht … hier … Dinge. Wenn man nicht vorsichtig ist. Ich bin vorsichtig. Andere Besucher, deine Vorgänger, waren das weniger. Sie sind jetzt nicht mehr hier.“

Khadgar dachte an das Phantom, das er auf dem überhängenden Balkon gesehen oder nicht gesehen hatte, und nickte.

„Köchin trägt eine Brille aus Rosenquarz-Linsen“, fügte Moroes hinzu. „Schwört darauf.“ Er machte eine kleine Pause, dann fügte er hinzu: „Köchin ist in dieser Hinsicht etwas töricht.“

Khadgar hoffte, Moroes würde etwas gesprächiger werden, sobald er sich an ihn gewöhnt hatte. „Also, Ihr seid schon lange im Haushalt des Magiers?“

„Häh?“, machte Moroes wieder.

„Ihr seid schon lange bei Medivh?", fragte Khadgar und hoffte, dass man seiner Stimme die Ungeduld nicht anhörte.

„Lange genug", sagte der Verwalter. „Zu lange. Scheint mir wie Jahre. Die Zeit ist hier so." Der verwitterte Diener ließ seine Stimme verklingen, und die beiden gingen weiter schweigend die Treppe hinauf.

„Was wisst Ihr über ihn?", wagte Khadgar schließlich zu äußern. „Den Magus, meine ich."

„Frage wohl eher", sagte Moroes und öffnete noch eine Tür, die eine weitere Treppe enthüllte, „was weißt du?"

Khadgars eigene Nachforschungen in dieser Angelegenheit waren erstaunlich unproduktiv gewesen und seine Ergebnisse enttäuschend dürftig. In der Großen Bibliothek der Violetten Zitadelle (und in ein paar Privatbibliotheken und geheimen Sammlungen) fand sich wenig über den großen und mächtigen Medivh. Dies war doppelt seltsam angesichts der Tatsache, dass jeder Magier in Dalaran Ehrfurcht vor Medivh zu empfinden und die eine oder andere Sache von ihm zu wünschen schien. Einen Gefallen, eine Gunst, eine kleine Information.

Medivh war offenbar ein ziemlich junger Mann – nach den Maßstäben von Zauberern. Er war erst in seinen Vierzigern, und während eines Großteils seines Lebens schien er keinerlei Wirkung auf seine Umgebung besessen zu haben. Das war eine Überraschung für Khadgar. Die meisten Berichte, die er gehört und gelesen hatte, beschrieben unabhängige Zauberer als extrem angeberisch, furchtlos im Spiel mit Geheimnissen, die nicht für Menschen bestimmt sind, und normalerweise tot, verkrüppelt oder verdammt, weil sie sich mit Mächten einließen, die ihre eigenen Kräfte überstiegen. Die meisten Geschichten, die er als Kind über nicht dalaranische Magier gehört hatte, endeten mit der gleichen Moral: Ohne Zurückhaltung, Kontrolle und Vernunft nehmen die wilden, untrainierten und autodidaktischen Magier stets ein böses Ende (und manchmal, aber nicht oft, zerstören sie dabei noch einen Großteil des Landes).

Doch Medivh hatte weder eine Burg über sich zum Einsturz gebracht, noch seine Atome über das Twisting Nether verteilt und auch keinen Drachen beschworen, ohne zu wissen, wie man einen solchen Feuerspeier kontrolliert. Das ließ entweder große Zurückhaltung oder große Macht vermuten. Angesichts des Rummels, den die Gelehrten um Khadgars Mission gemacht hatten, und der endlosen Liste von Anweisungen, die man ihm mitgegeben hatte, entschied der Junge, dass Letzteres der Fall sein musste.

Doch trotz all seiner Nachforschungen konnte Khadgar nicht herausfinden, was diesem Medivh den enormen Respekt eingetragen hatte, den er genoss. Nichts wies auf irgendwelche großen Leistungen des Magiers hin, auf wichtige Forschungen oder eine einzigartige Entdeckung – was die offensichtliche Ehrfurcht erklärt hätte, mit der die Kirin Tor diesem unabhängigen Magus begegneten. Keine gewaltigen Kriege, keine großen Eroberungen, keine mächtigen Schlachten. Die Barden wurden merklich einsilbig, wenn es um Dinge ging, die Medivh betrafen, und ansonsten geschwätzige Boten wussten nichts beizusteuern, wenn es an der Zeit war, die Verdienste des Zauberers zu diskutieren.

Und doch, so erkannte Khadgar, gab es hier etwas Wichtiges, etwas, das in den Gelehrten der Violetten Zitadelle eine Mischung aus Furcht, Respekt und Neid weckte. Die Kirin Tor erkannten in der magischen Wissenschaft normalerweise keine Zauberer außerhalb ihres Zirkels als gleichwertigen; tatsächlich versuchten sie sogar oft, jene Magier, die der Violetten Zitadelle nicht die Treue geschworen hatten, in ihrem Tun zu behindern. Und doch verneigten sie sich in tiefster Ehrfurcht vor Medivh. Warum?

Khadgar besaß nur ein paar Wissensfetzen – lückenhafte Informationen über die Eltern (Guzbah war besonders interessiert an Medivhs Mutter), ein paar an den Rand eines Zauberbuchs gekritzelte Notizen, in denen der Name Medivhs auftauchte, und die Erwähnung gelegentlicher Besuche in Dalaran. All diese Besuche hatten innerhalb der letzten fünf Jahre stattgefunden, und offenbar traf sich Medivh nur mit älteren Magiern, wie beispielsweise jenem inzwischen verschollenen Arrexis.

Um es zusammenzufassen: Khadgar wusste so gut wie gar nichts über diesen angeblich so mächtigen Zauberer, dem er zugewiesen worden war. Und da er Wissen als seine Rüstung und sein Schwert betrachtete, fühlte er sich jämmerlich schlecht gewappnet für die Begegnung, die ihm nun bevor stand.

Laut sagte er: „Nicht viel."

„Häh?", keuchte Moroes und drehte sich halb auf der Treppe um.

„Ich sagte, ich weiß nicht viel", sagte Khadgar lauter, als er es eigentlich wollte. Seine Stimme hallte von den nackten

Wänden wider. Die Treppe war jetzt geschwungen, und Khadgar fragte sich, ob der Turm tatsächlich so hoch war, wie er von außen schien.

„Natürlich weißt du nichts“, sagte Moroes. „Junge Leute wissen nie viel. Das ist es, was sie jung macht, nehme ich an.“

„Ich meine …“, begann Khadgar irritiert. Er machte eine Pause und atmete tief ein. „Ich meine, ich weiß nicht viel über Medivh. Ihr habt mich gefragt.“

Moroes hielt für einen Moment inne. Sein Fuß schwebte mehrere Zoll über der nächsten Stufe. „Ich nehme an, das habe ich getan“, sagte er schließlich und begann, weiter die Treppe hinauf zu steigen.

„Wie *ist* er?“, fragte Khadgar mit fast flehender Stimme.

„Wie alle anderen auch, nehme ich an“, sagte Moroes. „Gibt Sachen, die er mag. Gibt Sachen, die er hasst. Hat seine Launen. Gute Tage und schlechte. Wie alle anderen auch.“

„Und zieht sich erst ein Hosenbein an und dann das andere“, seufzte Khadgar.

„Nein. Er schwebt in seine Hosen hinein“, erklärte Moroes. Der alte Diener blickte sich zu Khadgar um, und der Junge erkannte die flüchtige Andeutung eines Lächelns auf dem Gesicht des Greises. „Noch eine Treppe.“

Die letzte Treppe wand sich sehr eng um sich selbst, und Khadgar nahm an, dass sie sich der Turmspitze näherten. Der alte Diener ging weiter voran.

Die Treppe öffnete sich in einen kreisförmigen Bereich, der von einer breiten Brüstung umgeben war. Khadgar hatte richtig vermutet, sie befanden sich ganz oben im Turm, in einem großen Observatorium. Wände und die Decke wurden von kristallenen Fenstern durchbrochen, die klar und sauber waren.

Während er und Moroes den Turm hinaufgestiegen waren, hatte sich die Nacht vollkommen herabgesenkt, und draußen wölbte sich der Himmel dunkel und mit Sternen übersät.

Im Observatorium selbst herrschte Dämmerlicht. Ein paar Fackeln verströmten das gleiche kalte Licht, das Khadgar schon zuvor bemerkt hatte. Doch diese hier waren teilweise abgedeckt, damit man den Nachthimmel betrachten konnte. Ein nicht entzündetes Kohlebecken befand sich in der Mitte des Raumes, wahrscheinlich vorbereitet für später, da die Temperatur bis zum Morgen sicherlich fallen würde.

Mehrere große, geschwungene Tische zogen sich an der äußeren Wand des Observatorium entlang und waren mit allen möglichen Apparaten vollgestellt. Silberne Waagen und goldene Astrolabien dienten als Beschwerer für Papiere oder als Lesezeichen, die alte Bücher auf bestimmten Seiten offen hielten. Ein Modell, das die planetaren Bewegungen am Himmelsgewölbe darstellte, stand halb auseinandergenommen auf einem Tisch. Dünne Drähte und zusätzliche Planeten-, Sonnen- und Mond-Perlen lagen neben den empfindlichen Werkzeugen. Ein Dutzend Notizbücher stapelte sich an einer Wand, und weitere lagen in Kisten, die unter die Tische gequetscht worden waren. Eine Karte des Kontinents war über einen Rahmen gezogen und zeigte die südlichen Länder von Azeroth und Khadgars Heimat Lordaeron ebenso wie die einsiedlerischen Zwergen- und Elfen-Königreiche von Khaz Modan und Quel'Thalas. Zahlreiche kleine Nadeln bedeckten die Karte, doch Khadgar erkannte nicht, wofür die Markierungen standen.

Und Medivh war hier. Denn der Mann dort in mittleren Jahren, der sein langes Haar auf dem Rücken zu einem Zopf zusammengeflochten trug, konnte unmöglich jemand anderes sein. In seiner Jugend war sein Haar wahrscheinlich ebenholzschwarz gewesen, doch jetzt ergraute es bereits langsam an den Schläfen und entlang des Bartes. Khadgar wusste, dass viele Zauberer frühzeitig alterten, da die Kontrolle der magischen Kräfte, die sie zu nutzen verstanden, großer Anstrengungen bedurfte.

Medivhs Gewänder waren für einen Magier sehr schlicht, aber dennoch elegant und auf seine große Gestalt abgestimmt. Ein kurzes Chasuble, das nicht mit Verzierungen geschmückt war, hing an der Taille über das Beinkleid, das in riesigen Stiefeln endete. Ein schwerer, kastanienbrauner Mantel lag um seine breiten Schultern. Die Kapuze war zurückgeworfen.

Nachdem sich Khadgars Augen an die Dunkelheit gewöhnt hatten, musste er feststellen, dass sein erster Eindruck, die Kleidung des Zauberers sei schmucklos, falsch gewesen war. Tatsächlich war sie mit so feinem Silber-Filigran durchsetzt, dass es auf den ersten Blick unsichtbar war. Khadgar blickte auf den Rücken des Magiers und erkannte das stilisierte Gesicht irgendeiner alten Dämonen-Legende. Er blinzelte, und das Muster verwandelte sich in einen zusammengerollten Drachen, dann in einen Nachthimmel.

Medivh hatte dem alten Diener und dem jungen Mann den Rücken zugewandt und ignorierte sie vollkommen. Er stand an einem der Tische, ein goldenes Astrolabium in der einen Hand, ein Notizbuch in der anderen. Er war in Gedanken versunken, und Khadgar fragte sich, ob dies eines der „Dinge" war, vor denen Moroes ihn gewarnt hatte.

Khadgar räusperte sich und trat einen Schritt nach vorne, aber Moroes hob eine Hand. Khadgar erstarrte auf der Stelle. Ein magischer Spruch hätte ihn nicht wirksamer bannen können.

Stattdessen trat der greise Diener leise an die Seite des Meistermagiers und wartete darauf, dass Medivh seine Gegenwart wahrnahm. Eine Minute verging. Eine zweite. Am Ende hätte Khadgar schwören können, dass eine Ewigkeit verstrichen war.

Der Magus setzte das Astrolabium ab und kritzelte ein paar Zeichen in sein Notizbuch. Er schloss es mit einem scharfen Schnappen und blickte zu Moroes.

Als er das Gesicht des Zauberers nun erstmals betrachten konnte, dachte Khadgar, Medivh sei viel älter als seine angeblichen Vierziger. Das Gesicht war von tiefen Falten durchzogen und verwittert. Khadgar fragte sich, welche Magie Medivh praktizierte, die solch ausgeprägte Spuren auf seinen Zügen hinterließ.

Moroes griff in seine Weste und holte das zerknitterte Empfehlungsschreiben heraus, dessen Siegel hier im Fackelschein wie geronnenes Blut aussah. Medivh wandte sich um und betrachtete den Jungen.

Die Augen des Magiers lagen tief unter dunklen, schweren Brauen, aber Khadgar erkannte sofort die Kraft darin. Etwas tanzte und flackerte in diesen tiefgründigen, grünen Augen, etwas Mächtiges, etwas möglicherweise Unkontrolliertes. Etwas Gefährliches. Der Meistermagier blickte zu ihm, und nach einem Moment fühlte sich Khadgar, als habe der Zauberer seine gesamtes Leben betrachtet und es für nicht interessanter befunden als das eines Käfers oder das einer Fliege.

Medivh wandte den Blick von Khadgar ab und widmete seine Aufmerksamkeit dem noch immer versiegelten Brief. Khadgar entspannte sich sofort, als sei ein großes, hungriges Raubtier an ihm vorbei gegangen, ohne ihn eines zweiten Blickes zu würdigen.

Seine Erleichterung dauerte nicht lange. Medivh ließ den Brief ungeöffnet. Stattdessen zogen sich seine Brauen leicht zusammen, und das Pergament ging rauschend in Flammen auf. Das Feuer sammelte sich an dem von Medivh abgewandten Ende des Dokuments und flackerte in intensivem Blau.

Als Medivh sprach, klang seine Stimme sowohl tief als auch amüsiert.

„So“, sagte der Magier und ignorierte den Umstand, dass Khadgars Zukunft in seinen Händen loderte, „es scheint also, als sei unser kleiner Spion endlich eingetroffen.“

ZWEI

GESPRÄCH MIT DEM MAGUS

„Stimmt etwas nicht?“, fragte Medivh, und Khadgar merkte plötzlich, wie der Blick des Meistermagiers wieder schwer auf ihm lastete. Wieder fühlte er sich wie ein Käfer, dieses Mal jedoch wie einer, der versehentlich über den Tisch eines Käfersammlers gekrochen war. Die Flammen hatten das Empfehlungsschreiben bereits zur Hälfte verschlungen. Das Wachssiegel schmolz und tropfte auf die Fliesen des Observatoriums.

Khadgar war sich darüber im Klaren, dass seine Augen und sein Mund weit offen standen, sein Gesicht blutlos und bleich war. Er versuchte, die Luft zu einer Antwort aus seinen Lungen zu zwingen, doch ihm gelang nur ein ersticktes Röcheln.

Die dunklen, schweren Brauen kräuselten sich amüsiert. „Bist du krank? Moroes, ist der Junge krank?“

„Etwas außer Atem vielleicht“, sagte Moroes in gelangweiltem Tonfall. „Es war ein langer Aufstieg.“

Schließlich gelang es Khadgar, seine Sinne genügend zu sammeln, um zu sagen: „Das Schreiben!“

„Ah“, sagte Medivh. „Ja. Danke, ich hatte es fast vergessen.“ Er ging zu dem Kohlebecken hinüber und ließ das brennende Pergament hinein fallen. Ein blauer Feuerball explodierte spektakulär bis auf Schulterhöhe und sank dann zu einer normal aussehenden Flamme herab, die den Raum mit einem warmen, rötlichen Leuchten erfüllte. Von dem Empfehlungsschreiben und seinem roten Siegel – das Symbol der Kirin Tor – war nichts mehr zu sehen.

„Aber Ihr habt es nicht gelesen!“, sagte Khadgar, dann fing er sich. „Ich meine, Herr, bei allem gebührenden Respekt …“

Der Meistermagier lachte leise und ließ sich in einen großen Sessel aus Leinwand und dunklem, geschnitztem Holz nieder. Das Kohlebecken beleuchtete sein Gesicht und unterstrich die tiefen Falten, die sich zu einem Lächeln geformt hatten. Trotzdem konnte Khadgar sich nicht entspannen.

Medivh beugte sich in seinem Sessel vor und sagte: „‚Oh, Großer und Verehrter Magus Medivh, Meistermagier von Karazhan, ich entbiete Euch die Grüße der Kirin Tor, der Herren der gelehrtesten und mächtigsten aller magischen Akademien, Gilden und Gesellschaften, der Berater der Könige, der Lehrer der Gelehrten, der Enthüller der Geheimnisse …‘ Das geht noch eine ganze Zeit lang so weiter, und mit jedem Satz blasen sie sich ein bisschen mehr auf. Und? Wie schlag ich mich bisher?“

„Das kann ich nicht sagen“, antwortete Khadgar. „Mir wurde aufgetragen …“

„… den Brief nicht zu öffnen“, beendete Medivh den Satz. „Aber du hast ihn trotzdem aufgemacht.“

Der Meistermagier blickte Khadgar direkt in die Augen, und dem jungen Mann stockte der Atem. In Medivhs Blick flackerte etwas, und Khadgar fragte sich, ob der Meistermagier die Macht besaß, Zauber zu wirken, ohne dass irgendjemand es bemerkte.

Khadgar nickte langsam und wappnete sich für die Antwort.

Medivh lachte laut. „Wann?“

„Auf der … auf der Reise von Lordaeron nach Kul Tiras“, sagte Khadgar, unsicher, ob die Worte seinen potenziellen Mentor amüsieren oder verärgern würden. „Wir lagen für zwei Tage in einer Flaute und …“

„… die Neugier ging mit dir durch“, beendete Medivh wieder seinen Satz. Er lächelte, und es war ein reines, weißes Lächeln unter dem ergrauenden Bart. „Ich hätte den Brief wahrscheinlich schon geöffnet, sobald Dalarans Violette Zitadelle außer Sicht geraten wäre.“

Khadgar atmete tief ein und sagte: „Ich dachte auch darüber nach, aber ich fürchtete, sie würden Wahrsage-Zauber einsetzen, zumindest auf die kurze Entfernung.“

„Und du wolltest weit von jedem Zauber und jeder Nachricht entfernt sein, die dich hätte zurückrufen können, weil du den Brief geöffnet hast. Und du hast ihn wieder gut genug zusammengesetzt, um ein flüchtiges Auge zu täuschen. Du warst dir sicher, ich würde das Siegel sofort brechen und nicht bemerken, dass du daran herumgepfuscht hast.“ Medivh erlaubte sich ein leichtes Lächeln, aber dann zog er sein Gesicht zu einem festen, konzentrierten Knoten zusammen. „Wie habe ich das gemacht?“, fragte er.

Khadgar blinzelte. „Was gemacht, Herr?“

„Wie habe ich gewusst, was in dem Brief stand?“, fragte Medivh mit herabgezogenen Mundwinkeln. „Der Brief, den ich gerade verbrannt habe, erklärt, dass ich von dem Spürsinn und der Intelligenz des jungen Khadgar zutiefst beeindruckt sein werde. Beeindrucke mich.“

Khadgar blickte Medivh an, und das joviale Lächeln, das nur wenige Sekunden zuvor seinen Mund umspielte, hatte sich vollkommen aufgelöst. Das freundliche Gesicht war jetzt dem Antlitz einer primitiven Stein-Gottheit gewichen, streng und nachtragend. Die Augen, in denen gerade noch Humor blitzte, schienen nun nur mit Mühe eine versteckte Wut verbergen zu können. Die Brauen ballten sich zusammen wie die dunkle Sturmfront eines Gewitters.

Khadgar stammelte für einen Augenblick sinnlos, dann sagte er: „Ihr habt in meinem Geist gelesen.“

„Ein naheliegender Gedanke“, sagte Medivh. „Aber nein. Du bist im Augenblick ein brodelnder Eintopf von Nerven, und das macht es unmöglich, deinen Geist zu lesen. Einmal falsch.“

„Ihr habt diese Art von Schreiben schon früher bekommen“, sagte Khadgar. „Von den Kirin Tor. Ihr wisst, welche Art von Briefen sie schreiben.“

„Auch möglich“, sagte der Meistermagier. „Da ich solche Briefe erhalten *habe* und sie dazu *neigen*, sich in Selbstbeweihräucherung zu suhlen. Aber du kennst die genauen Worte genau so gut wie ich. Ein guter Versuch und der offensichtlichste, aber erneut hast du Unrecht. Zweimal falsch.“

Khadgars Mund formte sich zu einer straffen Linie. Sein

Geist raste, und sein Herz hämmerte in seiner Brust. „Sympathetische Magie", sagte er schließlich.

Medivhs Augen ließen nicht erkennen, was hinter ihnen vorging, und seine Stimme blieb ruhig. „Erkläre."

Khadgar nahm einen tiefen Atemzug. „Eine der wesentlichen Formen von Magie. Wenn jemand einen Gegenstand berührt, dann lässt er einen Teil seiner eigenen magischen Aura oder Schwingung darin zurück. Da die Auren von Mensch zu Mensch verschieden sind, ist es möglich, sich mit dem einen zu verbinden, indem man das andere beeinflusst. Auf diese Art kann man die Haarlocke einer Person verwenden, um einen Liebeszauber auf sie zu legen, oder man kann eine Münze zu ihrem ursprünglichen Besitzer zurückverfolgen."

Medivhs Augen verengten sich leicht, und er strich sich mit einem Finger über das bärtige Kinn. „Fahre fort."

Khadgar hielt für einen Moment inne und fühlte das Gewicht von Medivhs Blick, der auf ihn drückte. Das war alles, was er aus Vorlesungen wusste. Er hatte den halben Weg zum Ziel zurückgelegt. Aber wie hatte Medivh die sympathetische Magie genutzt, um herauszufinden …

„Je mehr jemand einen Gegenstand benutzt, desto stärker die Resonanz", sagte Khadgar schnell. „Also erlangt ein Gegenstand, der viel verwendet wird und viel Aufmerksamkeit erfährt, eine stärkere Sympathie." Die Worte sprudelten jetzt konzentrierter und schneller aus ihm hervor. „Also besitzt ein Dokument, das jemand geschrieben hat, mehr Aura als ein leeres Pergament. Die Person konzentriert sich auf das, was sie schreibt, also …" Khadgar gab seinen Gedanken einen Augenblick Zeit, um seine Zunge einzuholen. „Ihr *habt* in einem Geist gelesen, aber nicht in dem meinen – sondern in dem Geist des Schreibers dieses Briefes zu dem Zeitpunkt, als er ihn schrieb! Ihr habt seine Gedanken aufgefangen, die die Worte verstärkten."

„Ohne den Brief tatsächlich öffnen zu müssen", sagte Medivh, und das Licht blitzte wieder in seinen Augen. „Also, wie könnte dieser Trick einem Gelehrten nützen?"

Khadgar blinzelte für einen Moment und sah von dem Meistermagier weg. Er versuchte, dessen stechendem Blick zu entgehen. „Man könnte Bücher lesen, ohne sie lesen zu müssen."

„Sehr nützlich für einen Forscher", sagte Medivh. „Du gehörst zu einer Gemeinschaft von Gelehrten. Warum tut ihr das nicht?"

„Weil … weil …" Khadgar dachte an den alten Korrigan, der in seiner Bibliothek alles finden konnte, selbst die kleinste Randnotiz. „Ich glaube, wir tun es, aber nur die älteren Mitglieder des Konklaves."

Medivh nickte. „Und das ist so, weil …?"

Khadgar dachte einen Moment nach, dann schüttelte er den Kopf.

„Wer würde noch schreiben, wenn alles Wissen mit einem geistigen Trick – mit einem Aufflammen von Magie – aufgesaugt werden könnte?", schlug Medivh vor. Er lächelte, und Khadgar erkannte, dass er den Atem angehalten hatte. „Du bist nicht schlecht. Wirklich nicht schlecht. Kennst du deine Gegenzauber?"

„Bis zur fünften Stufe", erklärte Khadgar.

„Kannst du einen mystischen Blitz erzeugen?“, schoss Medivh sofort hinterher.

„Einen oder zwei, aber es kostet mich viel Kraft“, antwortete der junge Mann, der plötzlich das Gefühl hatte, dass das Gespräch wieder eine ernste Wendung nahm.

„Und deine primären Elemente?“

„Am stärksten in der Flamme, aber ich kenne sie alle.“

„Natur-Magie?“, fragte Medivh. „Reifen, Pflücken, Ernten? Kannst du einem Samen die Jugend entziehen, bis er zu einer Blume wird.“

„Nein, Herr. Ich wurde in einer Stadt trainiert.“

„Kannst du einen Homunkulus herstellen?“

„Die Doktrin mag das nicht, aber ich verstehe die Prinzipien“, sagte Khadgar. „Wenn Ihr neugierig seid …“

Medivhs Augen leuchteten für einen Moment auf, und er sagte: „Du bist von Lordaeron aus übers Meer gefahren? Welche Art von Boot?“

Khadgar fühlte sich einen Augenblick von der plötzlichen Wendung des Gesprächs überrumpelt. „Äh … ähm … ein tirassianischer Segler, die *Freundliche Brise*“, antwortete er.

„Aus Kul Tiras“, schloss Medivh. „Menschliche Besatzung?“

„Ja.“

„Hast du überhaupt mit der Mannschaft gesprochen?“

Wieder fühlte Khadgar, wie er von einem Gespräch in ein Verhör glitt.

„Ein wenig“, sagte er. „Ich glaube, sie fanden meinen Akzent lustig.“

„Die Mannschaften der Schiffe von Kul Tiras finden alles

Mögliche lustig“, sagte Medivh. „Irgendwelche Nichtmenschen an Bord?“

„Nein, Herr“, sagte Khadgar. „Die Tirassianer erzählten Geschichten von Fischleuten. Sie nannten sie Murlocs. Gibt es die wirklich?“

„Ja“, sagte der Magus, „es gibt sie. Welchen anderen Völkern bist du begegnet? Abgesehen von Menschen.“

„In Dalaran waren mal ein paar Gnome“, sagte Khadgar. „Ich habe Kunstwerker der Zwerge in der Violetten Zitadelle getroffen. Ich kenne Drachen aus den Legenden. In einer der Akademien habe ich einmal einen Drachenschädel gesehen.“

„Was ist mit Trollen oder Kobolden?“, fragte Medivh.

„Trolle“, sagte Khadgar. „Vier bekannte Rassen von Trollen. Vielleicht gibt es eine fünfte.“

„Das ist wahrscheinlich der Unsinn, den Alonda lehrt“, murmelte Medivh, aber er gab Khadgar mit einer Handbewegung zu verstehen, dass er weitersprechen sollte.

„Trolle sind wild, größer als Menschen. Sehr, sehr groß, sehr drahtig. Mit langgestreckten Gesichtern. Äh …“ Er dachte einen Moment nach. „Stammesorganisation. Leben fast vollkommen abgeschieden von den zivilisierten Ländern. Fast ausgestorben in Lordaeron.“

„Kobolde?“

„Viel kleiner, eher die Größe von Zwergen. Genau so einfallsreich, aber auf eine zerstörerische Art. Furchtlos. Ich habe gelesen, dass alle Kobolde wahnsinnig sind.“

„Nur die intelligenten“, sagte Medivh. „Du weißt von Dämonen?“

„Natürlich, Herr", antwortete Khadgar schnell. „Ich meine, aus den Legenden, Herr. Und ich kenne die richtigen Gegen- und Schutzzauber. Alle Magier, die in Dalaran erzogen werden, lernen das vom ersten Tag an."

„Aber du hast noch nie einen beschworen", sagte Medivh. „Oder warst dabei, wenn jemand anderes einen beschworen hat."

Khadgar blinzelte. War diese Frage ein Trick? „Nein, Herr. Das würde ich mir nicht einmal im Entferntesten einfallen lassen."

„Daran zweifle ich nicht", sagte der Magus, und in seiner Stimme lag ein Hauch von Schärfe. „Weißt du, was ein Wächter ist?"

„Ein Wächter?" Khadgar hatte das Gefühl, dass das Gespräch schon wieder eine vollkommen unerwartete Wendung nahm. „Ein Wachmann? Ein Hüter? Vielleicht ein fremdes Volk? Ist es eine Art von Monster? Vielleicht ein Beschützer gegen Monster?"

Jetzt lächelte Medivh und schüttelte den Kopf. „Mach dir keine Sorgen. Du *sollst* es gar nicht wissen. Das gehört mit zum Trick." Dann blickte er auf und sagte: „Also. Was weißt du über *mich*?"

Khadgar warf einen Blick auf Moroes, den Kastellan … wollte einen Blick werfen, musste aber plötzlich erkennen, dass der Diener verschwunden war, sich wieder in Schatten aufgelöst hatte. Der Junge stotterte für einen Moment. „Die Magier der Kirin Tor schätzen Euch sehr", gelang es ihm schließlich, diplomatisch hervorzubringen.

„Offensichtlich", sagte Medivh schroff.

„Ihr seid ein mächtiger, unabhängiger Magier. Man sagt, Ihr seid ein Berater von König Llane von Azeroth.“

„Wir kennen uns schon lange“, bestätigte Medivh mit einem Nicken.

„Abgesehen davon …“ Khadgar zögerte und fragte sich, ob der Magier wirklich seine Gedanken lesen konnte.

„Ja?“

„… nichts Genaues, das das hohe Ansehen erklären würde …“ sagte Khadgar.

„Und die Furcht“, fügte Medivh hinzu.

„… und den *Neid*“, beendete Khadgar den Satz. Er fühlte sich von den Fragen unter Druck gesetzt und war sich nicht sicher, wie er antworten sollte. Er fügte schnell hinzu: „Nichts Genaues, das den tiefen *Respekt* erklären würde, den die Kirin Tor für Euch empfinden.“

„Und so soll es sein“, fauchte Medivh gereizt und rieb sich die Hände über den Kohlebecken. „So soll es sein.“ Khadgar konnte nicht verstehen, wie dem Meistermagier kalt sein konnte. Er selbst fühlte, wie ihm vor Nervosität Schweiß den Rücken hinablief.

Schließlich blickte Medivh auf, und der sich zusammenbrauende Sturm lag wieder in seinen Augen. „Aber was weißt du über *mich*?“

„Nichts, Herr“, sagte Khadgar.

„Nichts?“ Medivh hob seine Stimme, und sie schien durch das Observatorium zu hallen. „Nichts? Du bist den ganzen weiten Weg für *nichts* gekommen? Du hast dir nicht einmal die Mühe gemacht, etwas herauszufinden? Vielleicht war ich nur eine Entschuldigung für deine Meister, um dich loszuwerden. Sie hofften wohl, dass du auf der Reise sterben würdest. Es wäre nicht das erste Mal, dass jemand das versucht hätte."

„Es gab nicht sehr viel herauszufinden. Ihr habt nicht so viel getan", antwortete Khadgar heftig, fast wütend. Dann zog er tief den Atem ein und erinnerte sich daran, mit wem er hier sprach, und was er sagte. „Ich meine, nicht viel, was ich herausfinden konnte. Ich meine …"

Er erwartete einen Wutausbruch, doch Medivh kicherte nur. „Und was *hast* du herausgefunden?", fragte er.

Khadgar seufzte. „Ihr stammt aus einer Familie von Zauberern. Euer Vater war ein Magier in Azeroth, ein Nielas Aran. Eure Mutter war Aegwynn, was vielleicht ein Titel ist und kein Name, da er seit mindestens acht Jahrhunderten immer wieder auftaucht. Ihr seid in Azeroth aufgewachsen und kennt König Llane und Lord Lothar seit Eurer Kindheit. Darüber hinaus …" Khadgar ließ seine Stimme verklingen. „… nichts."

Medivh blickte in das Kohlebecken und nickte. „Nun, das *ist* etwas. Mehr, als die meisten Leute herausfinden."

„Und Euer Name bedeutet ‚Bewahrer der Geheimnisse'", fügte Khadgar hinzu. „Auf Hoch-Elfisch. Das habe ich auch herausgefunden."

„Nur zu wahr", sagte Medivh, der plötzlich sehr müde wirkte. Er starrte für eine Weile in das Kohlebecken. „Aegwynn ist kein Titel", sagte er schließlich. „Es ist nur der Name meiner Mutter."

„Dann gab es mehrere Aegwynns, wahrscheinlich ein Familienname", meinte Khadgar.

„Nur eine“, erwiderte Medivh ernst.

Khadgar lachte nervös auf. „Aber dann wäre sie …“

„… mehr als siebenhundertfünfzig Jahre alt gewesen, als ich geboren wurde“, sagte Medivh mit einem Schnauben. „Sie ist viel älter. Ich kam spät in ihrem Leben. Was vielleicht mit ein Grund dafür ist, dass die Kirin Tor sich so dafür interessieren, was ich in meiner Bibliothek aufbewahre. Was der Grund dafür ist, dass sie dich geschickt haben. Um dies herauszufinden.“

„Herr“, sagte Khadgar so ernsthaft, wie es ihm möglich war. „Um ehrlich zu sein, jeder Magier bis auf die allerhöchsten unter den Kirin Tor will, dass ich *etwas* über Euch herausfinde. Ich werde ihnen gefällig sein, so gut ich kann, doch wenn es Material gibt, das Ihr beschränkt oder verborgen halten möchtet, so kann ich dies vollkommen verstehen …“

„Wenn ich glauben würde, dass das nicht so wäre, dann hättest du es nicht durch den Wald bis hierher geschafft“, sagte Medivh mit fester Stimme. „Ich brauche zunächst einmal jemanden, um die Bibliothek zu sortieren und zu organisieren, dann arbeiten wir in den alchemistischen Laboren. Ja, ich denke, man kann dir trauen. Du siehst, ich kenne die Bedeutung deines Namens ebenso gut wie du die Bedeutung des meinen. Moroes!“

„Hier, Herr“, sagte der Diener, der sich plötzlich aus den Schatten manifestierte. Khadgar sprang erschreckt in die Höhe.

„Bring den Jungen nach unten in sein Quartier und sorg dafür, dass er was isst. Er hat einen langen Tag hinter sich.“

„Natürlich, Herr“, sagte Moroes.

„Ein Frage, Meister“ sagte Khadgar, nachdem er sich wieder gefangen hatte. „Ich meine, Lord Magus, Herr.“

„Du kannst mich Medivh nennen. Ich höre auch auf ‚Bewahrer der Geheimnisse‘ und ein paar andere Namen, die nicht alle bekannt sind.“

„Was habt Ihr gemeint, als Ihr sagtet, Ihr kennt meinen Namen?“, fragte Khadgar.

Medivh lächelte, und der Raum schien plötzlich wieder warm und behaglich zu werden. „Du sprichst kein Zwergisch“, bemerkte er.

Khadgar schüttelte den Kopf.

„Mein Name bedeutet ‚Bewahrer der Geheimnisse‘ auf Hoch-Elfisch. Dein Name bedeutet ‚Vertrauen‘ in der alten Zwergensprache. Also werde ich mich an deinen Namen halten, mein junger Khadgar, *mein Vertrauen.*“

Moroes brachte den Jungen in sein Quartier, das auf halbem Wege den Turm hinab lag, und spulte mit seiner geisterhaften Stimme Erklärungen ab, während er die Stufen hinunter schlurfte. Das Essen in Medivhs Turm war eine einfache Angelegenheit – Haferbrei und Wurst zum Frühstück, ein kaltes Mittagessen und ein großes, herzhaftes Abendessen, normalerweise ein Eintopf oder ein Braten, der mit Gemüse serviert wurde. Köchin zog sich nach dem Abendessen zurück, aber es gab immer Reste für eine späte Mahlzeit. Medivh pflegte einen Arbeits- und Lebensrhythmus, den man nachsichtig „launenhaft“ bezeichnen konnte, und Moroes und Köchin hatten schon vor langer Zeit gelernt, wie man ihm mit einem minimalen Maß an Unannehmlichkeiten für die eigene Person gefällig war.

Moroes informierte den jungen Khadgar, dass er – der er Assistent war und nicht Diener – diesen Luxus nicht genießen würde. Von ihm würde man erwarten, dem Meistermagier zur Verfügung zu stehen, wann immer dieser es für nötig erachtete.

„Als Schüler erwarte ich nichts anderes", erklärte Khadgar.

Moroes wandte sich mitten in einem Schritt um (sie gingen gerade eine Galerie entlang, die einen Raum überblickte, der wie eine Empfangshalle oder ein Ballsaal aussah). „Noch kein Schüler, Junge", schnaufte der Greis. „Noch lange nicht."

„Aber Medivh sagte …"

„Dass du die Bibliothek sortieren kannst", sagte Moroes. „Die Arbeit eines Assistenten, nicht die eines Schülers. Schon andere sind hier Assistenten gewesen. Keiner von ihnen wurde Schüler."

Khadgars runzelte die Stirn und fühlte, wie die Hitze eines Errötens sein Gesicht überzog. Er hatte nicht erwartet, dass es in der Hierarchie des Magiers eine Ebene *unter* dem Schüler gab. „Wie lange, bis ich …?"

„Kann ich nicht sagen, wirklich nicht", keuchte der Diener. „Niemand hat es bisher so weit geschafft."

Khadgar lagen zwei Fragen gleichzeitig auf der Zunge, aber er zögerte. Dann fragte er: „Wie viele andere ‚Assistenten' hat es gegeben?"

Moroes trat an das Geländer der Galerie, und seine Augen

blickten ins Leere. Khadgar fragte sich, ob der Diener nachdachte, oder ob ihn die Frage aus der Fassung gebracht hatte. Der Saal unter ihnen war spartanisch eingerichtet. Ein schwerer Tisch in der Mitte, um ihn herum ein paar Stühle. Es war überraschend ordentlich, und Khadgar vermutete, dass Medivh nicht sehr viele Bankette gab.

„Dutzende", sagte Moroes schließlich. „Mindestens. Die meisten von ihnen aus Azeroth. Ein Elfling. Nein, zwei Elflinge. Du bist der erste von den Kirin Tor."

„Dutzende", wiederholte Khadgar tonlos, und ihm rutschte das Herz in die Hose, als er sich fragte, wie oft Medivh schon einen jungen Möchtegern-Magier in seinem Dienst willkommen geheißen hatte.

Er stellte die andere Frage. „Wie lange haben sie durchgehalten?"

Dieses Mal schnaufte Moroes und sagte: „Tage. Manchmal Stunden. Ein Elf hat es nicht einmal die Turmstufen hinauf geschafft." Er tippte an seine rechte Scheuklappe. „Sie *sehen* Dinge, weißt du?"

Khadgar dachte an die Gestalt auf dem Balkon und nickte nur.

Schließlich trafen sie in Khadgars Quartier ein, das in einem Seitengang lag, nicht weit vom Bankettsaal entfernt. „Mach dich zurecht", sagte Moroes und reichte Khadgar die Laterne. „Die Latrine liegt am Ende des Saals. Unter dem Bett steht ein Topf. Komm runter in die Küche. Köchin macht dir etwas Warmes."

Khadgars Kammer war ein schmaler Keil des Turms, der eher für einen kontemplativen Klosterbruder geeignet schien als für einen Magier. Ein schmales Bett stand an einer Wand, ein ebenso schmaler Tisch, über dem ein leeres Regal hing, an der anderen. Außerdem gab es noch einen Schrank für seine Kleider. Khadgar warf seinen Rucksack in den Schrank und trat an das kleine Fenster.

Es bestand aus einer dünnen Scheibe verbleiten Glases, die senkrecht auf einem Drehzapfen in der Mitte angebracht war. Khadgar drückte gegen eine Hälfte, und das Fenster öffnete sich langsam. Öl sickerte aus dem Drehzapfen.

Die Aussicht zeigte ihm, dass er noch immer sehr hoch oben im Turm war. Die runden Hügel, die den Turm umgaben, lagen grau und kahl im Licht der Zwillingsmonde. Von dieser Höhe aus war klar zu erkennen, dass die Hügel einmal ein Krater gewesen waren, den die Zeitalter abgetragen hatten. War ein Berg aus diesem Ort gezogen worden wie ein verfaulter Zahn? Oder vielleicht war der Ring der Hügel gar nicht aufgestiegen, sondern der Rest der Berge war schneller gewachsen, während nur dieser Ort der Macht an seinem Platz verwurzelt blieb?

Khadgar fragte sich, ob Medivhs Mutter hier gewesen war, als das Land sich erhob. Oder sank. Oder von einem Fels aus dem Himmel getroffen wurde. Achthundert Jahre waren eine lange Zeit, selbst nach den Maßstäben eines Zauberers. Nach zweihundert Jahren, so lehrten die meisten der Musterbeispiele, wurde die Mehrzahl der menschlichen Magier tödlich dünn und gebrechlich. Siebenhundertfünfzig Jahre alt zu sein und ein Kind auf die Welt zu bringen! Khadgar schüttelte den Kopf und fragte sich, ob Medivh ihn damit auf den Arm hatte nehmen wollen.

Der Junge legte seinen Reisemantel ab und besuchte die Einrichtungen am Ende des Saals. Sie waren spartanisch, doch es gab eine Kanne mit kaltem Wasser und ein Waschbecken und einen guten, klaren Spiegel. Khadgar dachte daran, einen kleinen Zauber einzusetzen, um das Wasser zu erhitzen, aber er entschied sich, dass das kalte Wasser ihn stärken würde.

Das Wasser war tatsächlich belebend, und Khadgar fühlte sich besser, nachdem er sich umgezogen hatte und in weniger staubige Kleidung gewechselt war – ein bequemes Hemd, das ihm fast bis zu den Knien reichte und eine robuste Hose. Seine Arbeitskleidung. Er zog ein schmales Essmesser aus seinem Rucksack und ließ es, nachdem er einen Augenblick nachgedacht hatte, in einen Stiefel gleiten.

Er trat auf den Gang hinaus, und plötzlich wurde ihm klar, dass er nicht die geringste Ahnung hatte, wo eigentlich die Küche lag. Es hatte draußen beim Pferdestall keinen Küchenanbau gegeben, also lagen die Räumlichkeiten wohl im Turm. Wahrscheinlich im Erdgeschoss mit einer Pumpe, die zum Brunnen führte. Und einem direkten Weg zum Bankettsaal, egal ob dieser häufig genutzt wurde oder nicht.

Khadgar fand die Galerie über dem Bankettsaal ziemlich leicht wieder, aber er musste einige Zeit nach der Treppe suchen, die – sich eng um sich selbst windend – zu ihm hinunter führte. Vom Bankettsaal aus standen ihm mehrere Gänge zur Verfügung. Khadgar wählte den wahrscheinlichsten und endete in einer Sackgasse. Leere Räume, ähnlich seinem eigenen Quartier, säumten den Korridor. Seine zweite Wahl brachte ein ähnliches Ergebnis.

Die dritte führte den jungen Mann ins Herz einer Schlacht.

Er hatte es nicht erwartet. Er schritt gerade eine Treppe mit niedrigen Steinstufen hinunter und fragte sich, ob er eine Karte benötigen würde – oder eine Glocke oder ein Jagdhorn –, um in diesem Turm zu navigieren, und plötzlich öffnete sich die Decke über ihm zu einem leuchtenden Himmel in der Farbe frischen Blutes, und er sah sich von gepanzerten Männern umstanden, die sich auf eine Schlacht vorbereiteten.

Khagar trat sofort zurück, aber der Gang hinter ihm war verschwunden. Dort lag jetzt eine unebene, öde Landschaft, wie er sie noch nie zuvor gesehen hatte. Die Männer schrien und zeigten auf etwas, aber obwohl sie direkt neben Khadgar standen, klangen ihre Stimmen undeutlich und verzerrt, als sprächen sie in einem seltsamen Reich unter dem Wasser.

Ein Traum?, dachte Khadgar. Hatte er sich für einen Augenblick hingelegt und war eingenickt, und all dies war nur ein nächtlicher Alpdruck, den seine eigenen Sorgen gezeugt hatten? Nein. Er spürte fast die Wärme der sterbenden Sonne auf seiner Haut. Und die leichte Brise des kühlen Windes. Und die schreienden Männer, die um ihn herum wimmelten.

Es war, als habe ihn etwas vom Rest der Welt gelöst und auf seine eigene kleine Insel geworfen, die nur die allerdürftigste Verbindung zu der Realität besaß, die ihn umgab. Es war, als sei er ein Geist geworden.

Und tatsächlich ignorierten ihn die Soldaten, als sei er nur ein Phantom. Khadgar streckte eine Hand aus, um einen der Männer an der Schulter zu berühren, und zu seiner großen

Erleichterung sanken seine Finger nicht durch die zerschlagene Schulter-Platte. Es gab einen Widerstand, doch nur von amorpher Art. Er konnte die Rüstung fühlen, und wenn er sich konzentrierte, ertastete er die scharfen Grate des unebenen Metalls.

Diese Männer hatten gekämpft, erkannte Khadgar, schwer und erst vor kurzer Zeit. Nur ein Mann unter dreien trug nicht irgendeine Art von grobem Verband und wurde damit zum blutbefleckten Mahnmal des Krieges. Überall waren schmutzige Rüstungen und verbeulte Helme zu sehen. Auch die Waffen der Soldaten waren schartig, und Rot trocknete auf ihnen.

Der junge Mann begutachtete ihre Position. Sie befanden sich auf der Kuppe eines kleinen Hügels, einer winzigen Falte in der Ebene, die sich bis zum Horizont zog. Die spärliche Vegetation, die an diesem Ort existierte, war abgeholzt und für primitive Palisaden verwendet worden, die jetzt von Männern mit grimmigen Gesichtern bewacht wurden. Hier gab es keine sichere Zuflucht, keine Burg, kein Fort. Die Männer hatten diesen Ort zum Kampf gewählt, weil sie keinen anderen besaßen.

Die Soldaten traten auseinander, als sich ihr Anführer, ein großer, weißbärtiger Mann mit breiten Schultern, den Weg zwischen ihnen hindurch bahnte. Seine Rüstung war nicht weniger ramponiert als die seiner Männer, aber sie bestand aus einer Brustplatte, die über eine rote Gelehrten-Robe geschnallt war, wie sie auch unter den Kirin Tor nicht fehl am Platze gewesen wäre. Der Stoff des Gewands war mit Macht-Runen bestickt. Khadgar erkannte einige der Symbole, aber andere waren ihm fremd. Der schneeweiße Bart des Anführers reichte bis zur Taille hinab und verbarg einen Teil der Rüstung. Er trug eine rote Scheitelkappe mit einem einzelnen goldenen Edelstein auf der Stirn. In der einen Hand hielt er einen in ein Juwel auslaufenden Stab, in der anderen ein dunkelrotes Schwert.

Der Kommandant schrie die Soldaten mit jener undeutlichen Stimme an, die Khadgar an die wütende See erinnerte. Die Krieger schienen jedoch zu verstehen, was er sagte, denn sie formierten sich in geordneten Reihen entlang der Barrikaden.

Der schneebärtige Anführer strich an Khadgar vorbei, und dieser stolperte einen Schritt zurück, um ihm aus dem Weg zu gehen. Der alte Mann hätte ihn nicht bemerken sollen, genauso wenig wie die anderen blutbefleckten Krieger ihn bemerkt hatten.

Doch der Kommandant sah ihn. Seine Stimme zögerte für einen Moment, er stotterte, sein Fuß landete falsch auf dem unebenen Boden des felsigen Hügels, und er strauchelte beinahe. Aber er fing sich wieder und wandte sich um. Er betrachtete Khadgar.

Ja, er blickte Khadgar an, und es wurde dem jungen Möchtegern-Schüler klar, dass dieser alte Krieger-Zauberer ihn sah, dass er ihn *genau* sah. Die Augen des Kommandanten blickten tief in die seinen, und für einen Moment fühlte sich Khadgar wieder genau so, wie er sich gerade erst unter Medivhs sengenden Augen gefühlt hatte. Doch, wenn dies überhaupt möglich war, so war dieser Blick noch intensiver. Khadgar starrte in die Augen des Kommandanten.

Und was er sah, ließ ihn aufkeuchen. Er wandte sich ab und brach den festen Blick des Krieger-Zauberers.

Als Khadgar wieder hinsah, nickte der Kommandant ihm zu. Es war ein kurzes, beinahe abweisendes Nicken, und der Mund des alten Mannes war streng zusammengepresst. Dann wandte sich der schneebärtige Anführer wieder ab und schrie seine Krieger an, flehte sie inständig an, sich zu verteidigen.

Khadgar wollte ihm folgen, ihn einholen und herausfinden, wie er ihn sehen konnte, wenn alle anderen blind für ihn waren, und was er ihm sagen konnte – aber da explodierten Schreie um ihn, die Schreie müder Männer, die ein letztes Mal zur Pflicht gerufen wurden. Schwerter und Speere wurden zu einem Himmel erhoben, der die Farbe geronnenen Blutes hatte, und Arme zeigten auf die nahe gelegenen Kämme der düsteren Ebene.

Khadgars Blick folgte den ausgestreckten Zeigefingern der Soldaten, und er sah eine grün-schwarze Woge, die über dem nächsten Hügel erschien. Der Junge glaubte einen Moment lang, er blicke auf einen Fluss, einen arkanen, farbenfrohen Schlamm-Strom, aber dann erkannte er, dass die Woge eine Armee war, die sich den Männern näherte. Schwarz war die Farbe ihrer Rüstungen und Grün die Farbe ihres Fleisches.

Es waren Alptraum-Wesen, groteske Karikaturen der menschlichen Gestalt. Ihre jadefarbenen Gesichter wurden von schweren, breiten Kiefern dominiert, die mit langen Fängen besetzt waren. Ihre Nasen waren flach und schnüffelten wie die von Hunden. Ihre Augen waren klein, rot und hasserfüllt, und ihre schwarzen Waffen und prunkvollen Rüstungen glänzten in der ewig sterbenden Sonne dieser Welt. Als sie die Spitze der Anhöhe erreichten, stießen sie bellende Schreie aus, die die Erde zum Beben brachten.

Die Männer, die Khadgar umstanden, erhoben ihren eigenen Schlachtruf, und als die grünen Monster sich dem Hügel näherten, ließen die Soldaten rotgefiederte Pfeile auf ihre Feinde herabregnen. Als die Frontlinie der grauenhaften Kreaturen ins Stolpern geriet und fiel, wurden die Ungetüme sofort von ihren eigenen Kameraden niedergetrampelt, die ihnen nachfolgten. Ein weiterer Pfeilhagel, und eine weitere Reihe unmenschlicher Monster fiel, doch auch sie wurden von der Flut, die ihnen folgte, untergepflügt.

Rechts von Khadgar begannen Blitze über die Erde zu zucken, und die Ungeheuer schrien, als das Fleisch von ihren Knochen gekocht wurde. Khadgar dachte an den Krieger-Zauberer, aber er erkannte auch, dass diese Blitze die vorstürmenden Horden nur spärlich ausdünnten.

Und dann waren die grünen Monster bei den Männern, und die Woge aus Ebenholz und Jade brandete gegen die primitiven Palisaden. Die gefällten Stämme waren nicht mehr als Zweige in diesem Sturm, und Khadgar sah, wie die Befestigung nachgab. Einer der Soldaten, die ihm am nächsten standen, stürzte. Ein großer, dunkler Speer ragte aus seinem Leib, und wo der Mann gerade noch gestanden hatte, erschien ein Alptraum aus grünem Fleisch und schwarzer Rüstung, der heulte, als er über die Leiche hinwegtrampelte.

Entsetzt trat Khadgar zwei Schritte zurück, dann wandte er sich um und rannte …

… und warf beinahe Moroes um, der im Gang stand.

„Du bist spät", schnaufte Moroes gelassen. „Dachte schon, du hättest dich verirrt."

Khadgar wirbelte ein weiteres Mal herum und sah hinter sich keine Welt mit rotem Himmel und keine grünen Monster, nur eine verlassene Kammer mit einem leeren Kamin und Sesseln, über die weiße Tücher gebreitet waren. Die Luft roch nach Staub, der gerade eben erst aufgerührt worden war.

„Ich war …", keuchte Khadgar. „Ich sah … Ich war …"

„Am falschen Ort?", schlug Moroes vor.

Khadgar schluckte, blickte sich um und nickte schweigend.

„Dein Abendessen steht bereit", ächzte Moroes. „Verirr dich nicht wieder."

Und der dunkelgekleidete Diener drehte sich um und glitt geräuschlos aus dem Raum.

Khadgar warf einen letzten Blick auf die Sackgasse, in die er gestolpert war. Hier gab es keine mystischen Torbögen oder magischen Türen. Die Vision (wenn es eine Vision gewesen war) hatte so plötzlich geendet, wie sie begann.

Hier waren keine Soldaten. Keine grünen Monster. Keine Armee, die kurz vor der Niederlage stand. Hier war nur eine Erinnerung, die Khadgar furchtbare Angst ins Herz jagte. Sie war real. Sie hatte sich real angefühlt. Sie hatte sich *wahr* angefühlt.

Nicht die Monster oder das Blutvergießen waren es gewesen, was ihm so große Angst eingeflößt hatte. Es war der Zauberer-Krieger, der schneehaarige Kommandant, der ihn sehen konnte, der ihm tief ins Herz geblickt und ihn als unzureichend befunden hatte.

Und das Schlimmste war, dass die weißbärtige Gestalt in Rüstung und Gewand *Khadgars* Augen gehabt hatte. Das Gesicht war alt, das Haar schneeweiß, die Ausstrahlung stark gewesen, aber der Kommandant hatte die gleichen Augen besessen, die Khadgar nur wenige Minuten (und ein ganzes Leben) zuvor in dem klaren Spiegel gesehen hatte.

Khadgar verließ die Kammer und fragte sich, ob es schon zu spät war, um ein Paar Scheuklappen zu ergattern.

DREI

EINGEWÖHNUNG

„Du fängst erst mal ganz langsam an“, sagte der alte Zauberer von der anderen Seite des Tisches aus. „Schaffe Ordnung in der Bibliothek. Finde heraus, wie du sie organisieren willst.“

Khadgar nickte über Haferbrei und Wurst hinweg. Der größte Teil des Frühstücksgesprächs hatte sich um Dalaran im Allgemeinen gedreht. Worüber sprachen die Leute in Dalaran, und was waren die aktuellen Moden dort? Worum stritt man sich in den Hallen der Kirin Tor? Khadgar erzählte, dass bei seiner Abreise die aktuelle philosophische Streitfrage gewesen sei, ob man, wenn man durch Magie eine Flamme erzeugte, diese vollkommen neu ins Sein rief oder sie aus irgendeiner parallelen Dimension heraufbeschwor.

Medivh schnaufte über seinem Frühstück. „Narren. Die würden eine alternative Dimension nicht mal erkennen, wenn sie ankäme und ihnen in den Hintern träte … Also, was glaubst du?“

„Ich glaube …“, begann Khadgar, und ihm wurde klar,

dass er wieder geprüft wurde. „Ich glaube, es ist vielleicht etwas vollkommen anderes.“

„Großartig“, sagte Medivh lächelnd. „Wenn man eine Wahl zwischen zwei Alternativen hat, wählt man die dritte. Natürlich wolltest du eigentlich sagen, dass du, wenn du Feuer erzeugst, nur das inhärente Wesen des Feuers, das in deiner Umgebung enthalten ist, auf einen bestimmten Punkt konzentrierst und es so ins Sein rufst?“

„O ja“, sagte Khadgar. „Darüber hatte ich nachgedacht. Eine Zeit lang. Etwa ein paar Jahre.“

„Gut“, sagte Medivh und tupfte sich den Bart mit einer Serviette ab. „Du besitzt einen wachen Geist und eine ehrliche Einschätzung deiner eigenen Fähigkeiten. Jetzt wollen wir sehen, was du aus der Bibliothek machst. Moroes zeigt dir den Weg.“

Die Bibliothek nahm zwei Ebenen ein und befand sich in der unteren Turmhälfte. In diesem Bereich zog sich die Treppe um die Außenwände des Gebäudes und ließ einen Raum frei, der sich über zwei Stockwerke erstreckte. Ein schmiedeeisernes Podium schuf eine Galerie auf der zweiten Ebene. Die schmalen Fenster des Raumes waren mit ineinander verwobenen Eisenstäben gesichert, sodass nur wenig mehr an natürlichem Licht eindrang als auch eine abgedeckte Fackel geliefert hätte. Auf den großen Eichentischen der ersten Ebene leuchteten grau-blaue Kristallkugeln, die mit einer dicken Staubschicht überzogen waren.

Der Raum selbst war ein Katastrophengebiet. Willkürlich aufgeschlagene Bücher lagen überall verstreut, Schriftrollen hingen aufgerollt über Sesseln, und eine dünne Schicht staubigen Papiers bedeckte alles wie Laub einen Waldboden. Die noch immer an die Regale geketteten, älteren Bände waren herausgeholt worden und hingen wie Gefangene in einem Kerker von ihren Fesseln.

Khadgar begutachtete den Schaden und seufzte tief. „Du fängst erst mal ganz behutsam an“, sagte er.

„Ich könnte deine Sachen in einer Stunde packen“, erklang Moroes' Stimme aus dem Gang. Der Diener betrat die eigentliche Bibliothek nicht.

Khadgar hob ein Stück Pergament auf, das zu seinen Füßen lag. Darauf verlangten die Kirin Tor von dem Meistermagier, dass er auf ihren letzten Brief antwortete. Die andere Seite des Blattes zeigte einen dunkelroten Fleck, den Khadgar zuerst für Blut hielt, bis er erkannte, dass es die Reste eines geschmolzenen Wachssiegels waren.

„Nein“, sagte Khadgar und streichelte den kleinen Beutel, in dem er die Schreiber-Utensilien verwahrte. „Es ist nur eine größere Herausforderung, als ich zunächst erwartet hatte.“

„So was hab ich auch früher schon gehört“, sagte Moroes.

Khadgar wandte sich ihm zu, um mehr über die Nöte seiner Vorgänger zu erfahren, aber der Diener war bereits verschwunden.

Mit der Sorgfalt eines Einbrechers suchte sich Khadgar seinen Weg durch das Chaos. Es war, als habe in der Bibliothek eine Schlacht getobt. Buchrücken waren gebrochen, Einbände halb zerrissen, Seiten umgeknickt. Und das betraf nur die Bücher, die noch weitgehend heil waren. Ganze Mappeninhalte waren aus ihren Einbänden gezogen worden, und der Staub auf den Tischen bedeckte eine Schicht von Papieren und Korrespondenz. Manche der Briefe waren geöffnet, andere offensichtlich noch immer ungelesen, ihr Wissen unter dicken Wachssiegeln verborgen.

„Der Magus braucht keinen Assistenten", murmelte Khadgar, während er einen Platz am Ende eines Tisches frei räumte und einen Stuhl darunter hervorzog. „Er braucht eine Haushälterin." Dann warf er einen schnellen Blick zur Tür, um sicherzustellen, dass der Kastellan auch tatsächlich verschwunden war.

Khadgar setzte sich nieder. Der Stuhl wackelte verdächtig, sodass der Junge wieder aufstand und nach der Ursache forschte. Eines der Stuhlbeine hatte einen fetten Wälzer mit einem metallischen Einband verschoben, halb darauf gestanden. Der Deckel des Folianten war reich verziert, und der Seitenrand mit Silber überzogen.

Khadgar hob den Band auf und öffnete ihn. Da spürte er, wie sich etwas in dem Buch leicht bewegte. Ein hohles Kratzen erklang. Metall schabte an Metall, und die Augen des Jungen weiteten sich. Innerhalb des Buchrückens spulte sich etwas ab.

Dann begann der Foliant zu ticken.

Schnell schloss Khadgar den Einband wieder, und das Buch wurde nach einem scharfen Surren und einem lauten Schnappgeräusch wieder vollkommen still, während sich seine Mechanik neu justierte. Der junge Mann legte es vorsichtig auf den Tisch.

Dann bemerkte er die Brandflecken auf seinem Stuhl und auf dem Boden darunter.

„Ich ahne, warum Ihr so viele Assistenten verbraucht", seufzte Khadgar und durchquerte langsam den Raum.

Die Lage verbesserte sich nicht. Bücher hingen über Sessellehnen und Metallgeländer. Die Korrespondenz wurde umfangreicher, je tiefer er sich in den Raum bewegte, und bald versank er bis fast zu den Knien darin. In der Ecke eines Bücherregals hatte etwas ein Nest gebaut, und als Khadgar das kleine Knäuel vom Brett nahm, kullerte der winzige Schädel einer Spitzmaus heraus und zerfiel, als er auf dem Boden aufschlug, zu Staub. Die obere Ebene war wenig mehr als ein Lagerbereich. Die Bücher hatten noch nicht einmal die Regale erreicht, sondern türmten sich nur zu immer höheren Stapeln auf. Erst zu Hügeln, dann zu Bergen und schließlich zu unbezwingbaren Gipfeln.

Und es gab eine leere Stelle, doch diese sah aus, als habe jemand bei dem verzweifelten Versuch, die Menge des vorhandenen Papiers zu reduzieren, ein Feuer angezündet. Khadgar untersuchte den Bereich und schüttelte den Kopf. Hier war auch noch etwas anderes verbrannt; es bestand aus Stofffetzen, die wahrscheinlich einmal die Robe eines Gelehrten gewesen waren.

Khadgar schüttelte ein weiteres Mal den Kopf und ging zurück zu dem Tisch, auf dem er seinen Beutel mit den Schreiber-Utensilien zurückgelassen hatte. Er schüttete einen dünnen, hölzernen Federhalter und eine Handvoll Metallfedern aus, außerdem einen Stein zum Spitzen und Formen der Federn, ein Messer mit einer flexiblen Klinge, um Pergament zu schaben, einen Block Octopus-Tinte, einen kleinen Teller, in dem er die Tinte schmelzen konnte, eine

Sammlung dünner, flacher Schlüssel, ein Vergrößerungsglas und etwas, das auf den ersten Blick aussah wie eine Metall-Grille.

Er nahm die Grille, legte sie auf den Rücken und steckte eine seltsam geformte Metallfeder in ihren Bauch. Damit zog er sie auf. Dieses Geschenk, das Guzbah ihm zum Bestehen seiner ersten Prüfung als Schreiber gemacht hatte, hatte sich während der Erkundungen des Jungen in den Hallen der Kirin Tor schon des öfteren als unentbehrlich erwiesen. Im Innern des Metall-Insekts steckte ein einfacher, aber effektiver Zauber, der vor Fallen warnte.

Sobald er die Grille um eine volle Drehung aufgezogen hatte, stieß sie einen hohes Kreischen aus. Erschreckt ließ Khadgar das magische Spürgerät fast fallen, aber dann begriff er, dass ihn das Insekt nur über die Intensität der möglichen Gefahr informierte.

Khadgar betrachtete die Bücher-Haufen, die um ihn herum lagen, und murmelte einen leisen Fluch. Er wich zur Tür zurück und zog die Grille dort vollends auf. Dann holte er das erste Buch, das ihm in die Hände gefallen war – das tickende Buch – und brachte es zur Tür.

Die Grille trällerte leicht. Khadgar deponierte das Fallen-Buch nahe der Tür auf dem Boden. Er holte ein anderes Buch und brachte es zur Grille. Das Metall-Insekt schwieg.

Khadgar hielt den Atem an, hoffte, dass die Grille tatsächlich in der Lage war, alle Arten von Fallen magischer oder anderer Natur zu erkennen, und öffnete das Buch. Es war eine von sanfter, weiblicher Hand verfasste Abhandlung über die Politik der Elfen, die etwa dreihundert Jahre alt sein mochte.

Khadgar trennte das handgeschriebene Werk von dem als Falle identifizierten und ging, um das nächste zu holen.

„Ich kenne dich", sagte Medivh am nächsten Morgen bei Wurst und Haferbrei.

„Khadgar, Herr", sagte der Junge.

„Der neue Assistent", sagte der ältere Magier. „Natürlich. Vergib mir, aber meine Erinnerung ist nicht mehr das, was sie einmal war. Ich habe zu viel um die Ohren, fürchte ich."

„Etwas, wobei Ihr Hilfe brauchen könntet, Herr?", fragte Khadgar eifrig.

Der ältere Mann schien einen Augenblick darüber nachzudenken, dann sagte er: „Die Bibliothek, mein Vertrauen. Wie stehen die Dinge in der Bibliothek?"

„Gut", sagte Khadgar. „Sehr gut. Ich bin damit beschäftigt, die Bücher und Papiere zu sortieren."

„Ah. Nach Themen? Autoren?", fragte der Meistermagier.

Nach tödlich und nicht tödlich, dachte Khadgar. „Ich denke nach Themen. Viele der Werke sind anonym."

„Hmpf", machte Medivh. „Traue nie einer Sache, für die ein Mann nicht mit seinem Namen und seinem Ruf bürgt. Mach also weiter. Sag mir, was halten die Kirin Tor von König Llane? Sprechen sie je über ihn?"

Khadgars Arbeit ging mit quälender, schneckenhafter Langsamkeit voran, aber Medivh schien keine Ahnung von der Zeit zu haben, die der Junge dafür benötigte. Tatsächlich wirkte er jeden Morgen angenehm überrascht, dass Khadgar überhaupt noch bei ihnen war, und nach einem kurzen Bericht über den Fortschritt wandte sich das Gespräch stets schnell einem anderen Thema zu.

„Da wir gerade von Bibliotheken sprechen", mochte Medivh beispielsweise sagen. „Was treibt Korrigan, der Bibliothekar der Kirin Tor, denn so?"

Oder: „Wie stehen die Menschen in Lordaeron zu den Elfen? Hat man dort in den letzten Jahrzehnten welche gesehen?"

Oder: „Gibt es Legenden über Männer mit Stierköpfen in den Hallen der Violetten Zitadelle?"

Und eines Morgens, etwa eine Woche nach Khadgars Ankunft, war Medivh überhaupt nicht da.

„Weg", antwortete Moroes knapp, als Khadgar ihn fragte.

„Weg wohin?", fragte Khadgar.

Der greise Kastellan zuckte mit den Schultern, und Khadgar konnte fast hören, wie die Knochen in seinem uralten Leib klapperten. „Da drüber spricht er nicht."

„Was macht er?", drängte Khadgar.

„Da drüber spricht er nicht."

„Wann kommt er zurück?"

„Da drüber spricht er nicht."

„Er lässt mich allein in seinem Turm?", fragte Khadgar. „Ohne Aufsicht? Mit all seinen mystischen Texten?"

„Könnte ja kommen und dich bewachen", schlug Moroes vor. „Wenn's das ist, was du willst."

Khadgar schüttelte den Kopf, dann sagte er: „Moroes?"

„Jau?"

„Diese Visionen …", begann der junge Mann.

„Scheuklappen?“, fragte der Diener.

Wieder schüttelte Khadgar den Kopf. „Zeigen sie die Zukunft oder die Vergangenheit?“

„Beides, wenn ich sie gesehn hab“, sagte Moroes. „Aber normalerweise seh ich sie nicht.“

„Und diejenigen aus der Zukunft, treffen die auch ein?“, fragte der junge Mann.

Moroes stieß etwas aus, das Khadgar nur als einen tiefen Seufzer interpretieren konnte, einen leisen Wind, der all seine Knochen durchschüttelte. „Ich glaube … ja. In einer Vision sah Köchin, wie ich einen Kristall zerbrach, also versteckte sie ihn. Monate vergingen, und schließlich trug mir der Meister auf, ihm genau diesen Kristall zu bringen. Sie holte ihn aus dem Versteck, und innerhalb von zwei Minuten hatte ich ihn zerbrochen. Hatte ich gar nicht gewollt.“ Er seufzte wieder. „Am nächsten Tag bekam sie ihre Rosenquarz-Linsen. Sonst noch etwas?“

Khadgar verneinte, aber er war von Sorge erfüllt, als er die Treppe zur Bibliothek hinaufstieg. Er war in seiner Neuorganisation bisher so weit gegangen, wie er es wagte, und Medivhs plötzliches Verschwinden brachte ihn ins Schwimmen, so ganz ohne weitere Anweisung.

Der junge Möchtegern-Schüler betrat die Bibliothek. Auf der einen Seite des Raumes lagen jene Bücher (und Überreste von Büchern), die die Grille als „sicher“ beurteilt hatte, während die andere Hälfte des Raumes mit den (sich im Allgemeinen in einem besseren Zustand befindenden) Bänden gefüllt war, die offenkundig Fallen enthielten.

Die großen Tische waren mit losen Blätter und ungeöffneten Briefen bedeckt, geordnet in zwei halbwegs übersichtlichen Stapeln. Die Regale waren vollkommen leer – die Ketten hatten sich von ihren Gefangenen trennen müssen.

Khadgar hätte die Papiere sichten können, aber es war wohl besser, die Regale erst einmal wieder mit Büchern zu füllen. Die meisten der Bände trugen keinen Titel, und wenn sie einen hatten, waren ihre Einbände so ramponiert, zerkratzt und zerrissen, dass dieser nicht mehr lesbar war. Die einzige Möglichkeit, den Inhalt eines Buches zu bestimmen, bestand darin, es zu öffnen …

… was wiederum die Fallen-Bücher auslösen würde. Khadgar blickte skeptisch auf den Brandfleck am Boden und schüttelte den Kopf.

Dann begann er zu suchen, erst unter den Fallen-Büchern, dann unter den Nicht-Fallen-Büchern, bis er gefunden hatte, was er suchte. Ein Buch, auf dem das Symbol eines Schlüssels prangte.

Ein dickes Metallband, mit einem Schloss gesichert, hielt es unzugänglich. Bei all seinen Suchaktionen war Khadgar auf keinen echten Schlüssel gestoßen, aber das überraschte ihn angesichts der Organisation des Raumes wenig. Die Bindung des Buches war bemerkenswert fest, der vordere Deckel eine in rotes Leder gebundene Metallplatte.

Khadgar holte die flachen Schlüssel-Elemente aus seinem Beutel, aber keines war für das große Schloss geeignet. Schließlich benutzte Khadgar die Spitze seines Schabmessers. Es gelang ihm, die dünne Klinge durch das Schloss zu fädeln, und als er damit zudrückte, ertönte ein zufriedenstellendes *„Klick“*.

Khadgar blickte auf die Grille, die neben ihm auf dem Tisch stand. Sie war noch immer stumm.

Mit angehaltenem Atem öffnete der junge Magier den schweren Band. Der säuerliche Geruch schimmeligen Papiers drang in seine Nase. „Von Fallen und Schlössern", las er die alte Schrift laut vor. „Eine Abhandlung über das Wesen von Verriegelungsmechanismen."

Khadgar zog sich seinen Stuhl heran (der etwas niedrig geraten war, da er die drei langen Beine abgesägt hatte, um ihn besser auszubalancieren) und begann zu lesen.

Medivh blieb volle zwei Wochen fort, und in dieser Zeit eroberte sich Khadgar die Bibliothek als *sein* Territorium. Jeden Morgen stand er zum Frühstück auf, gab Moroes einen oberflächlichen Bericht über seine Fortschritte (wobei weder der Kastellan noch Köchin jemals das geringste Anzeichen von Neugierde zeigten), und danach vergrub er sich in den Büchern. Mittagessen und Abendessen wurden ihm gebracht, und oft arbeitete er bis spät in die Nacht hinein im weichen, bläulichen Licht der leuchtenden Kugeln.

Er gewöhnte sich auch langsam an das Wesen des Turms. Oft sah er Bilder aus den Augenwinkeln. Das Aufblitzen einer Gestalt in einem zerschlissenen Mantel, die sich auflöste, wenn er sich nach ihr umsah. Ein halb beendetes Wort, das durch die Luft schwebte. Eine plötzliche Kälte, als sei eine Tür oder ein Fenster offen gelassen worden. Oder eine jähe Veränderung des Luftdrucks, als habe sich irgendwo eine Geheimtür geöffnet. Manchmal ächzte der Turm im Wind, und die alten Steine rieben aneinander.

Langsam erschloss sich ihm die Natur – wenn auch nicht der genaue Inhalt – der Bücher, die in der Bibliothek zu finden waren, und er knackte die Fallen, die die wertvollsten Bände schützten. Seine Forschungen waren ihm im letzteren Fall seine große Hilfe. Er wurde bald zum Experten im Überlisten von Zaubermechanismen und gewichtkontrollierten Fallen, so wie er in Dalaran ein Fachmann im Umgang mit verschlossenen Türen und versteckten Geheimnissen gewesen war. Der Trick bei den meisten Schlössern bestand darin, die Riegel-Mechanismen (mochten sie nun magischer oder mechanischer Natur sein) davon zu überzeugen, dass man das Schloss gar nicht geknackt hatte, während es tatsächlich doch so war. Hatte man herausgefunden, was eine bestimmte Falle auslöste – ein Gewicht oder ein sich verlagerndes Stück Metall oder gar die Berührung mit Sonnenlicht oder frischer Luft –, dann war die Schlacht bereits halb gewonnen.

Es gab Bücher, die über seine Fähigkeiten hinausgingen, deren Schlösser sogar seine falschen Schlüssel und sein geschicktes Messer nicht zu knacken vermochten. Diese kamen auf die oberste Ebene, ziemlich weit nach hinten, und Khadgar entschloss sich, irgendwann herauszufinden, was sich in ihnen befand, entweder aus eigener Kraft oder indem er das Wissen darüber Medivh entlockte.

Er bezweifelte allerdings, dass ihm Letzteres gelingen würde, und fragte sich, ob der Meister die Bibliothek je anders genutzt hatte denn als Müllkippe für geerbte Texte und alte Briefe. Die meisten Magier der Kirin Tor hielten zumindest einen Anschein von Ordnung in ihren Archiven aufrecht, und die wertvollsten Bände waren versteckt. Aber bei Medivh stapelte sich alles in einem chaotischen Durcheinander, als brauche er nichts davon wirklich.

Es sei denn als Aufgabe, dachte Khadgar. *Als Aufgabe, um unliebsame Möchtegern-Schüler in die Schranken zu weisen.*

Jetzt standen die Bücher wieder in den Regalen, die wertvollsten (und unlesbarsten) mit Ketten auf der obersten Ebene gesichert, während sich die konventionelleren Abhandlungen über Militärgeschichte, die Almanache und die Tagebücher auf den unteren Ebenen befanden. Hier fanden sich auch die Schriftrollen, die von banalen Listen in Stormwind gekaufter und verkaufter Artikel bis zu Aufzeichnungen epischer Gedichte reichten. Die Letzteren waren besonders interessant, da einige von ihnen von Aegwynn handelten, die angeblich Medivhs Mutter war.

Wenn sie achthundert Jahre alt wurde, dann muss sie wirklich eine mächtige Zauberin gewesen sein, dachte Khadgar. Mehr Informationen über sie enthielten wahrscheinlich die geschützten Bücher ganz oben, ganz hinten. Bisher hatten diese Wälzer jeder höflichen und flehentlichen Bitte und jedem gewaltsamem Versuch, sie zu öffnen, widerstanden, und die Grille kreischte hysterisch vor Entsetzen, wann immer er versuchte, die Bände für sich zu erschließen.

Trotzdem hatte er mehr als genug mit dem Sortieren loser Seiten zu tun, der Wiederinstandsetzung jener Bücher, die das Alter beinahe vollständig verzehrt hatte, und dem Ordnen (oder zumindest Lesen) des größten Teils der Korrespondenz. Einige der späteren Briefe waren in Elfenschrift verfasst, und viele von ihnen, die aus den verschiedensten

Quellen stammten, waren in einer Art von Kode geschrieben. Der letztere Typus besaß sehr viele unterschiedliche Siegel, die aus Azeroth, Khaz Modan und Lordaeron stammten, sowie von Orten, die Khadgar nicht einmal im Atlas fand. Eine große Gruppe kommunizierte in Geheimschrift untereinander und mit Medivh.

Es gab mehrere alte Grimoires über Kodes, von denen sich die meisten um Brief-Verschlüsselungen und Zunftsprachen drehten. Nichts ließ sich mit dem Kode vergleichen, der in diesen Schriften benutzt wurde. Vielleicht kombinierten sie eine Reihe von Methoden, um eine vollkommen neue zu erschaffen.

So hatte Khadgar die Grimoires über Kodes zusammen mit den Fibeln zu den Elfen- und Zwergen-Sprachen vor sich auf dem Tisch liegen, als Medivh eines Abends plötzlich in den Turm zurückkehrte.

Khadgar hörte ihn nicht so sehr, als dass er seine plötzliche Präsenz spürte – so wie sich die Luft verändert, wenn eine Sturmfront über Äcker hinwegfegt. Der junge Magier drehte sich auf seinem Stuhl um, und da stand Medivh. Seine breiten Schultern füllten den Türrahmen, seine Robe bauschte sich hinter ihm, als besäße sie einen eigenen Willen.

„Herr, ich …“, begann Khadgar lächelnd und erhob sich halb aus dem Stuhl. Dann sah er, dass die Haare des Magiers in Unordnung waren. In seinen grün schimmernden Augen spiegelte sich Wut.

„Dieb!“, schrie Medivh und zeigte auf Khadgar. „Eindringling!“ Der ältere Magier hielte seine Hand auf den Jungen gerichtet und begann eine Reihe fremder Silben zu intonieren, Worte, die nicht für die menschliche Kehle gedacht waren.

Instinktiv hob Khadgar eine Hand und wob ein Schutz-Symbol in der Luft vor sich, doch es hätte genauso gut eine obszöne Geste sein können, was ihren Einfluss auf Medivhs Zauber anging. Eine Wand aus harter Luft krachte in den jungen Mann und rollte über ihn und seinen Stuhl hinweg. Die Grimoires und Fibeln schlitterten über den Tisch wie Boote, die von einer plötzlichen Böe erfasst wurden, und die Notizen tanzten wirbelnd davon.

Überrascht wurde Khadgar zurückgeworfen und fiel in eines der hinter ihm stehenden Bücherregale. Das Regal schwankte unter der Wucht des magischen Windes, und der Junge hatte Angst, dass es herabstürzen und seine ganze Arbeit zunichte machen würde. Doch das Regal hielt seine Position, während Medivh seinen mächtigen Angriff fortsetzte und sich der Druck auf Khadgar Brust verstärkte.

„Wer bist du?“, donnerte Medivh. „Was tust du hier?“

Der junge Magier kämpfte gegen das Gewicht auf seiner Brust, und es gelang ihm zu sprechen. „Khadgar“, keuchte er. „Assistent. Ordne die Bibliothek. Eure Befehle.“ Ein Teil seines Geistes fragte sich, ob das der Grund war, weshalb auch Moroes stets in solch abgehackter Weise sprach.

Medivh blinzelte bei Khadgars Worten wie ein Mann, der gerade eben aus tiefem Schlaf erwacht. Er drehte seine Hand leicht, und sofort löste sich die Welle aus harter Luft auf. Khadgar fiel auf die Knie und rang keuchend um Atem.

Medivh trat zu ihm heran und half ihm auf die Beine. „Es

tut mir Leid, Junge", begann er. „Ich hatte vergessen, dass du noch immer hier bist. Ich nahm an, du seist ein Dieb."

„Ein Dieb, der versucht, einen Raum ordentlicher zu verlassen, als er ihn angetroffen hat", sagte Khadgar. Etwas schmerzte in seiner Brust, als er atmete.

„Ja", sagte Medivh und sah sich im Raum um. Trotz des Chaos, das sein eigener Angriff verursacht hatte, nickte er. „Ja. Ich glaube, noch nie zuvor ist jemand so weit gekommen."

„Ich habe die Bücher nach Themen geordnet", sagte Khadgar, der noch immer vornüber gebeugt stand und sich die Knie hielt. „Geschichtswerke, darunter Epen, zu Eurer Rechten. Naturwissenschaften zu Eurer Linken. Legenden-Material im Zentrum, zusammen mit Sprachen und Nachschlagewerken. Die mächtigsten Texte – alchemistische Notizen, Zauberformeln und Theorie – sind auf dem Balkon zu finden, zusammen mit einigen Büchern, die ich nicht identifizieren konnte und die sehr mächtig zu sein scheinen. Um diese werdet Ihr Euch selbst kümmern müssen."

„Ja", sagte Medivh, der jetzt den Jungen ignorierte und den Raum musterte. „Exzellent. Eine hervorragende Arbeit. Sehr gut." Er blickte sich um und wirkte wie ein Mann, dessen Orientierung gerade eben wieder zurückkehrte. „Wirklich sehr gut. Das hast du gut gemacht. Jetzt komm mit."

Der Meistermagier stürzte zur Tür, dann brachte er sich abrupt zum Stehen und wandte sich um. „Kommst du?"

Khadgar fühlte sich, als sei er von einem weiteren mystischen Blitz getroffen worden. „Kommen? Wohin gehen wir?"

„Zur Turmspitze“, erklärte Medivh knapp. „Los jetzt, oder wir kommen zu spät. Wir haben nicht viel Zeit!“

Für einen Mann seines Alters bewegte sich Medivh erstaunlich behände die Treppe hinauf und nahm mit schnellem Schritt zwei Stufen auf einmal.

„Was ist da oben?“, keuchte Khadgar, als er den Magus schließlich auf einem Treppenabsatz in der Nähe der Turmspitze einholte.

„Transport“, schnappte Medivh, dann zögerte er für einen Moment. Er wandte sich um, und seine Schultern sanken herab. Kurz schien es, als sei alles Feuer aus seinen Augen verschwunden. „Ich muss mich entschuldigen. Für eben.“

„Herr?“, fragte Khadgar, dem über diese neue Wendung schwindelig wurde.

„Mein Gedächtnis ist nicht mehr das, was es einmal war, mein Vertrauen“, sagte der Magus. „Ich hätte mich daran erinnern müssen, dass du im Turm bist. Aber nach dem, was ich erfahren habe, dachte ich, du wärst …“

„Herr?“, unterbrach Khadgar. „Wir haben nicht viel Zeit?“

„Zeit“, sagte Medivh, dann nickte er, und die Kraft kehrte in sein Antlitz zurück. „Nein, wir haben nicht viel Zeit. Komm. Trödle nicht.“ Und mit diesen Worten war der ältere Mann bereits wieder auf dem Weg und nahm zwei Stufen auf einmal.

Khadgar wurde klar, dass der von Phantomen heimgesuchte Turm und die chaotische Bibliothek nicht die einzigen Gründe waren, dass Leute Medivh den Dienst quittierten, und er hastete ihm hinterher.

Der alte Kastellan wartete im Observatorium auf sie.

„Moroes“, donnerte Medivh, als er in die Kammer stürmte. „Die goldene Pfeife, bitte.“

„Jau“, sagte der Diener und reichte ihm einen dünnen Zylinder. Zwergen-Runen waren in die Seiten der Röhre geritzt und reflektierten das kalte Fackellicht des Raumes. „Nahm mir bereits die Freiheit, Herr. Sie sind hier.“

„Sie?“, fragte Khadgar. Da hörte er ein Rauschen riesiger Flügel über sich. Medivh trat auf den Wehrgang, und Khadgar blickte hinauf.

Große Vögel stiegen vom Himmel herab, und ihre Flügel leuchteten im Mondlicht. Nein, keine Vögel, erkannte Khadgar – Greife. Sie hatten die Körper großer Raubkatzen, aber ihre Köpfe und Vorderklauen glichen denen von Seeadlern, und ihre Schwingen waren golden.

Medivh hielt dem Jungen Zaumzeug hin. „Schirr deinen an, und wir können losfliegen.“

Khadgar betrachtet die großen Bestien. Der ihm am nächsten stehende Greif stieß ein lautes Kreischen aus und scharrte mit seinen klauenbewehrten Vorderbeinen über die Steinplatten.

„Ich habe noch nie …“, begann der junge Mann. „Ich weiß nicht …“

Medivh runzelte verärgert die Stirn. „Bringen die euch bei den Kirin Tor denn gar nichts bei? Ich hab keine Zeit für so was.“ Er hob einen Finger, berührte Khadgars Stirn und murmelte ein paar Worte.

Khadgar stolperte zurück und schrie vor Überraschung auf. Die Berührung des Magus fühlte sich an, als triebe ihm jemand ein heißglühendes Schwert ins Gehirn.

Medivh sagte: „Jetzt *weißt* du es. Leg deinem Greif das Zaumzeug an. Los!“

Khadgar berührte seine Stirn und stieß ein überraschtes Keuchen aus. Ja. Er *wusste* jetzt, wie man einen Greifen richtig anschirrte, und auch wie man einen ritt, sowohl mit Sattel als auch ohne, im Stil der Zwerge. Er wusste, wie man wendete, wie man ein Schweben erzwang, und vor allem, wie man sich auf eine plötzliche Landung vorbereitete.

Khadgar legte seinem Greifen das Geschirr an, während sein Schädel leicht pochte, als müsse das neue Wissen das Wissen, das sich bereits in seinem engen Kopf befand, zur Seite drängen, um sich Platz zu schaffen.

„Bereit? Folge mir!“, rief Medivh und wartete nicht auf eine Antwort.

Das Paar stieg in die Luft. Die großen Tiere strengten sich an und schlugen heftig mit den Flügeln, um mit ihrer schweren Last aufsteigen zu können. Die Ungetüme konnten Zwerge in Rüstungen tragen, aber Menschen überstiegen fast ihre Kräfte.

Khadgar warf sich mit seinem Greifen gekonnt in eine Kurve und folgte Medivh, als der Magus sich zu den dunklen Baumkronen hinabschwang. Der Schmerz in seinem Kopf breitete sich von dem Punkt aus, an dem Medivh ihn berührt hatte, und nun fühlte sich seine Stirn schwer an, und seine Gedanken kämpften sich durch einen Nebel. Trotzdem konzentrierte er sich und folgte den Bewegungen des Meistermagiers, als benutze er schon sein ganzes Leben einen Greifen.

Der jüngere Magier versuchte, zu Medivh aufzuschließen.

Er wollte ihn fragen, wohin sie flogen, was ihr Ziel sei, aber er konnte ihn nicht einholen. Und selbst wenn es ihm gelungen wäre, hätte der rauschende Wind auch die lautesten Schreie erstickt. Vor ihnen erhoben sich die Berge. Sie flogen nach Osten.

Khadgar konnte nicht sagen, wie lange sie in der Luft waren. Er döste mehrmals unruhig auf dem Greifenrücken ein, doch seine Hände hielten die Zügel fest gepackt, und der Greif folgte unbeirrbar seiner Bruder-Kreatur. Erst als Medivh sein Tier plötzlich nach rechts lenkte, schüttelte sich Khadgar aus seinem Schlaf (falls es Schlaf war) und folgte dem Meistermagier, der jetzt Kurs nach Süden nahm. Khadgars Kopfschmerzen, höchstwahrscheinlich das Ergebnis des Zaubers, hatten sich fast vollständig aufgelöst, und nur ein vages, dumpfes Pochen war geblieben.

Sie hatten die Berge hinter sich gelassen, und Khadgar erkannte, dass sie jetzt über offenes Land flogen. Unter ihnen lag das Mondlicht und spiegelte sich in Myriaden von Wasserlöchern. *Ein großes Moor oder ein Sumpf,* dachte Khadgar. Es musste jetzt früher Morgen sein. Der Horizont zu ihrer Rechten begann im Versprechen eines neuen Tages zu glühen.

Medivh ging tief und hob beide Hände über den Kopf. Er wob einen Zauber auf dem Greifenrücken, erkannte Khadgar, und obwohl dessen Geist ihm versicherte, dass auch er wusste, wie man dies tat, während man das große Tier mit den Knien lenkte, wurde ihm doch bang ums Herz bei dem Gedanken, selbst ein solches Manöver auszuführen.

Die Kreaturen ließen sich weiter fallen, und Medivh wurde plötzlich in eine Kugel aus Licht gebadet, die die Konturen seines Greifen als riesigen Schatten auf das Land unter ihnen warf. Dort machte der junge Magier ein Lager aus, das auf einer niedrigen Anhöhe lag, die aus dem Sumpf herausragte.

Sie flogen über das Lager hinweg, und Khadgar hörte unter sich Schreie und das Klappern von Rüstungen und Waffen, die hastig ergriffen wurden. Was tat Medivh?

Sie entfernten sich zunächst vom Lager. Dann aber flog Medivh eine weite Kurve, der Khadgar Bewegung um Bewegung folgte. Sie glitten wieder über das Lager, und es war jetzt heller – die Feuer, die zuvor fast erloschen gewesen waren, hatten jetzt frisches Holz als Nahrung erhalten und loderten hell in der Dämmerung. Khadgar sah, dass es eine große Patrouille war, vielleicht sogar eine Kompanie. Das Zelt des Kommandanten war reich verziert, und Khadgar erkannte das Banner von Azeroth, das darüber flatterte.

Verbündete also, denn es hieß, Medivh pflege eine sehr enge Beziehung zu König Llane von Azeroth und Lothar, dem Champion des Königreiches. Khadgar erwartete, dass Medivh landen würde, doch stattdessen grub der Magus seine Fersen in die Flanken seines Reittiers und zog den Kopf des Greifen in die Höhe. Die riesigen Schwingen des Tieres schlugen die dunkle Luft, und sie stiegen wieder auf. Nun rauschten sie nach Norden. Khadgar hatte keine andere Wahl als zu folgen, während Medivhs Lichtkugel schwächer wurde und der Meistermagier wieder die Zügel aufnahm.

Sie flogen wieder über das Marschland, und Khadgar sah ein dünnes Band unter sich, zu gerade für einen Fluss, zu breit für einen Bewässerungsgraben. Eine Straße also, die sich durch den Sumpf zog und die Inseln trockenen Landes verband, die sich aus dem Moor erhoben.

Dann näherten sie sich einer solchen Insel, auf der Khadgar ein weiteres Lager ausmachte, das auf einer von Gehölz umschlossenen Lichtung lag. Auch hier gab es Flammen, doch es waren nicht die hellen, kontrollierten Feuer der Soldaten. Diese Feuer hier waren über die gesamte Lichtung verteilt, und als sie näher herankamen, erkannte Khadgar, dass es sich um brennende Wagen handelte. Ihr Inhalt lag zusammen mit dunklen, bewegungslosen menschlichen Gestalten über den sandigen Boden verstreut.

Wie zuvor flog nun Medivh über das Lager hinweg, dann schwang er sich hoch in die Lüfte, machte eine Wende und überflog den Ort noch einmal. Khadgar folgte ihm und lehnte sich über die Seite seines Reittiers, um einen besseren Blick zu erhaschen. Es schien eine Karawane zu sein, die man geplündert und in Brand gesteckt hatte. Aber auch die Waren lagen über den Boden verstreut. Würden Banditen nicht die Beute und die Wagen an sich bringen? Gab es Überlebende?

Die Antwort auf die letzte Frage ließ nicht lange auf sich warten. Ein lauter Schrei ertönte, und eine Wolke von Pfeilen schoss aus dem Gebüsch hervor, das die Lichtung umgab.

Der Leitgreif stieß ein Kreischen aus, als Medivh die Zügel zurückriss und die Kreatur aus der Bahn der Pfeile dirigierte. Khadgar versuchte das gleiche Manöver, und das warme, falsche, tröstliche Wissen in seinem Hirn sagte ihm, dass dies die richtige Art war zu wenden. Doch im Unterschied zu Medivh ritt Khadgar zu weit vorne auf seinem Reittier, und er konnte nicht genug Zug in seinen Griff legen.

Der Greif flog eine Kurve, aber es gelang ihm nicht, allen Pfeilen zu entgehen. Spitzen mit Widerhaken durchbohrten die Federn des rechten Flügels, und das große Tier stieß einen blökenden Schrei aus, zuckte mitten im Flug und versuchte verzweifelt, mit den Schwingen zu schlagen, um außer Reichweite der Pfeile zu entkommen.

Khadgar hatte das Gleichgewicht verloren, und es war ihm unmöglich, sich wieder aufzurichten. In einem einzigen Moment schlüpften seine Hände aus den Zügeln, und seine Knie verloren den Halt um den Körper des Greifen. Sobald die feste Kontrolle des Menschen verschwunden war, bockte das Tier und warf Khadgar ab.

Er ruderte verzweifelt mit den Armen und versuchte, die Zügel wieder zu ergreifen. Die Lederriemen peitschten nach seinen Fingerspitzen und verschwanden dann in der Nacht. Zusammen mit dem Reittier.

Und Khadgar stürzte in die waffenstarrende Finsternis, die unter ihm lag.

VIER

MONSTER UND MENSCHEN

Die Luft wurde aus Khadgars Lungen getrieben, als er auf dem Boden aufschlug. Die Erde war sandig unter seinen Fingern. Er musste auf einer niedrigen Düne am Rand der Insel gelandet sein.

Voll Unbehagen kam der junge Magier auf die Beine. Aus der Luft hatte die Insel wie ein Waldfeuer ausgesehen. Hier am Boden bot sich ihm der Anblick eines Tors zur Hölle.

Die Wagen waren jetzt fast vollkommen vom Feuer verschlungen, und ihr zerstörter Inhalt lag brennend über die Insel verteilt. Kleider hatten sich im Schmutz entrollt, eingeschlagene Fässer leckten, und Früchte waren von schweren Füßen zerdrückt und in die Erde gestampft worden. Und überall lagen Leichen, reglose menschliche Gestalten in leichten Rüstungen. Gelegentlich blitzte ein Helm oder ein Schwert auf. Das mussten die Wachleute der Karawane sein, die bei ihrer Aufgabe versagt hatten.

Khadgar bewegte seine schmerzende Schulter, aber er

schien nur Prellungen und blaue Flecken davongetragen zu haben. Nichts war gebrochen. Selbst unter Berücksichtigung des Sandes hätte er eigentlich härter aufschlagen müssen. Er schüttelte den Kopf. Was auch immer an Unannehmlichkeit von Medivhs Zauber geblieben war, jetzt wurde es von größeren Schmerzen, über den ganzen Körper verteilt, überlagert.

Plötzlich bemerkte Khadgar eine Bewegung unter den Trümmern und kauerte sich nieder. Stimmen brüllten in einer unbekannten Sprache, die Khadgar als kehlig und blasphemisch empfand. Sie suchten nach ihm, hatten gesehen, wie er von seinem Reittier gestürzt war.

Khadgar sah zu, wie gebeugte Gestalten durch die Trümmer schlurften und massige Silhouetten bildeten, wenn sie vor einem der Feuer vorbeistrichen.

Etwas regte sich in seinem Geist, aber er konnte es nicht genau bestimmen. Stattdessen begann er, sich von der Lichtung fort zu schleichen, und er hoffte, die Dunkelheit würde ihn vor den Kreaturen verbergen.

Doch dem sollte nicht so sein. Hinter sich hörte er das Brechen eines Zweiges. Stiefel raschelten über Laub. Khadgar wusste, dass er nicht allein war. Er wandte sich um und sah …

… eines der Monster aus seiner Vision. Die Karikatur einer menschlichen Gestalt in Grün und Schwarz.

Das Ungeheuer war nicht so groß wie die Kreaturen in seiner Vision, und es war auch nicht so breit, aber trotzdem schien es einem Alptraum entwichen zu sein. Sein schwerer Unterkiefer wurde von nach oben ragenden Fängen dominiert, seine Augen waren klein und blickten finster. Zum ersten Mal bemerkte Khadgar die großen, spitz zulaufenden Ohren dieses Volkes. Das Wesen hatte ihn wahrscheinlich gehört, bevor es ihn sehen konnte.

Seine Rüstung war schwarz, aber sie war aus Leder, nicht aus dem Metall von Khadgars Traum. Das Monster hielt eine Fackel in der Hand, deren Licht über seine Gesichtszüge flackerte und sie noch monströser erscheinen ließ. In der anderen Hand hielt es einen Speer, der mit einer Kette kleiner, weißer Objekte dekoriert war. Entsetzt erkannte Khadgar, dass es menschliche Ohren waren, Trophäen des Massakers, das hier gerade stattgefunden hatte.

All dies wurde Khadgar in dem Moment klar, da sich Mensch und Monster gegenüber standen. Die Bestie richtete den grausig dekorierten Speer auf ihn und stieß einen lauten, herausfordernden Schrei aus.

Doch dieser Schrei fand ein jähes, ersticktes Ende, als der junge Magier ein Wort der Macht murmelte, eine Hand hob und einen Blitz in den Bauch der Kreatur fahren ließ. Die Bestie sank in sich zusammen.

Ein Teil von Khadgars Geist war erstaunt über das, was er gerade getan hatte, der andere Teil erinnerte sich daran, dass er in der Vision von Karazhan gesehen hatte, wozu diese Kreaturen fähig waren.

Das Monster hatte mit seinem Schrei die anderen Mitglieder seiner Einheit gewarnt, und jetzt erhob sich ein gewaltiges Kriegsgeheul über dem Lager. Zwei … vier … zehn … zwölf der Kreaturen rannten auf ihn zu. Und noch weitere Schreie erklangen aus dem Sumpf!

Khadgar wusste, dass er nicht die Kraft hatte, sie alle abzuwehren. Die Beschwörung schon eines mystischen Blitzes hatte gereicht, dass er sich schwach fühlte und seine Beine unter ihm nachgeben wollten. Ein weiterer, und er lief Gefahr, ohnmächtig zu werden. Vielleicht sollte er versuchen zu fliehen?

Doch die Monster kannten dieses dunkle Moor wahrscheinlich besser als er. Wenn er sich auf der sandigen Insel hielt, würden sie ihn aufspüren. Wenn er in den Sumpf flüchtete, würde vermutlich nicht einmal Medivh ihn mehr finden können.

Khadgar sah zum Himmel hinauf, aber dort war keine Spur des Magus oder der Greifen zu erkennen. War Medivh irgendwo gelandet und schlich sich jetzt an die Monster heran? Oder war er zu der menschlichen Streitmacht im Süden zurückgekehrt, um sie hierher zu führen?

Oder, dachte Khadgar grimmig, hatte Medivhs quecksilbrige Laune sich mal wieder gewendet, und er hatte vergessen, dass er bei seinem Flug jemanden bei sich gehabt hatte?

Der Junge spähte schnell in die Finsternis, dann zurück zum Schauplatz des Hinterhalts. Dort waren weitere Schatten zu erkennen, die sich um das Feuer bewegten, und das Heulen war lauter geworden.

Khadgar hob den grausigen Trophäenspeer auf und trat festen Schrittes auf das Feuer zu. Er mochte nicht in der Lage sein, mehr als einen oder zwei mystische Blitze zu verschießen, aber die Monster wussten das nicht.

Vielleicht waren sie ja so dumm wie sie aussahen. Und ebenso unerfahren mit Zauberern, wie er es mit ihnen war.

Er überraschte sie. Sie hatten nicht damit gerechnet, dass ihre Beute, das Opfer, das von dem geflügelten Tier gestürzt war, plötzlich vor ihnen im Lichtschein des Feuers auftauchen würde, den Trophäenspeer eines der ihren fest in der Hand.

Khadgar warf den Speer seitwärts auf das Feuer. Er ließ einen Regen von Funken aufstieben, als er landete.

Der junge Magier beschwor ein paar Flammen, einen kleinen Ball, und hielt ihn in seiner Hand. Er hoffte, seine Gesichtszüge wurden jetzt ebenso dramatisch und bedrohlich beleuchtet wie zuvor die des Monsters. Wenn nicht, hatte er ein Problem.

„Verlasst diesen Ort", brüllte Khadgar und betete, dass ihm seine angespannte Stimme nicht versagte. „Verlasst diesen Ort oder sterbt!"

Einer der größeren Kerle trat zwei Schritte auf ihn zu, und Khadgar murmelte ein Wort der Macht. Die mystischen Energien sammelten sich um seine flammende Hand. Er schleuderte die geballte Kraft und traf den grünen Nichtmenschen voll ins Gesicht. Die Bestie hatte gerade genug Zeit, eine klauenartige Hand zu ihrer brennenden Fratze zu heben, dann stürzte sie nieder.

„Flieht!", schrie Khadgar und versuchte seine Stimme so tief klingen zu lassen, wie es ihm nur möglich war. „Flieht, oder euch erwartet das gleiche Schicksal!" Sein Bauch fühlte sich an wie Eis, und er versuchte, nicht auf die brennende Kreatur zu blicken.

Ein Speer schoss aus der Finsternis, und mit seiner letzten Energie beschwor Khadgar ein Wind, gerade stark genug, um den Speer sichtbar zur Seite zu drücken. Während er die Beschwörung wirkte, fühlte er sich einer Ohnmacht nahe. Das war sein letzter Zauber. Er war vollkommen ausgelaugt. Jetzt war es langsam an der Zeit, dass sein Bluff Wirkung zeigte.

Die ihn umstehenden Kreaturen, von denen er etwa ein Dutzend erkennen konnte, traten einen Schritt zurück. Dann einen weiteren. Noch ein Schrei, schätzte Khadgar, und sie würden zurück in den Sumpf flüchten und ihm ausreichend Zeit geben, selbst zu fliehen. Er hatte bereits entschieden, sich in Richtung Süden zu wenden, um das Armee-Lager zu erreichen.

Stattdessen erklang ein hohes, gackerndes Lachen, das Khadgar das Blut gefrieren ließ. Die Ränge der grünen Krieger teilten sich, und eine weitere Gestalt schlurfte vor. Sie war dünner und gebeugter als die anderen und trug eine Robe in der Farbe geronnenen Blutes. Die Farbe des Himmels aus Khadgars Vision. Die Gesichtszüge des Monsters waren ebenso grün und grotesk wie die der anderen, aber in seinen Augen leuchtete eine barbarische Intelligenz.

Es hielt eine Hand hoch. Dann nahm es einen Dolch und stach sich mit dessen Spitze in die Handfläche. Rötliches Blut sammelte sich in der klauenartigen Pranke.

Die Bestie in der Robe sprach ein Wort, das Khadgar noch nie zuvor gehört hatte, ein Wort, das in seinen Ohren schmerzte. Das Blut explodierte in Flammen.

„Mensch will spielen?“, fragte das robenbekleidete Monster. Es gelang ihm, grob die menschliche Sprache zu imitieren. „Will Zauberei spielen? Nothgrin kann spielen!“

„Geht jetzt!“, versuchte es Khadgar noch einmal. „Geht oder sterbt!“

Doch die Stimme des jungen Magiers schwankte nun, und die Gestalt in der Robe lachte nur. Khadgar studierte die Umgebung. Er suchte nach dem besten Ort, um wegzulaufen – und fragte sich, ob er eines der Schwerter der Wachleute packen konnte, die am Boden lagen. Und er fragte sich auch, ob Nothgrin ebenso bluffte, wie er, Khadgar, es getan hatte.

Nothgrin trat einen Schritt auf Khadgar zu, als zwei der Bestien zur Rechten des Zauberers plötzlich schrien und in Flammen aufgingen. Es geschah mit einer Plötzlichkeit, die jeden erschreckte, auch Khadgar. Nothgrin wirbelte zu den brennenden Ungeheuern herum und musste sehen, wie zwei weitere Monster sich ihnen anschlossen und wie trockener Zunder Feuer fingen. Auch sie brüllten, ihre Knie gaben nach, und sie stürzten zu Boden.

Wo gerade noch die Kreaturen gestanden hatten, erhob sich jetzt Medivh. Er schien aus sich selbst heraus zu leuchten und überstrahlte sogar das Feuer der brennenden Wagen und die Flammen der Leichen am Boden, als sauge er ihr Licht in sich auf. Er schien ruhig und entspannt. Er lachte die versammelten Kreaturen an, und es war ein wildes, brutales Lachen.

„Mein Schüler hat euch gesagt, ihr sollt gehen“, sagte Medivh. „Ihr hättet seinen Befehlen gehorchen sollen.“

Eine der Bestien stieß ein Brüllen aus, und der Meistermagier brachte sie mit einer knappen Handbewegung zum Schweigen. Etwas Hartes und Unsichtbares traf das Monster mitten ins Gesicht, und es gab ein feuchtes Krachen, als sich sein Kopf vom Rumpf löste und nach hinten rollte. Er schlug nur wenige Augenblicke vor dem Torso auf dem Boden auf.

Die übrigen Kreaturen stolperten einen Schritt zurück, dann flohen sie alle in die Nacht. Nur der Anführer, der in eine Robe gekleidete Nothgrin, gab nicht nach, und seine übergroßen Kiefer standen vor Überraschung offen.

„Nothgrin kennt dich, Mensch“, zischte er. „Du bist der, der …“

Was auch immer die Kreatur sonst noch sagen wollte, ging in einem Schrei unter, als Medivh mit einer Hand gestikulierte und das Monster von einer gewaltigen Explosion von den Füßen gerissen wurde. Kreischend wurde es in die Luft geschleudert, bis schließlich seine Lungen unter dem Druck nachgaben. Überreste seines verbrannten Körpers schwebten wie schwarze Schneeflocken herab.

Khadgar sah Medivh an, und der Magus zeigte in einem selbstzufriedenen Grinsen die Zähne. Doch das Grinsen verschwand, als er in Khadgars aschfahles Gesicht blickte.

„Geht es dir gut, Junge?“, fragte er.

„Gut“, sagte Khadgar, doch er fühlte, wie das Gewicht der Erschöpfung über ihn hereinbrach. Er versuchte zu stehen, aber seine Beine gaben unter ihm nach, und er stürzte auf die Knie, sein Geist ermattet und leer.

Medivh war sofort zur Stelle und ließ eine Handfläche an der Stirn des Jungen vorbeigleiten. Khadgar versuchte, die Hand fortzustoßen, aber ihm fehlte die Kraft.

„Ruh dich aus“, sagte Medivh. „Finde deine Stärke wieder. Das Schlimmste ist vorüber.“

Khadgar nickte blinzelnd. Er blickte auf die Monster-Leichen, die um das Feuer verstreut lagen. Medivh hätte ihn in der Bibliothek mit der gleichen Leichtigkeit töten können. Was hatte ihn dort zurückgehalten? Hatte er Khadgar doch irgendwie erkannt? Hatte sich eine vage Erinnerung oder ein wenig Menschlichkeit in ihm geregt?

Der junge Magier bemühte sich zu sprechen. „Diese … Wesen.“ Seine Zunge war schwer. „Was waren das für …?“

„Orks“, sagte der Magus. „Das waren Orks. Aber jetzt erst mal keine weiteren Fragen mehr.“

Im Osten wurde der Himmel heller. Im Süden ertönte der Ruf heller Hörner. Hufschlag näherte sich.

„Die Kavallerie“, seufzte Medivh. „Zu laut und zu spät, aber sag ihnen das nicht. Sie können sich um die geflüchteten Orks kümmern. Ruh dich jetzt aus.“

Die Patrouille donnerte ins Lager. Die Hälfte der Männer stieg ab, die andere ritt weiter die Straße entlang. Die Reiter begannen, die Leichen zu untersuchen. Ein Kommando wurde abgestellt, um die Opfer der Karawane zu begraben. Die wenigen toten Orks, die Medivh nicht hatte in Flammen aufgehen lassen, wurden eingesammelt und auf das Hauptfeuer geworfen. Ihre Kleidung verkohlte, ihr Fleisch verwandelte sich in Asche.

Khadgar hatte in seiner Benommenheit nicht mitbekommen, dass Medivh ihn verlassen hatte, aber dann kehrte der Magus mit dem Kommandanten der Patrouille zurück. Der Befehlshaber war ein stämmiger, älterer Mann mit wettergegerbtem Gesicht. Sein Bart war bereits stark ergraut, und nur ein dünner Haarkranz zog sich um seinen Kopf. Er war ein großer Mann, der in seiner Rüstung und dem weiten Umhang noch beeindruckender wirkte. Über einer Schulter konnte Khadgar ein riesiges Schwert erkennen, dessen Griff mit Juwelen besetzt war.

„Khadgar, dies ist Lord Anduin Lothar“, stellte Medivh vor. „Lothar, darf ich dir meinen Schüler vorstellen? Khadgar von den Kirin Tor.“

Khadgar wurde schwindelig. Er kannte diesen Namen. Lord Lothar. Der Champion des Königs. Jugendfreund von König Llane und auch von Medivh. Die Klinge auf seinem Rücken musste das Große Königliche Schwert sein, das Azeroth gegen seine Feinde verteidigte, und …

Hatte Medivh gerade gesagt, Khadgar sei sein *Schüler?*

Lothar ließ sich auf ein Knie herab, um dem jungen Mann direkt in die Augen zu blicken. Er lächelte ihn an. „Also hast du endlich einen Lehrling. Musstest zur Violetten Zitadelle gehen, um einen zu finden, was, Med?“

„Einen mit angemessenen Fähigkeiten, ja“, sagte Medivh.

„Und wenn sich unsere Wald-und-Wiesen-Zauberer jetzt vor Enttäuschung in den Allerwertesten beißen, umso besser, was? Oh, sieh mich nicht so an, Medivh. Was hat der hier getan, das jemanden wie dich beeindrucken konnte?“

„Ach, das Übliche“, sagte Medivh und bleckte seine Zähne in einem wilden Grinsen. „Meine Bibliothek organisiert. Einen Greif beim ersten Versuch gezähmt. Hat es allein mit einer Horde Orks aufgenommen. Und einem Hexer!“

Lothar ließ ein lautes Pfeifen vernehmen. „Er hat *deine*

Bibliothek organisiert? Ich *bin* beeindruckt." Ein Lächeln blitzte unter seinem ergrauenden Schnurrbart auf.

„Lord Lothar", gelang es Khadgar schließlich herauszubringen, „Euer Geschick mit dem Schwert ist selbst in Dalaran berühmt."

„Ruh dich aus, Junge", sagte Lothar und legte eine große Hand auf die Schulter des jungen Magiers. „Wir schnappen uns den Rest dieser Kreaturen."

Khadgar schüttelte den Kopf. „Das werdet ihr nicht. Nicht, wenn ihr auf der Straße bleibt."

Der Champion des Königs blinzelte überrascht, und Khadgar war sich nicht sicher, ob dies wegen seiner Anmaßung oder wegen seiner Worte war.

„Der Junge hat Recht, fürchte ich", sagte Medivh. „Die Orks sind in den Sumpf gelaufen. Sie scheinen den Schwarzen Morast besser zu kennen als wir, und das macht sie hier so effektiv. Wir bleiben auf den Straßen, und sie halten uns zum Narren."

Lothar kratzte sich mit seiner schweren Pranke am Hinterkopf. „Vielleicht könnten wir ein paar Greife ausleihen, um Kundschafter auszusenden."

„Die Zwerge, die sie trainiert haben, reagieren wenig begeistert, wenn jemand anderes ihre Tiere ausleihen will", erklärte Medivh. „Aber vielleicht kannst du ja mit ihnen reden. Und auch mit den Gnomen. Sie haben ein paar Flugmaschinen, die vielleicht besser fürs Kundschaften geeignet sind."

Lothar nickte und rieb sich das Kinn. „Woher wusstest du, dass sie hier sein würden?"

„Ich bin einem ihrer Späher in der Nähe meines Gebiets begegnet“, erklärte Medivh so ruhig, als spräche er über das Wetter. „Es gelang mir, aus ihm herauszubekommen, dass eine große Gruppe unterwegs war, um entlang der Sumpfstraße Karawanen zu überfallen. Ich hatte gehofft, noch rechtzeitig einzutreffen, um die Leute zu warnen.“ Er blickte auf die Verwüstung, die ihn umgab.

Das Sonnenlicht tat wenig, um das Bild der Zerstörung abzumildern. Die kleineren Feuer waren niedergebrannt, und die Luft roch nach verschmortem Ork-Fleisch. Eine bleiche Wolke hing über dem Ort des Massakers.

Ein junger Soldat, nur wenig älter als Khadgar, eilte auf sie zu. Sie hatten einen Überlebenden gefunden. Er befand sich in einem sehr schlechten Zustand, aber er lebte. Ob der Magus ihm helfen könne?

„Kannst du bei dem Jungen bleiben?“, bat Medivh Lord Lothar. „Er ist noch ziemlich mitgenommen von den Ereignissen.“ Und dann schritt der Meistermagier über den verbrannten, blutgetränkten Boden davon. Seine lange Robe flatterte wie ein Banner.

Khadgar versuchte, aufzustehen und ihm zu folgen, aber der Champion des Königs legte seine schwere Hand auf die Schulter des Jungen und hielt ihn unten. Khadgar wehrte sich nur für einen Moment, dann setzte er sich wieder hin.

Lothar betrachtete Khadgar lächelnd. „Also hat der alte Eigenbrötler endlich einen Assistenten gefunden.“

„Schüler“, sagte Khadgar schwach, doch er fühlte, wie sich der Stolz in seiner Brust erhob. Das Gefühl brachte seinem Geist und seinen Gliedern neue Stärke. „Er hat schon viele Assistenten gehabt. Sie haben alle nicht lange durchgehalten. Das habe ich jedenfalls gehört."

„Aha", sagte Lothar. „Ich habe ein paar von diesen Assistenten vermittelt, und sie kehrten mit Geschichten von einem verfluchten Turm und einem verrückten, anspruchsvollen Zauberer zurück. Was hältst *du* von ihm?"

Khadgar blinzelte. In den letzten zwölf Stunden hatte Medivh ihn angegriffen, Wissen in seinen Kopf gebrannt, ihn auf einem Greifen durchs halbe Land geschleppt und es ihn allein mit einer Hand voll Orks aufnehmen lassen, bevor er zu seiner Rettung erschienen war. Andererseits hatte er Khadgar zu seinem Schüler gemacht, zu seinem Lehrling.

Khadgar hüstelte und sagte: „Er ist mehr, als ich erwartet hatte."

Lothar lächelte wieder, und es lag ehrliche Wärme auf seinem Gesicht. „Er ist mehr, als irgendjemand erwartet hatte. Das ist eine seiner guten Seiten." Lothar dachte einen Augenblick nach und sagte dann: „Das war eine sehr kluge und höfliche Antwort."

Khadgar gelang ein schwaches Lächeln. „Lordaeron ist ein sehr kluges und höfliches Land."

„Das habe ich auch vom König gehört. Ich zitiere: ‚Die Botschafter von Dalaran können gleichzeitig Ja und Nein sagen und außerdem noch überhaupt nichts.' Womit ich dich nicht beleidigen will."

„Ich bin nicht beleidigt, Mylord", sagte Khadgar.

Lothar blickte ihn an. „Wie alt bist du, Junge?"

Khadgar blickte den älteren Mann an. „Siebzehn, warum?"

Lothar schüttelte den Kopf und grunzte. „Das könnte einen Sinn ergeben."

„Wie Sinn ergeben?"

„Med … ich meine, Lord Magus Medivh war ein junger Mann, viel jünger als du, als er sehr krank wurde. Aus diesem Grund hatte er niemals sehr viel Kontakt mit Menschen deines Alters."

„Krank?", fragte Khadgar. „Der Magus wurde krank?"

„Sehr, sehr krank", sagte Lothar. „Er fiel in einen tiefen Schlaf, ein Koma nannten sie es. Llane und ich brachten ihn in die Northshire-Abtei, und die heiligen Brüder dort fütterten ihn mit Brühe, damit er nicht starb. Jahrelang lag er in diesem Schlaf, dann – schnapp! wachte er auf, gesund wie ein Fisch im Wasser. Oder fast."

„Fast?", fragte Khadgar.

„Nun, er verlor einen großen Teil seiner Jugendjahre und noch ein paar Jahrzehnte mehr. Er schlief als Junge ein und erwachte als erwachsener Mann. Ich habe mir stets Sorgen gemacht, wie ihn das geprägt haben muss."

Khadgar dachte an das quecksilbrige Temperament des Meistermagiers, seine plötzlichen Stimmungsschwankungen und die kindliche Freude, mit der er sich in den Kampf gegen die Orks gestürzt hatte. Wenn Medivh ein jüngerer Mann gewesen wäre, hätte sein Handeln dann mehr Sinn ergeben?

„Sein Koma", sagte Lothar und schüttelte das kahle Haupt bei der Erinnerung daran. „Es war unnatürlich. Med nennt es ein ‚Nickerchen', als sei es etwas vollkommen Normales gewesen. Aber wir haben niemals herausfinden können, warum es geschehen ist. Vielleicht hätte es der Magus in Erfahrung bringen können, aber er hat niemals ein Interesse an diesem Rätsel gezeigt, selbst wenn ich ihn danach fragte."

„Ich bin Medivhs Schüler", sagte Khadgar. „Warum erzählt Ihr mir das?"

Lothar seufzte tief und blickte über die vom Kampf versehrte Insel hinaus. Khadgar erkannte, dass der Champion des Königs im Grunde ein ehrlicher Mann war, der es in Dalaran nicht einen Tag ausgehalten hätte. Seine Gefühle lagen klar sichtbar auf seinem verwitterten Gesicht.

Lothar biss sich auf die Lippen und sagte: „Um ehrlich zu sein, ich mache mir Sorgen um ihn. Er ist ganz allein in seinem Turm …"

„Er hat einen Kastellan. Und dann ist da noch Köchin", warf Khadgar ein.

„… allein mit all seiner Magie", fuhr Lothar fort. „Es scheint mir so einsam, wie er dort zurückgezogen in den Bergen lebt. Ich mache mir Sorgen um ihn."

Khadgar nickte und fügte für sich selbst hinzu: *Und das ist der Grund, dass Ihr versucht habt, Schüler aus Azeroth zu ihm zu bringen. Um Euren Freund auszuspionieren. Ihr macht Euch Sorgen um ihn, aber Ihr macht Euch auch Sorgen wegen seiner Macht.* Laut sagte Khadgar: „Ihr macht Euch Sorgen, ob es ihm gut geht."

Lothar zuckte mit den Schultern und enthüllte damit, wie sehr er sich Sorgen machte – und wie sehr er versuchte, so zu tun, als sei dem nicht so.

„Was kann ich tun, um zu helfen?", fragte Khadgar. „Ihm zu helfen. Euch zu helfen."

„Behalte ihn im Auge“, sagte Lothar. „Wenn du sein Schüler bist, wird er wahrscheinlich mehr Zeit mit dir verbringen. Ich will nicht, dass er …“

„Wieder in ein Koma fällt?“, fragte Khadgar. *Zu einer Zeit, wo diese Orks plötzlich überall sind.* Lothar antwortete mit einem weiteren Schulterzucken.

Khadgar schenkte ihm das beste Lächeln, zu dem er fähig war. „Es wäre mir eine Ehre, Euch beiden zu helfen, Lord Lothar. Wisst, dass meine Treue zuerst dem Meistermagier gelten muss, doch wenn es etwas gibt, das ein *Freund* wissen sollte, dann werde ich es weitergeben.“

Ein weiterer schwerer Klaps von Lothars Hand. Khadgar war erstaunt darüber, wie schlecht Lothar seine Besorgnis verbarg. Waren alle Menschen in Azeroth so offen und arglos? Khadgar erkannte, dass es noch etwas anderes gab, über das Lothar sprechen wollte.

„Es gibt noch etwas“, sagte Lothar.

Khadgar nickte höflich.

„Hat der Lord Magus mit dir über den Wächter gesprochen?“, fragte er.

Khadgar überlegte einen Augenblick, ob er so tun sollte, als wüsste er mehr, als es tatsächlich der Fall war – nur um diesem älteren, aufrechten Mann mehr zu entlocken. Doch noch während ihm der Gedanke durch den Kopf ging, verwarf er ihn. Es würde am Besten sein, sich an die Wahrheit zu halten.

„Ich habe den Begriff von Medivhs Lippen gehört“, sagte Khadgar. „Aber ich weiß keine Details.“

„Ah“, sagte Lothar. „Dann tu so, als hätte ich nichts zu dir gesagt.“

„Ich bin mir sicher, wir werden zu gegebener Zeit darüber sprechen“, erwiderte Khadgar.

„Zweifellos“, sagte Lothar. „Du scheinst ein vertrauenswürdiger junger Mann zu sein.“

„Ich bin schließlich erst seit ein paar Tagen sein Schüler“, erklärte Khadgar.

Lothar hob die Augenbrauen. „Seit ein paar Tagen? Wie lange genau bist du schon Medivhs Lehrling?“

„Wenn man bis morgen früh zählt?“, fragte Khadgar und erlaubte sich ein Lächeln. „Dann wäre es einer.“

Medivh wählte diesen Moment, um zurückzukehren. Er sah erschöpft aus. Lothar öffnete den Mund, um zu einer hoffnungsvollen Frage anzusetzen, aber der Magus schüttelte nur den Kopf. Lothar runzelte tief die Stirn, und nachdem sie ein paar Nettigkeiten ausgetauscht hatten, ging er fort, um den Rest der Aufräumarbeiten zu leiten. Der Teil der Patrouille, der auf der Straße weitergeritten war, kehrte zurück, aber die Männer hatten nichts gefunden.

„Kannst du reisen?“, fragte Medivh.

Khadgar zog sich auf die Füße, und die sandige Insel inmitten des Schwarzen Morasts erschien ihm wie ein Schiff, das von einer rauen See hin und her geworfen wurde.

„Ich denke schon“, sagte er. „Ich weiß aber nicht, ob ich schon wieder für einen Greifen bereit bin, selbst mit dem hier …“ Er führte den Satz nicht zu Ende, sondern berührte nur seine Stirn.

„Das macht nichts“, sagte Medivh. „Dein Reittier wurde von den Pfeilen verschreckt und ist in Richtung Hochland davongeflogen. Wir werden zu zweit auf meinem Greif reiten müssen.“ Er hob die runenverzierte Pfeife an seine Lippen und stieß ein paar kurze, scharfe Töne aus. Hoch über ihnen ertönte der Schrei eines Greifen, der am Himmel seine Kreise zog.

Khadgar sah auf und sagte: „Ich bin jetzt also Euer Schüler.“

„Ja“, sagte Medivh, das Gesicht eine starre Maske.

„Ich habe Eure Prüfungen bestanden“, sagte der Junge.

„Ja“, sagte Medivh.

„Ich fühle mich geehrt, Herr“, sagte Khadgar.

„Das freut mich“, erwiderte Medivh, und der Hauch eines Lächeln strich über sein Gesicht. „Denn jetzt beginnt der schwicrige Teil.“

FÜNF

SAND IM STUNDENGLAS

„Ich habe sie schon vorher gesehen“, sagte Khadgar.

Es war sieben Tage nach dem Kampf im Sumpf. Mit ihrer Rückkehr in den Turm (und nach einem Tag der Erholung für Khadgar) hatte die Lehrzeit des jungen Magiers ernsthaft begonnen. In der ersten Stunde des Tages, vor dem Frühstück, übte Khadgar unter Medivhs Anleitung seine Zauber. Vom Frühstück bis zum Mittagessen und vom Mittagessen bis zum Abendessen half Khadgar dem Magus bei verschiedenen Arbeiten. Seine Aufgaben bestanden vor allem darin, Notizen zu machen, während Medivh Zahlen ablas, in die Bibliothek zu gehen, um dieses oder jenes Buch zu holen, oder einfach die Werkzeuge zu halten, während der Magier arbeitete.

Und genau das tat Khadgar gerade, als er sich in der Nähe des älteren Magiers endlich wohl genug fühlte, um ihm zu erzählen, was er über den Hinterhalt wusste.

„Wen hast du schon vorher gesehen?“, fragte sein Mentor geistesabwesend, während er weiter durch eine große Linse auf sein aktuelles Experiment blickte. Der Meistermagier trug kleine, spitze Fingerhüte, die in unglaublich dünnen Nadeln endeten. Damit justierte er einen Apparat, der wie eine mechanische Hummel aussah, die ihre schweren Flügel bewegte, während Medivhs Nadeln in ihr herumstocherten.

„Die Orks", sagte Khadgar. „Ich habe die Orks schon vorher gesehen."

„Das hast du nicht erwähnt, als du hier angekommen bist", sagte Medivh, immer noch wie abwesend. Seine Finger tanzten in erstaunlicher Präzision über das Gerät hinweg, die Nadeln fuhren hinein und heraus. „Ich weiß noch, dass ich dich nach anderen Völkern gefragt habe. Du hast sie nicht erwähnt. Wo hast du sie gesehen?"

„In einer Vision. Kurz nach meiner Ankunft", sagte Khadgar.

„Ah, du hattest eine Vision. Nun, da bist du nicht der Einzige. Moroes hat dir wahrscheinlich davon erzählt. Er ist ein ziemliches Plappermaul ..."

„Ich hatte eine Vision, vielleicht sogar zwei. Diejenige, bei der ich mir vollkommen sicher bin, handelte von einem Schlachtfeld, und diese Kreaturen, diese Orks, waren dort. Sie griffen uns an. Ich meine, sie griffen die Menschen an, bei denen ich war."

„Hm", machte Medivh, und unter seinem Schnurrbart erschien die Spitze seiner Zunge, während er die Nadeln vorsichtig über den Kupferleib der Hummel bewegte.

„Und ich war nicht hier", fuhr Khadgar fort. „Nicht in Azeroth oder Lordaeron. Wo auch immer ich war, der Himmel war rot wie Blut."

Es war als hätte Medivh ein mystischer Blitz getroffen. Er zuckte heftig zusammen, und das komplizierte Gerät unter seinen Händen strahlte hell auf, als er die falschen Teile berührte. Dann kreischte es auf – und starb.

„Roter Himmel?“, rief der Magier, wandte sich von der Werkbank ab und fasste Khadgar scharf ins Auge. Eine machtvolle Energie schien über die dunklen Brauen des älteren Mannes zu huschen, und seine Augen waren so grün wie ein vom Sturm heimgesuchtes Meer.

„Rot. Wie Blut“, sagte Khadgar. Der junge Mann hatte gedacht, er habe sich inzwischen an Medivhs wechselhafte Launen gewöhnt, aber dieser jähe Stimmungsumschwung traf ihn mit der Wucht eines Schlags.

Der ältere Magier stieß ein Zischen aus. „Erzähl mir davon. Von der Welt, den Orks, dem Himmel“, befahl Medivh, und seine Stimme klang hart wie Stein. „Erzähl mir *alles*.“

Khadgar gab die Vision seiner ersten Nacht wieder und erwähnte alles, woran er sich erinnern konnte. Medivh unterbrach ihn ständig. Wie waren die Orks gekleidet? Wie war diese Welt beschaffen? Was war am Himmel zu sehen, am Horizont? Trugen die Orks irgendwelche Banner? Khadgar hatte das Gefühl, seine Gedanken würden seziert. Medivh kitzelte die Informationen mühelos aus dem Jungen heraus. Khadgar erzählte ihm alles.

Nur von den seltsam vertrauten Augen des Krieger-Zauberers, der die Menschen angeführt hatte, erwähnte er nichts. Er fühlte sich nicht wohl dabei, und Medivhs Fragen schienen sich mehr auf die Welt mit dem roten Himmel und die

Orks als auf die menschlichen Verteidiger zu konzentrieren. Während Khadgar die Vision beschrieb, schien sich der ältere Magier zu beruhigen, aber die bewegte See brodelte immer noch unter seinen buschigen Augenbrauen. Khadgar sah keinen Grund, den Magus weiter zu verärgern.

„Kurios", sagte Medivh schließlich langsam und nachdenklich, nachdem Khadgar seinen Bericht beendet hatte. Der Meistermagier lehnte sich in seinem Stuhl zurück und tippte mit einem nadelbewehrten Finger an seine Lippen. Schweigen breitete sich wie ein Leichentuch über den Raum. Schließlich sagte er: „Das ist neu. Das ist wirklich neu."

„Herr?", begann Khadgar.

„Medivh", erinnerte ihn der Meistermagier.

„Medivh, Herr", begann Khadgar von Neuem. „Woher kommen diese Visionen? Sind sie ein Spuk aus der Vergangenheit – oder Vorzeichen der Zukunft?"

„Beides", sagte Medivh. „Und keines von beidem. Geh und hol einen Krug Wein aus der Küche. Meine Arbeit ist für heute erledigt, fürchte ich. Es ist bald Zeit zum Abendessen, und diese Sache hier verlangt ein paar Erklärungen."

Als Khadgar zurückkehrte, hatte Medivh ein Feuer im Kamin entfacht und es sich bereits in einem der größeren Sessel bequem gemacht. Er hielt seinem Schüler zwei Becher hin, und Khadgar goss ihnen ein. Der süße Duft des roten Weins mischte sich mit dem Rauch des Zedernholzes.

„Trinkst du?", fragte Medivh, als habe er erst nachträglich daran gedacht.

„Manchmal", sagte Khadgar. „In der Violetten Zitadelle ist es Sitte, zum Essen Wein zu servieren."

„Ja“, sagte Medivh. „Das wäre unnötig, wenn ihr einfach nur die Blei-Auskleidung eures Aquädukts beseitigen würdet … Aber du hast mich nach den Visionen gefragt.“

„Ja, ich sah, was ich Euch beschrieben habe, und Moroes …“ Khadgar zögerte einen Augenblick. Er wollte den Ruf des Kastellans als Tratschtante nicht noch mehr vertiefen, aber dann entschied er sich weiterzusprechen. „Moroes sagte, damit stehe ich nicht allein. Die Menschen würden hier ständig solche Dinge sehen.“

„Moroes hat Recht“, sagte Medivh, nahm einen Schluck Wein und leckte sich die Lippen. „Eine Spätlese, wirklich nicht übel. Dass dieser Turm ein Ort der Macht ist, sollte dich wenig überraschen. Zauberer fühlen sich von solchen Orten angezogen, wo das Universum oft weniger gefestigt ist und sich um sich selbst windet. Und manchmal findet man dort sogar Durchgänge zum Twisting Nether oder zu noch ganz anderen Welten.“

„Also war das, was ich gesehen habe, eine andere Welt?“, unterbrach ihn Khadgar.

Medivh hob eine Hand und gebot dem jüngeren Mann mit dieser Geste zu schweigen. „Ich sage nur, dass es Orte gibt, die aus dem einen oder anderen Grund zu Stätten großer Macht werden. Und ein solcher Ort befindet sich hier, in den Redridge-Bergen. Einst, vor langer Zeit, ist hier etwas Mächtiges explodiert, hat das Tal geformt und die Realität um diesen Ort herum geschwächt.“

„Und aus diesem Grund habt Ihr Euch hier niedergelassen“, folgerte Khadgar.

Medivh schüttelte den Kopf. „Das ist *eine* Theorie.“

„Ihr sagtet, hier habe vor langer Zeit eine Explosion stattgefunden, die diesen Ort schuf und ihn zu einem Sitz magischer Macht machte. Dann kamt ihr …“

„Ja“, sagte Medivh. „Das stimmt alles, wenn man es auf eine lineare Art betrachtet. Aber was ist, wenn es zu der Explosion kam, weil ich schließlich hierher kommen würde und der Ort für mich bereit sein musste?“

Khadgar runzelte nachdenklich die Stirn. „Aber Dinge geschehen nicht auf solche Art.“

„In der normalen Welt nicht. Ja, da hast du Recht“, sagte Medivh. „Aber Magie ist die Kunst, das Normale zu umgehen. Und aus diesem Grund sind die philosophischen Debatten in den Hallen der Kirin Tor solch barer Unsinn. Sie versuchen, der Welt eine Vernunft aufzuzwingen und ihre Bewegungen zu regulieren. Die Sterne marschieren in geordneten Bahnen über den Himmel, die Jahreszeiten folgen im Gleichschritt aufeinander, und Männer und Frauen leben und sterben. Wenn dies nicht geschieht, ist es Magie, eine Verzerrung des Universums, ein paar Dielenbretter, die aus der Form geraten sind und auf fleißige Hände warten, um sie zu erneuern.“

„Aber wenn das dieser Gegend passiert sein soll, um sich auf Euch vorzubereiten …“, begann Khadgar.

„… dann wäre die Welt ein ganz anderer Ort als sie zu sein *scheint*“, antwortete Medivh. „Was sie auch tatsächlich ist. Wie funktioniert die Zeit?“

Khadgar kannte den Magier inzwischen zu gut, um von Medivhs sprunghaftem Themenwechsel überrascht zu werden. „Zeit?“

„Wir benutzen sie, wir trauen ihr, wir messen mit ihr – aber was *ist* sie?“ Medivh lächelte über den Rand seiner Tasse hinweg.

„Zeit ist die regelmäßige Abfolge von Momenten. Wie Sand, der ein Stundenglas durchläuft“, sagte Khadgar.

„Eine hervorragende Analogie“, sagte Medivh. „Eine, die ich selbst benutzen wollte, und dann wollte ich das Stundenglas mit der mechanischen Uhr vergleichen. Erkennst du den Unterschied zwischen beiden?“

Khadgar schüttelte langsam den Kopf, während Medivh an seinem Wein nippte.

Schließlich sprach der Magier: „Nein, du bist nicht dumm, Junge. Es ist ein schwieriges Konzept für das menschliche Gehirn. Die Uhr ist eine mechanische Simulation der Zeit, jeder Schlag wird durch ein Drehen der Räder kontrolliert. Du betrachtest eine Uhr und weißt, dass alles mit einem Ticken des Rades weitergeht, mit einem Klicken des Getriebes. Du weißt, was als nächstes kommt, weil der Uhrmacher es so gewollt hat.“

„Genau“, sagte Khadgar. „Die Zeit ist eine Uhr.“

„Ah, aber die Zeit ist auch ein Stundenglas“, sagte der ältere Magier. Er griff nach einer Sanduhr, die auf dem Kaminsims stand, und drehte sie um. Khadgar betrachtete das Gerät verwundert und versuchte, sich zu erinnern, ob es schon dort schon stand, bevor er den Wein gebracht hatte. Oder überhaupt, bevor Medivh danach gegriffen hatte.

„Auch das Stundenglas misst die Zeit, nicht wahr?“, fragte Medivh. „Doch hier weißt du nie, welches Sandkorn sich zu welcher Sekunde von der oberen Hälfte in die untere

Hälfte bewegen wird. Wolltest du die Sandkörner zählen, wäre ihre Anordnung jedes Mal ein wenig anders. Und doch ist das Endresultat stets das gleiche – der ganze Sand ist von oben nach unten geflossen. In welcher Reihenfolge dies geschieht ist gleichgültig.“ Die Augen des alten Mannes leuchteten für einen Moment auf. „Also?“, fragte er.

„Also“, begann Khadgar, „sagt Ihr, dass es egal sein könnte, ob Ihr Euren Turm hier erbaut habt, weil eine Explosion dieses Tal geschaffen und das Wesen der Realität an diesem Ort verzerrt hat – oder ob es zu der Explosion kam, *weil* Ihr schließlich hierher kommen würdet und das Universum Euch die Mittel an die Hand geben musste, die Ihr benötigtet, um hier zu bleiben.“

„Ziemlich nah dran“, sagte Medivh.

„Also sind diese Visionen Sandkörner?“, fragte Khadgar. Medivh furchte leicht die Stirn, aber der Junge blieb bei seinem Gedanken. „Wenn der Turm ein Stundenglas ist und keine Uhr, dann gibt es Sandkörner, die aus der Zeit selbst stammen und ständig durch ihn hindurch fallen. Sie sind von ihrem Ursprung losgelöst oder überlagern einander, sodass wir sie sehen können, aber nicht klar. Manche von ihnen sind Teil der Vergangenheit. Manche von ihnen sind Teil der Zukunft. Könnten manche von ihnen auch von anderen Welten stammen?“

Jetzt grübelte auch Medivh selbst tief nach. „Das ist möglich. Volle Punktzahl. Gut durchdacht. Aber du darfst nicht vergessen, dass Visionen nur das sind: Visionen. Sie wehen herein und hinaus. Wäre der Turm eine Uhr, würden sie sich regelmäßig bewegen, und man könnte sie leicht erklären.

Doch da der Turm ein Stundenglas ist, bewegen sie sich nicht regelmäßig. Sie schaffen ihre eigenen Gesetze und fordern uns trotzig heraus, ihre chaotische Natur zu erklären." Medivh lehnte sich in seinen Sessel zurück. „Ein Umstand, mit dem ich sehr gut leben kann. Ich hatte noch nie viel für ein geordnetes, sorgfältig durchplantes Universum übrig."

Khadgar fügte hinzu: „Aber habt Ihr jemals eine bestimmte Vision gesucht? Gäbe es nicht einen Weg, eine bestimmte Zukunft aufzuspüren und dann dafür zu sorgen, dass sie auch geschieht?"

Medivhs Laune verfinsterte sich merklich. „Oder dafür zu sorgen, dass sie nicht geschieht …", sagte er. „Nein. Es gibt Dinge, die selbst ein Meister respektiert und von denen er sich fernhält. Dies ist eines davon."

„Aber …"

„Kein Aber", sagte Medivh, erhob sich aus seinem Sessel und stellte seine leere Tasse auf das Kaminsims. „Jetzt, da du ein wenig Wein gekostet hast, wollen wir doch mal sehen, ob deine magische Kontrolle davon beeinflusst wird. Lass meinen Becher schweben."

Khadgar zog seine Brauen zusammen und erkannte, dass seine Zunge bereits etwas schwer war. „Aber wir haben getrunken."

„Genau", sagte der Meistermagier. „Du weißt niemals, welchen Sand dir das Universum ins Gesicht werfen wird. Du kannst entweder versuchen, ständig wachsam und bereit zu sein, und so das Leben, wie wir es kennen, meiden. Oder du bist bereit, das Leben zu genießen und den Preis dafür zu zahlen. Und nun lass den Becher schweben."

Khadgar erkannte erst jetzt, wie viel er getrunken hatte. Er versuchte, das breiige Gefühl aus seinem Gehirn zu vertreiben und den schweren Porzellanbecher vom Kaminsims zu heben.

Wenige Sekunden später war er auf dem Weg zur Küche, um einen Besen und eine Kehrschaufel zu holen.

Abends gehörte Khadgars Zeit ihm selbst, und er konnte üben und forschen, während Medivh sich anderen Dingen widmete. Khadgar fragte sich, was diese anderen Dinge wohl sein mochten, aber er nahm an, dass Korrespondenz dazu gehörte, denn zweimal pro Woche erschien oben auf dem Turm ein Zwerg auf einem Greif. Er trug einen kleinen Sack bei sich, der sich erheblich vergrößert hatte, wenn er ging.

Medivh gab dem Jungen alle Freiheit in der Bibliothek, um seine Studien so zu betreiben, wie er selbst es für richtig befand, und dazu gehörte es auch, die Unmengen von Wünschen zu berücksichtigen, die ihm seine früheren Meister aus der Violetten Zitadelle mitgegeben hatten.

„Ich verlange nur“, sagte Medivh lächelnd, „dass du mir zeigst, was du schreibst, bevor du es ihnen schickst.“ Khadgar musste zu erkennen gegeben haben, wie peinlich ihm dies war, denn Medivh fügte hinzu: „Nicht, weil ich Angst hätte, dass du etwas vor mir verbirgst, mein Vertrauen, sondern weil ich es hassen würde, wenn sie etwas erfahren, das ich selbst inzwischen vergessen habe.“

Also stürzte sich Khadgar auf die Bücher. Für Guzbah fand er eine alte, häufig gelesene Schriftrolle mit einem epischen Gedicht, dessen nummerierte Strophen sehr detailliert einen Kampf zwischen Medivhs Mutter Aegwynn und einem nicht namentlich benannten Dämon wiedergaben. Für Lady Delth fertigte er eine Liste der verrottenden Elfen-Bücher in der Bibliothek an. Und für Alonda tauchte er in jene Bestiarien hinab, die er lesen konnte. Aber es half nichts. Er konnte die Anzahl der Troll-Rassen nicht über die Vier hinausführen.

Khadgar verbrachte seine Freizeit auch mit seinen falschen Schlüsseln und seinen persönlichen Öffnungszaubern. Er versuchte weiterhin, jene Bücher zu meistern, die seinen früheren Versuchen, ihre Siegel zu knacken, widerstanden hatten. Diese Bände besaßen eine starke Magie, und er verbrachte manchmal ganze Abende mit Wahrsage-Riten, bevor er auch nur den geringsten Hinweis darauf erhielt, welche Art von Zauber ihren Inhalt schützte.

Zuletzt war da noch die Sache mit dem Wächter. Medivh hatte dieses Thema angeschnitten. Lord Lothar hatte angenommen, der Magus habe den jungen Mann darüber aufgeklärt, und der Champion des Königs hatte sich schnell zurückgezogen, als er erkannte, dass dem nicht so war.

Der Wächter, so schien es, war ein Phantom, nicht realer als die in der Zeit verlorenen Visionen, die durch den Turm strichen. In einem Elfen-Buch wurde gelegentlich beiläufig ein Wächter erwähnt, wenn es um die Geschichte der Königsfamilien von Azeroth ging. Bei dieser Hochzeit oder bei jener Beerdigung war ein Wächter zugegen gewesen, und manchmal führte er die Vorhut in irgendeiner Schlacht an. Stets gegenwärtig, doch niemals genau identifiziert. War dieser Wächter ein Titel oder, wie Medivhs angeblich fast unsterbliche Mutter, ein bestimmtes Wesen?

Es gab noch andere Phantome, die ebenfalls im Orbit um diesen Wächter kreisten. Eine Art Orden, eine Organisation. War der Wächter ein heiliger Ritter? Und das Wort „Tirisfal“ war an den Rand eines Grimoires geschrieben und dann ausradiert worden. Doch Khadgars besondere Geschicklichkeit im Aufspüren von Geheimnissen erlaubte es ihm herauszufinden, was einst dort geschrieben stand, indem er der Spur der Feder folgte, die sich in das Pergament eingedrückt hatte. Der Name eines bestimmten Wächters? Oder einer Organisation? Oder etwas vollkommen anderes?

Es war an dem Abend, als Khadgar dieses Wort fand, vier Tage nach dem Vorfall mit dem Becher, dass der junge Mann in eine weitere Vision stürzte. Beziehungsweise die Bilder *schlichen sich an ihn heran*, umzingelten und verschlangen ihn mit Haut und Haaren!

Zuerst kam der Geruch, eine weiche, pflanzliche Wärme gesellte sich zu den verfallenden Texten der Bibliothek, ein tiefgrüner Duft, der sich langsam in dem Raum erhob. Die Hitze darin nahm zu, nicht unangenehm, jedoch wie eine warme, feuchte Zudecke. Die Wände wurden dunkler und verwandelten sich in Grün. Ranken krochen an den Seiten der Regale empor, schlängelten sich durch die dort befindlichen Bücher und ersetzten sie, während sie breite, dicke Blätter ausbildeten. Große, bleiche Mondblumen und rote Orchideen begannen zwischen aufgestapelten Schriftrollen zu sprießen.

Khadgar sog tief den Atem ein, doch eher vor erregter Erwartung denn vor Furcht. Dies war nicht die Welt des blutroten Himmels und der Ork-Armeen, die er zuvor gesehen hatte. Dies war etwas anderes. Er befand sich in einem Dschungel, aber es war ein Dschungel auf dieser Welt. Der Gedanke beruhigte ihn.

Und dann verschwand auch der Tisch, an dem Khadgar gesessen, das Buch, in dem er gelesen hatte, und Khadgar hockte an einem Lagerfeuer. Drei weitere junge Männer saßen hier. Sie schienen in etwa in seinem Alter zu sein und sich auf einer Art Expedition zu befinden. Schlafdecken waren ausgelegt worden, und ein Kochtopf, leer und bereits gewaschen, trocknete am Feuer. Alle drei trugen die Kleidung von Reitern; sie war gut geschnitten und offensichtlich von erlesener Qualität.

Die drei jungen Männer lachten und scherzten, doch wie zuvor konnte Khadgar die genauen Worte nicht verstehen. Der Blonde in der Mitte war gerade dabei, eine Geschichte zu erzählen, und nach den Bewegungen seiner Hände zu urteilen, ging es darin um eine wohl proportionierte Frau.

Der Mann zu seiner Rechten lachte und schlug sich auf die Knie, während der Blonde mit seiner Geschichte fortfuhr. Der andere strich sich mit den Fingern durchs Haar, und Khadgar bemerkte, dass es bereits aus der Stirn zurückwich. In diesem Moment wurde ihm klar, dass er auf Lord Lothar blickte. Augen und Nase waren seine, das Lächeln war seines – nur das Gesicht war noch nicht wettergegerbt und der Bart noch nicht grau. Aber er war es.

Khadgar betrachtete den dritten Mann und erkannte sofort den jungen Medivh. Dieser trug dunkelgrüne Jäger-Tracht und einen Umhang, dessen Kapuze zurückgezogen war und ein junges, fröhliches Gesicht enthüllte. Seine Augen leuchteten im Licht des Lagerfeuers wie polierter Jadestein, und er bedachte die Geschichte des Blonden mit einem schüchternen Lächeln.

Der Blonde in der Mitte erreichte offenbar einen bestimmten, wichtigen Punkt in seiner Geschichte und gestikulierte in Richtung des jungen Medivh, der mit den Schultern zuckte und dem die Situation offensichtlich peinlich war. Es schien, als spiele auch der zukünftige Magier eine Rolle in der Erzählung.

Der Blonde musste Llane sein, jetzt König Llane von Azeroth. Ja, die Geschichten über die frühen Abenteuer der drei Männer hatten ihren Weg sogar in die Archive der Violetten Zitadelle gefunden. Die drei wanderten oft an den Grenzen des Königreichs, erforschten die wenig bekannten Länder und bekämpften alle Arten von Räubern und Monstern.

Llane beendete seine Geschichte, und Lothar fiel beinahe von dem Baumstamm, auf dem er saß, so sehr wurde er von Gelächter geschüttelt. Auch Medivh unterdrückte ein Lachen, indem er sich die Hand vor den Mund legte, damit es aussah, als würde er sich nur räuspern.

Lothars Gelächter klang langsam ab, und Medivh sagte etwas. Dabei öffnete er die Handflächen nach außen, um seine Aussage zu unterstreichen. Und jetzt stürzte Lothar tatsächlich nach hinten, worauf selbst Llane sein Gesicht in die Hand nehmen musste, während sein Körper vor Lachen nur hilflos zuckte. Was immer Medivh auch gesagt hatte, offenbar hatte es Llanes Geschichte erst gekrönt.

Dann bewegte sich etwas im Dschungel, der sie umgab. Die drei Männer hielten sofort mit ihrer fröhlichen Feier ein. Sie mussten es gehört haben. Khadgar, der Geist in dieser Versammlung, fühlte es eher. Etwas Böses kroch durch das Gebüsch am Rande des Feuerscheins.

Lothar erhob sich langsam und langte nach einem großen, breitklingigen Schwert, das in einer Scheide zu seinen Füßen lag. Llane griff hinter seinen Baumstamm und zog eine doppelklingige Axt hervor. Durch Gesten gab er Lothar zu verstehen, in eine Richtung zu gehen, während Medivh die andere nehmen sollte. Medivh war inzwischen ebenfalls aufgestanden, und obwohl seine Hände leer waren, war er, selbst in diesen jungen Jahren, der Imposanteste von den dreien.

Llane trat mit der Breitaxt an einer Seite des Lagers nach vorne. Khadgar sah, wie er mit sicherer Bedächtigkeit einen Fuß vor den anderen setzte. Was immer sich dort am Rand des Lagers befand, Llane wollte, dass es sich zu erkennen gab.

Das Ding kam diesem Wunsch nach und brach aus seinem Versteck. Es war um mindestens die Hälfte größer als die jungen Burschen, und einen Augenblick lang glaubte Khadgar, er stehe einem riesigen Ork gegenüber.

Dann erkannte er das Wesen aus den Bestiarien, die Alonda ihn hatte durchstöbern lassen. Er war ein Troll, ein Mitglied der Dschungel-Rasse, dessen blaue Haut bleich im Mondlicht schimmerte. Sein langes graues Haar zog sich in einem Kamm von der Stirn bis in den Nacken. Wie die Orks besaß auch dieses Monster Fänge, die aus seinem Unterkiefer hervorragten, aber bei ihm waren sie gerundete, pflockartige Hauer, dicker als die scharfen Zähne der Orks. Seine Ohren und seine Nase waren langgezogene Karikaturen menschlicher Vorbilder. Es war in Felle gekleidet, und eine Kette aus menschlichen Fingerknochen tanzte auf seiner nackten Brust. In der Rechten führte es einen großen Speer.

Der Troll stieß einen Schlachtruf aus, fletschte die Zähne und wölbte seine breite Brust noch weiter hervor. Er stieß mit dem Speer in einem Scheinangriff zu, und Llane schwang seine Axt nach der vorgestreckten Waffe, doch der Schlag ging daneben. Lothar griff von der einen Seite aus an, und Medivh näherte sich von der anderen. Arkane Energie tanzte auf seinen Fingerspitzen.

Der Troll wich Lothars großem Schwert aus und tänzelte einen weiteren Schritt zurück, als Llane die Luft mit seiner großen Axt teilte. Jeder Schritt der Kreatur war gewaltig, überbrückte mehr als einen Meter, und die beiden Krieger drangen auf den Troll ein, wann immer er sich zurückzog. Er benutzte seinen Speer mehr als Schild, denn als Waffe, hielt den Schaft mit beiden Händen und wehrte die Schläge ab.

Khagar erkannte, dass die Kreatur nicht kämpfte, um die Menschen zu töten. Noch nicht. Sie versuchte, sie in Position zu bringen.

In der Vision musste der junge Medivh das Gleiche erkannt haben, denn er schrie den anderen etwas zu. Aber da war es bereits zu spät, denn zwei weitere Trolle wählten genau diesen Augenblick, um aus ihren Verstecken zu springen, zur Rechten und Linken des anderen Trolls.

Trotz seiner taktischen Raffinesse war Llane derjenige,

den diese Wendung am meisten überraschte, und der Speer des ersten Trolls fuhr ihm in den rechten Arm. Die Schneide der Breitaxt biss in die Erde, während der künftige König einen Fluch ausspie.

Die beiden anderen Trolle konzentrierten sich auf Lothar. Der Krieger wurde zurück gedrängt, während er seine breite Klinge mit vollendeter Geschicklichkeit schwang, erst einen Schlag blockierte, dann den nächsten. Doch die Strategie der Dschungel-Trolle war klar zu erkennen. Sie trieben die beiden Krieger auseinander, trennten Llane von Lothar und zwangen Medivh, sich für einen der beiden zu entscheiden.

Medivh konzentrierte sich auf Llane. Aus seiner Phantom-Perspektive heraus nahm Khadgar an, dass er dies tat, weil Llane bereits verwundet war. Medivh stürmte vor, seine Hände flammten …

… und das hintere Ende des Troll-Speers traf ihn voll ins Gesicht, als der Unhold den schweren Schaft in Medivhs Kiefer rammte. Dann wandte die riesige Bestie sich um und schlug mit einer erstaunlich flüssigen und eleganten Bewegung nach dem verwundeten Llane. Medivh ging zu Boden, ebenso Llane, und die Axt entfiel der Hand des künftigen Herrschers.

Der Troll zögerte einen Augenblick und war offenbar unschlüssig, wen er zuerst töten sollte. Er entschied sich für Medivh, der ausgestreckt am Boden zu seinen Füßen lag, da dieser ihm am nächsten war. Der Troll hob den Speer, und die Obsidian-Spitze glitzerte tückisch im Mondlicht.

Der junge Medivh würgte eine Reihe von Silben hervor. Ein winziger Staub-Tornado erhob sich vom Boden und sprang in das Gesicht des Trolls, der sofort geblendet war. Die Bestie hielt einen Moment inne und griff mit einer Hand nach den staubverklebten Augen, um sie wieder frei zu reiben.

Diese Galgenfrist war alles, was Medivh benötigte. Er warf sich noch vorne, aber nicht mit einem Zauber, sondern mit einem einfachen Messer, das er von hinten in den Oberschenkel des Trolls rammte. Der Troll schrie schmerzerfüllt in die Nacht und stach blind um sich. Der Speer fuhr dort in den Boden, wo Medivh gerade noch gelegen hatte, doch der junge Magier hatte sich fort gerollt und stand jetzt auf. Seine Fingerspitzen knisterten.

Er murmelte ein Wort. Blitze sammelten sich zwischen seinen Fingern zu einem Ball und schossen vor. Der Troll zuckte heftig unter dem Schock und hing einen Augenblick lang bewegungslos gefangen in einer blau leuchtenden Sphäre. Die Kreatur fiel auf die Knie, aber selbst jetzt war sie noch nicht besiegt. Sie versuchte, sich zu erheben, und in ihren wässrigen roten Augen brannte Hass auf den Zauberer.

Der Troll erhielt niemals eine Chance zur Vergeltung, denn ein Schatten erhob sich hinter ihm, und Llanes wieder aufgehobene Axt glitzerte kurz im Schein des Mondes, bevor sie auf den Schädel des Trolls hinab fuhr und ihn bis zum Hals spaltete. Die Kreatur stürzte mit weit ausgebreiteten Armen nach vorne, und die beiden jungen Männer wandten sich sofort jenen Trollen zu, die gegen Lothar kämpften. Khadgars Blick folgte ihnen.

Der zukünftige Champion hielt seinen beiden Gegnern stand, wenn auch nur mit großer Mühe, und sie hatten ihn inzwischen über das gesamte Lager getrieben. Die Trolle hatten den Todesschrei ihres Bruder gehört, und einer setzte den Angriff fort, während der andere zurück stürmte, um sich Llane und Medivh zu widmen. Er stieß ein unartikuliertes Brüllen aus, als er auf sie zu rannte, und hielt den Speer vorgestreckt wie ein Ritter bei einem Turnier.

Auch Llane stürzte nach vorne, doch im letzten Moment wich er seitlich aus, und die Speerspitze raste an ihm vorbei. Der Troll machte zwei weitere Schritte, die ihn ans Feuer herantrugen, wo Medivh wartete.

Jetzt schien der Magier vollkommen von Energie erfüllt zu sein. Vom brennenden Holz beleuchtet, sah er aus wie eine Dämon. Er hatte die Arme weit ausgestreckt und sang etwas Hartes, Rhythmisches.

Und das Feuer selbst sprang auf. Es nahm die Gestalt eines riesigen Löwen an, der sich auf den angreifenden Troll stürzte. Die Dschungel-Kreatur schrie, als sich die Flammen wie ein Mantel um sie schlossen und sie dieses Feuer nicht wieder abschütteln konnte. Der Troll warf sich zu Boden und rollte sich erst auf die eine Seite, dann auf die andere. Er versuchte, die Flammen zu ersticken, aber es gelang ihm nicht. Bald schlug er nur noch wild und hilflos mit den Armen um sich, und schließlich hörte er ganz auf, sich zu bewegen. Das hungrige Feuer verschlang ihn.

Llane war weiter vorgestürmt. Bei dem überlebenden Troll angekommen, schlug er seine Axt in dessen Seite. Die Bestie stieß ein Heulen aus, und Lothar ergriff seine Chance. Der Champion schmetterte den vorgestreckten Speer mit einem Rückhandschlag zur Seite, dann trennte er mit einem waagerechten, präzisen Hieb den Kopf des Trolls sauber von dessen Schultern. Wie ein Komet, eine Blutfontäne nach sich ziehend, flog der Schädel in weitem Bogen durch die Luft und landete im Gebüsch, wo er verschwand.

Obwohl Llane selbst aus einer Wunde blutete, schlug er Lothar auf die Schulter und schien ihn freundschaftlich zu verspotten, weil dieser für seinen Troll so lange gebraucht hatte. Dann legte Lothar eine Hand auf Llanes Brust, um ihn zum Schweigen zu bringen, und zeigte auf Medivh.

Der junge Magier stand noch immer beim Feuer. Er hielt seine Hände offen, doch seine Finger sahen aus wie Klauen. Seine Augen wirkten im Licht des Feuers glasig, und sein Mund war krampfhaft geschlossen. Als die beiden Männer (und der Geist Khadgar) auf ihn zu rannten, kippte der junge Zauberer nach hinten.

Das Paar erreichte Medivh, doch dieser atmete schwer, und seine Pupillen waren im hellen Mondlicht extrem geweitet. Die Krieger und der Besucher aus der Zukunft beugten sich über ihn, als der junge Magier versuchte, Worte aus seinem Mund zu pressen.

„Pass auf mich … auf", sagte er und blickte weder Llane noch Lothar, sondern Khadgar an. Dann rollten die Augen des jungen Medivh nach oben, und er lag sehr still.

Lothar und Llane versuchten, ihren Freund wiederzubeleben, während Khadgar wie betäubt zurücktaumelte. Hatte Medivh ihn wirklich gesehen, wie jener andere Magier unter dem blutigen Himmel, der Medivhs Augen besessen hatte? Jedenfalls hatte Khadgar ihn zu sich sprechen hören, klare Worte, die in die Tiefe seiner Seele gedrungen waren.

Khadgar wandte sich um, und die Vision fiel in sich zusammen wie die letzten, ersterbenden Flammen eines Feuers. Er war wieder zurück in der Bibliothek und prallte fast mit Medivh zusammen.

„Mein Vertrauen", sprach eine viel ältere Ausgabe des Magus als jene, die Khadgar gerade in seiner Vision auf dem Boden liegend zurückgelassen hatte. „Geht es dir gut? Ich rief nach dir, aber du hast nicht geantwortet."

„Entschuldigt, Med … Herr", sagte Khadgar und holte tief Luft. „Ich hatte eine Vision. Ich habe mich in ihr verloren, fürchte ich."

Medivh zog die dunklen Brauen zusammen. „Noch mehr Orks und rote Himmel?", fragt er ernsthaft, und Khadgar erkannte das Heraufziehen eines neuen Sturms in diesen grünen Augen.

Khadgar schüttelte den Kopf, wählte seine Worte sorgfältig. „Trolle. Blaue Trolle. Und es war ein Dschungel. Ich glaube, es war diese Welt. Der Himmel war gleich."

Medivhs Sorge verschwand aus seinem Blick, und er sagte nur: „Dschungel-Trolle. Ich habe mal welche getroffen, tief im Süden, im Stranglethorn-Tal …" Die Gesichtszüge des Magiers wurden weich, als er sich nun selbst in einer ganz privaten Vision zu verlieren schien. Dann schüttelte er den Kopf. „Aber dieses Mal kein Orks, richtig? Du bist dir sicher."

„Ja, Herr", sagte Khadgar. „Keine Orks." Er wollte nicht erwähnen, dass er Zeuge eines Kampfes geworden war. War es eine böse Erinnerung für Medivh? War er bei dieser Konfrontation im Koma versunken?

Khadgar betrachtete den älteren Magier und erkannte in ihm viel von dem jungen Mann aus der Vision wieder. Er war größer, aber leicht gebeugt von den Jahren und seinen Forschungen. Trotzdem war da noch immer der junge Mann, eingewoben in die ältere Gestalt.

Medivh seinerseits fragte: „Hast du das ‚Lied der Aegwynn'?"

Khadgar löste sich aus seinen Gedanken. „Das Lied?"

„Über meine Mutter", sagte Medivh. „Es sollte eine alte Schriftrolle sein. Ich schwöre dir, ich finde hier nichts mehr, seit du aufgeräumt hast!"

„Sie liegt bei den anderen Epen, Herr", sagte Khadgar. *Ich sollte ihm von der Vision erzählen*, dachte er. War dies eine willkürliche Heimsuchung gewesen, oder war sie durch seine Begegnung mit Lothar ausgelöst worden? Wurden Visionen dadurch wachgerufen, dass man etwas über bestimmte Dinge herausfand?

Medivh trat an das Regal und ließ einen Finger an den Schriftrollen entlang laufen. Dann zog er die gesuchte Rolle heraus. Sie war alt und sehr zerlesen. Der Magus rollte sie teilweise auf, verglich sie mit einem Fetzen Papier, den er aus einer Tasche zog, rollte sie wieder zusammen und legte sie zurück.

„Ich muss fort", sagte er plötzlich. „Schon heute Abend, fürchte ich."

„Wohin geht Ihr?", fragte Khadgar.

„Dieses Mal gehe ich allein", sagte der Magier, der bereits auf die Tür zuschritt. „Ich werde Moroes Anweisungen, deine Studien betreffend, hinterlassen."

„Wann kommt Ihr zurück?“, rief Khadgar der sich entfernenden Gestalt hinterher.

„Wenn ich zurückkomme!“, entgegnete Medivh, während er zwei Stufen gleichzeitig nehmend die Treppe hinauf stürmte. Khadgar nahm an, dass der Kastellan schon in der Spitze des Turms wartete und die Runenpfeife und einen zahmen Greifen bereit hielt.

„Gut“, sagte Khadgar und blickte auf die Bücher. „Ich bleib dann also hier und versuche herauszufinden, wie man ein Stundenglas zu beherrschen lernt.“

SECHS

AEGWYNN UND SARGERAS

Medivh blieb eine ganze Woche fort, und es war eine Woche, die Khadgar gut nutzte. Er richtete sich in der Bibliothek ein und ließ sich das Essen von Moroes dorthin bringen. Häufig kehrte er nicht einmal nachts in sein Quartier zurück und schlief stattdessen lieber auf einem der großen Tische der Bibliothek.

Er suchte nach Visionen.

Seine eigene Korrespondenz blieb unbeantwortet, während er die alten Bücher und Grimoires nach Antworten auf seine Fragen über Zeit, Licht und Magie durchforstete. Auf seine ersten Berichte waren schnelle Antworten der Magier der Violetten Zitadelle erfolgt. Guzbah wollte eine Abschrift des Epos über Aegwynn. Lady Delth erklärte, sie kenne keinen der Titel, die er ihr geschickt hatte. Konnte er sie ihr noch einmal schicken, dieses Mal mit dem ersten Absatz eines jeden Buches, damit sie sie vielleicht doch noch wiedererkennen konnte? Und Alonda bestand weiterhin darauf, dass es eine fünfte Troll-Rasse gab, und dass Khadgar offensichtlich nicht die *richtigen* Bestiarien zu Rate gezogen hatte. Der junge Magier ließ, während er einen Weg suchte, die Visionen zu kontrollieren, die Gesuche unerwidert.

Der Schlüssel zu seiner Beschwörung, so schien es, würde ein einfacher Fernsicht-Zauber sein, ein Wahrsage-Ritus, der einen Blick auf ferne Gegenstände und Orte erlaubte. Ein Buch mit priesterlicher Magie hatte ihn als eine Beschwörung heiliger Gesichte beschrieben, doch er funktionierte für Khadgar ebenso gut wie für die Kleriker. Obwohl dieses priesterliche Ritual für den Raum gedacht war, konnte man es mit ein paar Modifikationen vielleicht auch auf die Zeit anwenden. Normalerweise, und wenn man den Fluss der Zeit in einem determinierten Uhrwerk-Universum voraussetzte, war dies unmöglich.

Doch es schien, als sei zumindest in den Mauern von Karazhan die Zeit ein Stundenglas, und es war durchaus möglich, hier Splitter losgelöster Zeit aufzuspüren. Und sobald man ein Sandkorn der Zeit in seinen Griff gebracht hatte, sollte es leichter fallen, sich von einem Korn zum anderen zu bewegen.

Falls andere dies innerhalb der Mauern von Medivhs Turm bereits versucht haben sollten, so fand sich kein Hinweis darauf in der Bibliothek – außer vielleicht in den am besten gehütetsten oder unleserlichsten Büchern, die sich auf dem eisernen Balkon befanden. Seltsamerweise waren die Notizen in Medivhs eigener Handschrift nicht an den Visionen interessiert, während sie die Niederschriften anderer Besucher zu beherrschen schienen. Hielt Medivh diese Informationen an einem anderen Ort versteckt, oder war er tatsächlich stärker an Dingen interessiert, die sich außerhalb der Mauern des Turms abspielten, als an den Aktivitäten in dessen Innern?

Einen Zauber für einen neuen Zweck umzuformen, war eine komplexe Angelegenheit. Es reichte nicht aus, hier eine Beschwörungsformel zu ändern und dort eine Geste. Man benötigte ein tiefes und detailliertes Verständnis davon, wie Wahrsagen funktionierte, was es enthüllte und wie. Wenn man eine Handbewegung änderte oder einen andere Sorte Weihrauch benutzte, war das Ergebnis möglicherweise ein vollkommenes Scheitern, und die Energien verpufften nutzlos. Manchmal wurden die Energien auch wild und gerieten außer Kontrolle, aber im Allgemeinen war das einzige Ergebnis eines gescheiterten Zaubers ein frustrierter Zauberer.

Bei seinen Studien entdeckte Khadgar jedoch noch eine weitere Alternative: Wenn ein Zauber auf höchst spektakuläre Art versagte, war dies ein Hinweis darauf, dass der fehlgeschlagene Zauber der eigentlich beabsichtigten Beschwörung doch sehr nahe gekommen war. Die Magie versuchte, die Kluft zu schließen, und sorgte dafür, dass Dinge geschahen – wenn auch nicht immer mit dem Ergebnis, das der Magier beabsichtigt hatte. Natürlich überlebten die gescheiterten Zauberer solche Erfahrungen nur selten.

Während seiner Studien fürchtete Khadgar, dass Medivh jederzeit zurückkehren könne und wieder in die Bibliothek geweht käme, um nach dem so oft gelesenen Epos oder einer anderen Belanglosigkeit zu suchen. Würde er seinem Meister davon erzählen, was er versuchte? Und wenn er dies tat, würde Medivh ihn ermutigen – oder würde er ihm untersagen, es weiter zu probieren?

Nach fünf Tagen hatte Khadgar das Gefühl, dass er den nötigen Zauber fehlerfrei erstellt hatte. Der Rahmen blieb weiterhin jener der Fernsicht, aber Khadgar hatte ihm einen willkürlichen Faktor hinzugefügt, der ihm erlauben sollte, auf die Diskontinuitäten zuzugreifen, die im Turm zu existieren schienen. Diese Stücke verlorener Zeit würden etwas heller sein, ein wenig wärmer oder vielleicht einfach nur ein bisschen seltsamer als die unmittelbare Umgebung, und so sollten sie die volle Kraft des Zaubers anziehen.

Der Zauber, so er funktionierte, würde außerdem besser auf die jeweilige Vision ausgerichtet sein. Dies würde es ermöglichen, auch die Geräusche am anderen Ende zu hören und die Verzerrungen zu beseitigen, um die Laute ähnlich zu konzentrieren wie ein Greis es tut, der eine Hand an ein Ohr legt, um besser hören zu können. Dies würde nicht bei Geräuschen jenseits des zentralen Ortes funktionieren, aber der Zauberer sollte nun in der Lage sein, die Personen nicht nur zu sehen, sondern sie auch zu vernehmen.

Am Abend des fünften Tages hatte Khadgar seine Berechnungen beendet, den Zauber in Tabellen und Macht-Befehle geordnet und in einem einfachen Text niedergelegt. Sollte etwas schrecklich schief laufen, so würde zumindest Medivh später in der Lage sein, zu erkennen, was geschehen war.

Medivh besaß natürlich einen lückenlosen Fundus mit Zauber-Komponenten, in der auch ein Schrank mit aromatischen und thaumaturgischen Kräutern und ein Lapidarium zerstoßener, Halbedelsteine standen. Aus diesen wählte Khadgar Amethyst aus, um in der Bibliothek seinen magischen Kreis auszubringen, der von Runen aus pulverisiertem

Rosenquarz kreuz und quer durchschnitten wurde. Er ging noch einmal die Worte der Macht (von denen der junge Magier die meisten bereits gekannt hatte, bevor er Dalaran verließ) und die Gesten (fast alle neu erdacht) durch. In eine Beschwörungsrobe gekleidet (mehr um sein Glück zu fördern, als des Effektes wegen) trat er in das magische Rund.

Khadgar entspannte sich und ließ seinen Geist zur Ruhe kommen. Dies war kein schnell hingeworfener Kampfzauber oder beiläufiger Zaubertrick. Dies war eine tiefe und mächtige Beschwörung. Hätte er sie in der Violetten Zitadelle durchgeführt, so hätten ihn alle anderen Magier dringend davor gewarnt und wären gekommen, um dabei zu sein.

Er atmete tief ein und begann das Ritual.

In seinem Geist formte sich der Zauber, ein warmer Energieball. Er fühlte, wie er in seinem Innern gerann, während sich ein Regenbogen von Farben auf der Oberfläche kräuselte. Dies war der Kern des Zaubers, normalerweise schnell entsandt, um die reale Welt zu ändern, so wie es dem Magier gefiel.

Khadgar stattete die Energiekugel mit den Eigenschaften aus, die sie besitzen musste, um die Zeitfragmente aufzuspüren, die diesen Turm heimsuchten, sie zu durchsuchen und eine einzelne Vision herauszuschälen, die sich dann vor Khadgars Augen ausbreitete. Die Ideen sanken in die imaginäre Sphäre in seinem Geist ein, und diese begann auf einer höheren Frequenz zu summen, während sie nur noch die Freigabe und die Richtung erwartete.

„Bring mir eine Vision“, sagte der junge Magier. „Bring mir eine Vision des jungen Medivh.“

Mit dem Geräusch eines implodierenden Eis verschwand die Magie aus seinem Geist und sickerte in die reale Welt ein, um sein Geheiß zu erfüllen. Die Luft begann zu rauschen, und als Khadgar sich umblickte, verwandelte sich die Bibliothek um ihn, wie sie es schon einmal getan hatte. Die Vision bewegte sich langsam in seinen Raum, in seine Zeit hinein.

Erst als es plötzlich kälter wurde, erkannte Khadgar, dass er die falsche Vision beschworen hatte.

Sie bewegte sich plötzlich durch die Bibliothek, ein kalter Zugwind, als habe jemand ein Fenster offen gelassen. Die Brise wurde von einem Luftzug zu einem Frostwind und schließlich zu einem arktischen Sturm, und obwohl er wusste, dass dies nur eine Illusion war, zitterte Khadgar am ganzen Leib.

Die Wände der Bibliothek verschwanden, während die Vision eine weite Fläche von Weiß erfasste. Der eisige Wind wirbelte um die Bücher und Manuskripte und hinterließ, wo er vorüber zog, eine dicke, harte Schneedecke. Tische, Regale und Stühle wurden verhüllt und dann durch Wirbel dicker, schwerer Flocken ersetzt.

Und Khadgar befand sich auf einem Hügel. Seine Beine verschwanden bis zu den Knien in einer Schneewehe, doch sie hinterließen keine Spuren. Er war ein Geist in dieser Vision.

Trotzdem gefror sein Atem und stieg, während er sich umblickte, in kräuselndem Nebel vor seinem Gesicht nach oben. Zu seiner Rechten war ein Wäldchen mit dunklen Bäumen zu erkennen, schwer mit Schnee beladen. Weit zu seiner

Linken befand sich eine große weiße Felswand. Khadgar glaubte zuerst, auf eine kreideartige Substanz zu blicken, aber dann erkannte er, dass es Eis war, als habe jemand einen gefrorenen Fluss aus seinem Bett gerissen und ihn senkrecht aufgestellt. Das Eisgebilde war so hoch wie die Berge von Dalaran, und kleine, dunkle Gestalten bewegten sich vor seiner Kulisse – Falken oder Adler, obwohl sie von gewaltiger Größe sein mussten, wenn sie wirklich den eisigen Klippen nahe waren.

Vor ihm lag ein Tal, und aus diesem Tal zog eine Armee herauf.

Die Armee schmolz den Schnee, während sie über ihn hinweg marschierte, und hinterließ eine schmutzige schwarze Linie wie die Spur einer Schnecke. Die Angehörigen der Armee waren in Rot gekleidet. Sie trugen große, gehörnte Helme und breite, steife, schwarze Umhänge. Es waren Jäger, denn sie trugen alle möglichen Arten von Waffen bei sich. Und sie waren erstaunlich groß.

An der Spitze der Armee hielt jemand eine Standarte, und auf dieser Standarte befand sich ein abgeschlagenes, blutiges Haupt. Es handelte sich um den Kopf einer großen, grünschuppigen Bestie. Khadgar erkannte zu seiner Überraschung einen Drachen.

Es gab den Schädel einer solchen Kreatur in der Violetten Zitadelle, aber er hatte nicht geglaubt, jemals einen Drachen zu sehen, der noch vor ganz kurzer Zeit am Leben gewesen sein musste. Wie weit zurück hatte diese Vision ihn tatsächlich geworfen?

Die Armee der Giganten brüllte etwas, das ein Marschlied

sein mochte, doch genauso gut hätte es auch eine Kette von Flüchen oder Schlachtrufen sein können. Die Stimmen waren gedämpft, als kämen sie aus der Tiefe eines Brunnens hervor, aber immerhin *konnte* Khadgar sie hören.

Als sie sich näherten, wurde ihm klar, was sie waren. Ihre verzierten Helme waren keine Helme, es waren Hörner, die aus ihrem eigenen Fleisch herausragten. Und ihre Umhänge waren keine Umhänge, sondern riesige, fledermausartige, aus ihrem Rücken sprießende Schwingen. Ihre roten Rüstungen waren ihr eigenes dickes Fleisch, das heiß aus seinem Innern heraus glühte und so den Schnee zum Schmelzen brachte.

Es waren Dämonen, Kreaturen aus Guzbahs Vorträgen und Korrigans geheimen Pamphleten. Monströse Wesen, die selbst die Orks an Blutdurst und Sadismus noch übertrafen. Die großen, breitklingigen Schwerter hatten offensichtlich erst vor kurzem Blut gekostet, und jetzt konnte Khadgar sehen, dass auch ihre Körper von Blut besudelt waren.

Sie waren hier – wo auch immer und wann auch immer *hier* sein mochte –, um Drachen zu jagen.

Ein leises Geräusch erklang hinter Khadgar, nicht lauter als Schritte auf einem dicken Teppich. Er wandte sich um und erkannte, dass er nicht allein auf dem Hügel war, der über der Jagdgesellschaft der Dämonen aufragte.

Sie hatte sich ihm von hinten genähert, und wenn sie ihn sah, so nahm sie keine Notiz von ihm. Ebenso wie die Dämonen ein Fleisch gewordener Fluch auf dem Land waren, so strahlte auch sie ihre eigene Art von Macht aus. Es war eine leuchtende Kraft, die um sie zu wirbeln und sich zu verstärken schien, während sie gleitend über die Oberfläche des Schnees hinweg schritt. Sie war real, aber ihre weißen Lederstiefel hinterließen nur die allerschwächsten Spuren im Schnee.

Sie war groß und stark und ohne Angst vor den Abscheulichkeiten im Tal. Ihre Kleidung war weiß und unbefleckt vom Schnee, der sie umgab, und sie trug ein Hemd aus kleinen, silbernen Schuppen. Ein weiter, weißer Fellumhang mit einem Futter aus grüner Seide bauschte sich hinter ihr und wurde an ihrem Hals von einem großen, grünen Stein festgehalten, der zu der Farbe ihrer Augen passte. Ihr langes, blondes Haar wurde durch einen silbernen Stirnreif gebändigt. Sie schien die Kälte weniger zu spüren als der geisterhafte Khadgar.

Doch es waren ihre Augen, die seine Aufmerksamkeit erregten – grün wie ein sommerlicher Wald, grün wie polierte Jade, grün wie der Ozean nach einem Sturm. Khadgar erkannte diese Augen wieder, denn er hatte ihren durchdringenden Blick bereits gespürt. Es waren die gleichen Augen wie sie ihr Sohn besaß.

Dies war Aegwynn, Medivhs Mutter, die mächtige, fast unsterbliche Zauberin, so alt, dass sie längst zur Legende geworden war.

Und jetzt wurde Khadgar auch klar, wo er sich befinden musste. Dies war Aegwynns Kampf gegen die Dämonenhorden, eine Legende, die nur in Fragmenten erhalten war, in den Gesängen eines Epos in einer Schriftrolle der Bibliothek.

Mit einem Stich im Herzen erkannte Khadgar, dass sein

Zauber fehlgeschlagen war. Medivh hatte nach der Schriftrolle gefragt, bevor er ging – das letzte Mal, dass Khadgar ihn gesehen hatte. War der Zauber daneben gegangen und hatte eine Vision Medivhs aus dessen eigener Vergangenheit verfehlt, weil der Magus vor kurzem nach dieser Legende gesucht hatte?

Aegwynn runzelte die Stirn, während sie hinab zu der dämonischen Jagdgesellschaft blickte, und die einzelne Furche, die ihre Augenbrauen trennte, verriet ihr Missfallen. Ihre Jade-Augen blitzten, und Khadgar ahnte, welch ein Sturm der Macht sich hinter ihnen zusammenbraute.

Es dauerte nicht lange, bis diese Wut sich einen Weg bahnte. Aegwynn erhob einen Arm, sang einen kurzen, abgehackten Satz, und Blitze tanzten auf ihren Fingerspitzen.

Es waren nicht die einfachen Blitze eines Zauberers, nicht einmal die schwersten Schläge eines sommerlichen Gewitters. Dies war die Inkarnation einer elementaren Kraft, die sich durch die kalte Luft bog und ihr Ziel unter den überraschten Dämonen fand. Die Luft wurde in ihre Elemente aufgespalten, als der Blitz durch sie hindurch fuhr, und sie roch scharf und bitter, wo er vorüber gezogen war. Obwohl Khadgar wusste, dass er hier nur ein Phantom war, obwohl er wusste, dass dies eine Vision war – trotz all dieser Umstände und der Tatsache, dass der Lärm durch seinen geisterhaften Zustand gedämpft wurde, verzog Khadgar das Gesicht und zuckte zurück vor dem Blitz und dem metallischen Grollen des mystischen Donners.

Der Blitz traf den Standartenträger, der den abgeschlagenen Kopf des grünen Drachen trug. Er verbrannte den Dämon, und jene, die um ihn herum marschierten, wurden von den Beinen gerissen. Sie fielen wie glühende Kohlestücke in den Schnee. Manche von ihnen standen nicht wieder auf.

Aber die Mehrheit der Jagdgesellschaft befand sich außerhalb des Bannkreises von Aegwynns Zauber, ob nun durch Zufall oder mit Absicht. Die Dämonen, jeder von ihnen größer als zehn Männer, wichen entsetzt zurück, aber ihre Verwirrung dauerte nur einen Moment. Der Größte von ihnen brüllte etwas in einer Sprache, die wie das Geläut gebrochener Glocken klang, und die Hälfte der Dämonen flog auf. Sie breiteten ihre ledrigen Schwingen aus und stießen auf Aegwynn (und Khadgar) zu. Die anderen zogen eiserne Pfeile und schwere Bögen aus schwarzer Eiche hervor. Als sie ihre Pfeile abschossen, entzündeten sich diese, und ein Regen aus Feuer erhob sich über den Dämonen und raste auf die blonde Frau zu.

Aegwynn blieb ganz ruhig und hob in einer eleganten Bewegung eine Hand. Die Luft zwischen ihr und dem Feuerregen explodierte in einer Wand bläulicher Flammen, die die orange-roten Pfeile verschlang, als seien sie einfach in einen Fluss gefallen.

Doch die Pfeile hatten nur Deckung für die eigentlichen Angreifer sein sollen, die durch die blaue Feuerwand brachen, als diese sich auflöste, und die sich nun von oben auf Aegwynn stürzten. Es mussten mindestens zwanzig sein, jeder von ihnen ein Gigant, und sie verdunkelten den Himmel mit ihren riesigen Schwingen.

Khadgar blickte auf Aegwynn und sah, dass sie lächelte. Es war ein wissendes, selbstbewusstes Lächeln, ein Lächeln, das der junge Magier auch auf Medivhs Gesicht gesehen hatte, als dieser gegen die Orks kämpfte. Sie war mehr als zuversichtlich.

Khadgar blickte hinab ins Tal, wo die Bogenschützen waren. Sie hatten ihre nutzlosen Waffen aufgegeben und sich zu einem Kreis versammelt. Nun sangen sie in einem tiefen, brummenden Ton. Die Luft verzerrte sich um sie, und ein Loch erschien in der Realität, eine dunkle Bösartigkeit vor dem unberührten Weiß. Und aus dem Loch quollen weitere Dämonen – Kreaturen in allen nur erdenklichen Gestalten, mit den Köpfen von Tieren, mit flammenden Augen, mit den Schwingen von Fledermäusen und Insekten und großen Raubvögeln. Diese Dämonen schlossen sich dem Chor in seinem schrecklichen Gesang an, und der Riss öffnete sich weiter. Er saugte mehr und mehr von der Brut des Twisting Nether in die kalte Luft des Nordens.

Aegwynn beachtete die Sänger und die Verstärkung nicht, sondern konzentrierte sich ganz gelassen auf jene, die sich von oben auf sie herabstürzten.

Sie schwang eine Hand durch die Luft. Alle fliegenden Gestalten wurden vom Himmel geschmettert. Die Hälfte von ihnen verwandelte sich in Glas und zersplitterte beim Aufprall mit einem hässlichen Misston. Jene, die noch lebten, landeten mit einem schweren, dumpfen Geräusch und erhoben sich wieder, blutgetränkte Waffen in den Händen. Es waren noch zehn übrig.

Aegwynn legte ihre linke Faust auf ihre erhobene rechte Handfläche, und vier der Überlebenden schmolzen. Das rote Fleisch floss von ihren Knochen, während sie in die Schneewehen fielen. Sie schrien entsetzlich, bis sich ihre verfallenden Kehlen mit ihrem eigenen flüssig gewordenen Fleisch füllten. Es waren noch sechs übrig.

Aegwynn griff nach der Luft, und drei weitere Dämonen explodierten, als ihre Innereien sich in Insekten verwandelten und sie zerrissen. Sie hatten nicht einmal mehr Zeit zu schreien, als ihre Leiber durch Schwärme von Stechmücken, Bienen und Wespen ersetzt wurden, die dem kleinen Wald entgegen strebten. Es waren noch drei übrig.

Aegwynn zog ihre Hände auseinander, und einem Dämon wurden die Arme und Beine von unsichtbaren Klauen aus dem Torso gerissen.

Noch zwei. Aegwynn hob zwei Finger, und ein Dämon verwandelte sich in Sand. Sein letzter Fluch verlor sich im kalten Wind.

Noch einer. Es war der Größte von ihnen, der Anführer, der die Befehle gebrüllt hatte. Aus der Nähe konnte Khadgar sehen, dass seine nackte Brust von Narben übersät war. Eine Augenhöhle war leer, in dem anderen Auge brannte der Hass.

Er griff nicht an. Auch Aegwynn rührte sich nicht. Stattdessen standen sie sich ein paar Sekunden lang bewegungslos gegenüber, während sich das Tal unter ihnen mit Dämonen füllte.

Schließlich knurrte der riesige Dämon, und seine Stimme klang klar, wenn auch wie aus weiter Ferne an Khadgars Ohr.

„Du bist eine Närrin, Wächterin von Tirisfal“, sagte er und passte seine Lippen mühsam der unbequemen, menschlichen Sprache an.

Aegwynn stieß ein Lachen aus, das so scharf und dünn war wie ein Glasdolch. „Bin ich das, Foulspawn? Ich bin gekommen, um euch die Drachenjagd zu verderben, und es scheint, als hätte ich Erfolg gehabt."

„Du bist zu sehr von deiner eigenen Macht geblendet, Närrin", sprach der Dämon mit schwerer Zunge. „Während du gegen wenige gekämpft hast, riefen meine Brüder von der Hexerei andere herbei – eine Legion von Dämonen! Jeder Inkubus und kleine Teufel, jeder Alptraum und Schattenhund, jeder Dunkle Lord und Captain der Brennenden Legion, alle sind sie hierher gekommen, während du gegen diese Wenigen gekämpft hast."

„Ich weiß", sagte Aegwynn ruhig.

„Du *weißt*?", brüllte der Dämon mit kehligem Lachen. „Du weißt, dass du allein in der Wildnis bist und dir alle Heerscharen der Dämonen gegenüber stehen. Du *weißt*?"

„Ich weiß", sagte Aegwynn, und in ihrer Stimme spiegelte sich das Lächeln, das auf ihren Lippen lag. „Ich wusste, du würdest so viele deiner Verbündeten rufen wie nur möglich. Ein Wächter ist einfach ein viel zu verlockendes Ziel, als dass ihr dem widerstehen könntet."

„Du weißt?", schrie der Dämon wieder. „Und trotzdem kamst du allein an diesen verlassenen Ort?"

„Ich weiß", sagte Aegwynn. „Aber ich habe niemals gesagt, ich sei allein gekommen."

Aegwynn schnippte mit den Fingern, und plötzlich verdunkelte sich der Himmel, als sei ein großer Vogelschwarm aufgestört worden und verdecke die Sonne.

Nur waren dies keine Vögel. Es waren Drachen. Khadgar

hätte nicht gedacht, dass überhaupt so viele Drachen existierten. Sie schwebten auf ihren gigantischen Schwingen über der Landschaft und warteten auf das Signal der Wächterin.

„Foulspawn von der Brennenden Legion“, sagte Aegwynn. „Du bist es, der hier der Narr ist.“

Der Dämonen-Anführer stieß einen Schrei aus und reckte sein blutiges Schwert, aber Aegwynn war zu schnell für ihn. Sie hob eine Hand mit drei ausgestreckten Fingern. Die narbenbedeckte Brust Foulspawns löste sich auf und ließ nur eine Wolke blutiger Splitter zurück. Seine muskulösen Arme sanken herab, seine Beine gaben nach, und er brach zusammen. Sein Gesicht, auf dem noch immer ein Blick entsetzter Überraschung eingegraben war, fiel nach vorne in den schmelzenden Schnee und verschwand.

Das war das Signal für die Drachen. Sie alle wandten nun ihre Köpfe der versammelten Horde der gerufenen Dämonen zu. Die großen, fliegenden Kreaturen stürzten herab, und Flammen schossen aus ihren geöffneten Mäulern. Die vorderste Reihe der Dämonen wurde verbrannt, in einem einzigen Augenblick zu nicht mehr als Asche reduziert, während andere versuchten, ihre Waffen zu ziehen, ihre eigenen Zauber bereit zu machen, zu fliehen.

Im Zentrum der Armee erhob sich ein Gesang, der nun ein intensives Flehen war – und ein leidenschaftlicher Ruf. Dies waren die Mächtigsten der dämonischen Hexer, die ihre Energie konzentrierten, während die Krieger an den Rändern die Drachen mit tödlichen Opfern bekämpften.

Die Dämonen gruppierten sich neu und schlugen zurück,

und auch Drachen begannen nun, vom Himmel zu fallen, ihre Körper von eisernen Pfeilen und flammenden Blitzen durchbohrt, ihr Geist von zauberischen Giften und höllischen Visionen heimgesucht. Doch weiter schrumpfte der Kreis um das Zentrum der Dämonen, als mehr und mehr Drachen sich für die Jagd rächten. Die Rufe im Zentrum wurden verzweifelter und undeutlicher.

Khadgar betrachtete Aegwynn. Sie stand stocksteif im Schnee, ihre Fäuste waren geballt, ihre grünen Augen brannten vor Macht, und ihre Lippen hatten sich zu einem bösen Grinsen geöffnet. Auch sie sang, etwas Dunkles und Unmenschliches, das Khadgar noch nie zuvor gehört hatte. Sie bekämpfte den Zauber, den die Dämonen gewoben hatten, aber sie entzog ihm auch Energie für sich selbst und formte sie zu einem Schwert, das für ihre Hände bestimmt war – einer hellen Klinge, um ihre Feinde zu vernichten.

Die Schreie der Dämonen im Zentrum erreichten eine fiebrige Höhe, und jetzt schrie auch Aegwynn, während ein Nimbus von Energie um sie herum knisterte. Ihr Haar wehte in mystischen Winden um ihren Kopf. Sie erhob beide Arme und entließ die letzten Worte ihrer Beschwörung.

Und es gab einen Blitz im Zentrum der dämonischen Horde, wo die Hexer sangen und schrien und beteten. Es war ein Riss im Universum, dieses Mal ein heller Spalt, als habe sich ein Tor zur Sonne selbst geöffnet. Die Energie wirbelte in Spiralarmen heraus, und die Dämonen hatten nicht einmal genug Zeit zu schreien, als sie sie ergriff, sie von innen heraus verbrannte und nur tote Schatten zurückließ, wo sie gerade noch gestanden hatten.

Alle Dämonen wurden von dem Zauber erfasst und auch ein paar der Drachen, die sich dem Zentrum der dämonischen Horde zu sehr genähert hatten. Sie waren gefangen wie Motten in einer Flamme und starben in einem einzigen furchtbaren Augenblick.

Aegwynn stieß einen matten Atemzug aus und lächelte. Es war das Lächeln des Wolfs, des Raubtiers, des Siegers. Wo die dämonische Horde gewesen war, stand jetzt nur noch eine Rauchsäule, die sich als große Wolke zum Himmel erhob.

Doch während Khadgar zusah, wurde die Wolke flacher und sammelte sich um sich selbst, wurde dunkler und intensiver, wie eine düstere Gewitterfront. Doch indem sie ihre Macht konzentrierte, wurde sie stärker, und ihr Herz wurde schwärzer, wurde Purpur und Ebenholz.

Aus der finsteren Wolke trat ein Gott.

Es war eine titanische Gestalt, größer als alle Riesen der Legenden, größer als jeder Drache. Die Haut des Gottes sah aus, als sei sie aus Bronze gegossen, und er trug eine schwarze Rüstung aus geschmolzenem Obsidian. Sein langer Bart und sein wildes Haar bestanden aus lebenden Flammen, und mächtige Hörner ragten über seinen dunklen Brauen hervor. Seine Augen hatten die Farbe des Unendlichen Abgrunds. Als er seine Füße in diese Welt setzte, bebte die Erde. Er trug einen gigantischen Speer, in den Runen eingegraben waren, von denen brennendes Blut tropfte, und er hatte einen langen Schwanz, der in einem Feuerball endete.

Die überlebenden Drachen flohen vom Schlachtfeld und suchten die Sicherheit des dunklen Waldes und der fernen

Felswände. Khadgar konnte es ihnen nicht verübeln. So viel Macht Medivh auch besitzen mochte, so viel Macht seine Mutter hier bewiesen hatte, sie waren nur zwei kleine Kerzen verglichen mit der wütenden Feuersbrunst der Macht dieses Dämonenlords.

„Sargeras", zischte Aegwynn.

„Wächterin", donnerte der große Dämon mit einer Stimme, die so tief war wie der Ozean. In der Ferne zerbarsten die eisigen Klippen, als sie sein höllisches Organ als Echo zurückwerfen wollten.

Die Wächterin richtete sich zu ihrer vollen Größe auf und sagte: „Ich habe dein Spielzeug zerbrochen. Wir sind hier fertig. Flieh, so lange du noch dein Leben hast."

Khadgar sah die Wächterin an, als habe sie den Verstand verloren. Selbst er konnte sehen, dass sie von ihrem Kampf erschöpft war, fast so leer wie Khadgar nach seiner Konfrontation mit den Orks. Sicher durchschaute der titanische Dämon ihre List. Das Epos sprach von Aegwynns Sieg. Würde Khadgar stattdessen Zeuge ihres Todes werden?

Sargeras lachte nicht, aber seine Stimme donnerte über das Land hinweg und drückte es nieder, auch den geisterhaften Khadgar.

„Die Zeit von Tirisfal ist zu Ende", erklärte der Dämon. „Diese Welt wird bald der Invasion der Brennenden Legion zum Opfer fallen."

„Nicht so lange es einen Wächter gibt", sagte Aegwynn. „Nicht so lange ich lebe und jene, die nach mir kommen." Ihre Finger schlossen sich, und Khadgar konnte sehen, dass sie Macht in sich hinein zog, ihren Geist, ihren Willen und ihre Energie für einen großen Angriff konzentrierte. Khadgar trat einen Schritt zurück, dann noch einen, dann einen dritten. Wenn sein älteres Selbst ihn in der Vision hatte sehen können, wenn der junge Medivh ihn hatte sehen können, konnten ihn dann nicht auch diese beiden großen Mächte, Zauberin und Monster, wahrnehmen?

Oder war er vielleicht zu klein, um von Wesen wie ihnen bemerkt zu werden?

„Ergib dich jetzt", sagte Sargeras. „Ich könnte jemanden von deiner Stärke gebrauchen."

„Nein", sagte Aegwynn, ihre Hände zu festen Fäusten geballt.

„Dann stirb, Wächterin, und lass deine Welt mit dir sterben", sagte der titanische Dämon und hob seinen blutenden Runenspeer.

Aegwynn riss beide Hände in die Höhe und entließ einen wilden Schrei, halb Fluch, halb Gebet. Ein flammender Regenbogen von Farben, wie man ihn auf dieser Welt noch nie gesehen hatte, brach aus ihren Handflächen hervor und schlängelte sich nach oben wie ein lebender Blitz. Er drang wie ein Dolch ins Zentrum von Sageras' Brust ein.

Der Angriff schien Khadgar wie ein Bogenschuss, der gegen ein Schiff abgefeuert wurde, ebenso klein, ebenso wirkungslos. Doch Sargeras stolperte unter dem Schlag, wurde einen halben Schritt zurückgeworfen und ließ seinen großen Speer fallen. Die Waffe schlug auf den Boden wie ein Meteorit, der in die Erde fährt. Der Schnee kräuselte sich unter Khadgars Füßen. Er fiel auf ein Knie, blickte aber weiter zum Dämonen-Lord auf.

Wo Aegwynns Zauber den Dämon getroffen hatte, dehnte sich Finsternis aus. Nein, nicht Finsternis, eher Kälte. Das heiße, bronzene Fleisch des Titanen starb und wurde durch eine kalte, leblose Masse ersetzt. Sie breitete sich vom Zentrum seiner Brust aus wie eine Feuersbrunst und verschlang das dämonische Fleisch.

Sargeras betrachtete die sich ausweitende Vernichtung mit Überraschung, dann Besorgnis, dann Furcht. Er hob eine Hand, um sie zu berühren, und sie sprang auch auf seine Finger über, fraß sich den Arm hinauf und verwandelte ihn in eine tote Masse rauen, schwarzen Metalls. Nun begann Sargeras einen eigenen Zauber zu singen. Er zog alle Energie, die er besaß, zusammen, um den Prozess umzukehren, um die Flut zu stoppen, um das ihn verschlingende Feuer zu löschen. Seine Worte wurden heißer und leidenschaftlicher, und seine noch nicht angegriffene Haut flackerte vor leuchtender Energie. Er strahlte wie eine Sonne und schrie Flüche, als die dunkle Kälte den Ort erreichte, wo sein Herz sein musste.

Und dann gab es einen weiteren Blitz. Dieser war ebenso intensiv wie jener, der die Dämonenhorde verschlungen hatte, und er konzentrierte sich auf Sargeras. Khadgar sah weg, blickte auf Aegwynn, die zuschaute, wie das Feuer und die Finsternis ihren Feind verschlangen. Das grelle Leuchten ließ selbst das Tageslicht verblassen, und lange Schatten dehnten sich hinter der Zauberin aus.

Und dann war es vorüber. Khadgar blinzelte, als das Sehvermögen seiner Augen zurückkehrte. Er wandte sich wieder dem Tal zu, und dort stand der titanische Sargeras, leblos wie eine Statue aus Eisen. Die Macht war aus ihm herausgebrannt. Unter seinem Gewicht begann der erhitzte arktische Boden nachzugeben, und langsam fiel die tote Gestalt nach vorne. Sie blieb heil, als sie zu Boden schmetterte.

Für einige Sekunden herrschte Stille.

Dann lachte Aegwynn. Khadgar blickte sie an, und sie sah ausgezehrt aus, sowohl von Erschöpfung als auch von Wahnsinn. Sie rieb sich die Hände und kicherte und begann, zu dem gestürzten Titanen hinabzusteigen. Khadgar bemerkte, dass sie nicht länger leichten Fußes über den Schnee glitt, sondern sich jetzt ihren Weg den Hügel hinabschleppen musste.

Als sie ihn verließ, begann die Bibliothek zurückzukehren. Der Schnee löste sich in dicke Dampfwolken auf, und die schattenhaften Umrisse der Regale, der oberen Galerie und der Stühle wurden langsam wieder sichtbar.

Khadgar wandte leicht den Kopf dorthin, wo der Tisch hätte sein sollen, und alles war wieder normal. Die Bibliothek stellte ihre Realität mit sicherer Plötzlichkeit wieder her.

Khadgar stieß einen frostigen Atemhauch aus und rieb sich die Hände. Kühl, aber nicht kalt. Der Zauber hatte ziemlich gut funktioniert – im Großen und Ganzen, wenn auch nicht in allen Einzelheiten. Er hatte eine Vision gerufen, wenn auch nicht die gewünschte. Die Frage war, was schiefgelaufen war, und wie man das Problem am Besten löste.

Der junge Magier griff nach seinem Schreiber-Beutel und zog einen leeren Streifen Pergament und Werkzeuge heraus. Er steckte eine Metallfeder auf das Ende des Griffels, schmolz etwas von der Octopus-Tinte in einer Schale und begann schnell alles aufzuschreiben, was geschehen war, vom Beginn des Zaubers bis zu Aegwynns tiefem Einsinken in den Schnee, als sie davonging.

Stunden später schrieb er immer noch, als ein kränkliches Husten in der Tür zu hören war. Khadgar war so in seinen Gedanken versunken, dass er den greisen Diener nicht bemerkte, bis Moroes ein zweites Mal hustete.

Khadgar blickte leicht irritiert auf. Da war etwas Wichtiges, das er niederschreiben wollte, aber es fiel ihm nicht mehr ein. Eine Bewegung im Augenwinkel seines Geistes.

„Der Magus ist zurück“, verkündete Moroes. „Will dich im Observatorium sehen.“

Khadgar blickte Moroes ein paar Sekunden lang mit leeren Augen an, bevor die Worte in seinen Geist sickerten. „Medivh ist zurück?“, gelang es ihm schließlich hervorzubringen.

„Das habe ich gesagt“, ächzte Moroes. Er schien jedes Wort nur widerwillig auszusprechen. „Du wirst mit ihm nach Stormwind fliegen.“

„Stormwind? Ich? Warum?“ fragte der junge Magier.

„Weil du sein Schüler bist, darum“, versetzte Moroes mürrisch. „Observatorium. Ich habe schon die Greife gerufen.“

Khadgar blickte auf seine Arbeit, Zeile um Zeile in ordentlicher Handschrift, die jedes Detail genau beschrieb. Aber da war noch etwas, das er vergessen hatte. Stattdessen sagte er: „Ja. Ja. Ich werde meine Sachen zusammensuchen. Das hier zu Ende schreiben.“

„Lass dir Zeit“, sagte der Kastellan. „Es ist nur der Magus, der mit dir nach Stormwind fliegen will. Nichts Wichtiges.“ Und Moroes verschwand wieder im Gang. „Observatorium“, ließ er noch einmal seine Stimme hören, fast wie einen nachträglichen Einfall.

Stormwind!, dachte Khadgar. *König Llanes Burg!* Was konnte so wichtig sein, dass er dorthin gehen musste? Vielleicht ein Bericht über die Orks?

Khadgar blickte von seinem Pergament auf. Die Nachricht von Medivhs Rückkehr und ihrem baldigen Aufbruch hatte seine Gedanken unterbrochen, und jetzt war sein Geist bei der neuen Mission. Er blickte auf die letzten Worte, die er geschrieben hatte.

Aegwynn hat zwei Schatten, stand dort.

Khadgar schüttelte den Kopf. Welchen Weg sein Geist auch immer gerade genommen hatte, er hatte ihn verloren. Er löschte sorgfältig die überschüssige Tinte ab, damit sie nicht schmierte, und legte das Pergament zur Seite. Dann sammelte er sein Werkzeug zusammen und eilte in sein Quartier. Er würde sich umziehen müssen. Für den Ritt auf einem Greifen benötigte er Reisekleidung. Und es war wohl besser, seinen guten Zaubermantel einzupacken, falls er dem König begegnen sollte.

SIEBEN

STORMWIND

Bis zu diesem Zeitpunkt war das größte Gebäude, das Khadgar jemals gesehen hatte, die Violette Zitadelle auf der Kreuzinsel vor den Toren der Stadt Dalaran gewesen. Die majestätischen Türme und großen Hallen der Kirin Tor, mit ihren Dächern aus dickem Schiefer in der Farbe von Lapislazuli, die der Zitadelle ihren Namen gaben, hatten Khadgar stets mit besonderem Stolz erfüllt, da auch er dort zuhause war. Nichts, nicht einmal Medivhs Turm, war bei all seinen Reisen durch Lordaeron und nach Azeroth auch nur annähernd dem ehrwürdigen Glanz der Zitadelle der Kirin Tor nahe gekommen.

Bis er nach Stormwind kam.

Wie zuvor waren sie die ganze Nacht hindurch geflogen, und dieses Mal war der junge Magier überzeugt, zwischenzeitlich geschlafen zu haben, während er auf seinem Greifen durch die frostige Nachtluft ritt. Welches Wissen Medivh auch immer in seinen Geist gepflanzt hatte, es funktionierte weiterhin, denn Khadgar war sich sicher in seiner Fähigkeit, das geflügelte Raubtier mit den Knien zu lenken, und fühlte sich auf dessen Rücken wie zuhause. Der Teil seines Gehirns, in dem das Wissen ruhte, fühlte dieses Mal keinen Schmerz, sondern nur ein leichtes Pochen, als sei das geistige Gewebe verheilt und habe eine kleine Narbe hinterlassen. Sein Verstand nahm das Wissen in seinem Innern auf, doch er empfand es noch immer als etwas Fremdes.

Er erwachte, als die Sonne am Horizont hinter ihm aufging, und geriet für einen Moment in Panik, was das große Flugtier dazu brachte, eine weiche Kurve zu fliegen, die es aus Medivhs „Kielwasser" fortzog. Aber Khadgar brachte es sofort wieder unter seine Kontrolle, und als er aufblickte, lag vor ihm Stormwind und leuchtete in der Morgensonne.

Die Stadt war eine Zitadelle aus Gold und Silber. Die Mauern glänzten im Frühlicht wie ein Kelch, den ein Kastellan gerade erst geputzt hatte, und schienen ein eigenes Strahlen zu besitzen. Die Dächer glitzerten als wären sie aus Silber gefertigt, und für einen Augenblick meinte Khadgar, sie seien mit unzähligen kleinen Edelsteinen besetzt.

Der junge Magier blinzelte und schüttelte den Kopf. Die goldenen Mauern wurden zu normalem Stein, der jedoch an einigen Stellen großartig schimmerte und an anderen mit komplexen Schnitzereien verziert war. Die silbernen Dächer waren nur dunkler Schiefer, und was er für Edelsteine gehalten hatte, war der morgendliche Tau, der die Sonne in allen Farben des Regenbogens zurückwarf.

Und doch war Khadgar weiterhin über die Größe der Stadt erstaunt. Sie war so gewaltig wie irgendeine Stadt in Lordaeron, wenn nicht noch größer, und aus der Höhe betrachtet breitete sie sich in ihrer ganzen Herrlichkeit vor ihm aus. Er zählte drei Ringe von Mauern, die sich wie Bänder um die zentrale Burg zogen, und kleinere Wälle, die unterschiedliche Bezirke abtrennten. Wohin auch immer er blickte, stets breitete sich noch mehr Stadt unter ihm aus.

Selbst jetzt, in den Morgenstunden, gab es wimmelnde Bewegung darin. Rauch stieg von Feuern auf, und die Menschen sammelten sich bereits auf den offenen Marktplätzen und dem Gemeindeland. Große Wagen rumpelten aus den Stadttoren und brachten Bauern zu den gepflegten, ordentlich wirkenden Feldern, die sich vor den Mauern der Stadt ausbreiteten und fast bis zum Horizont erstreckten.

Khadgar konnte die Hälfte der Gebäude nicht identifizieren. Große Türme mochten, so weit er es beurteilen konnte, Universitäten oder Kornspeicher sein. Eine brandende Fluss-Kaskade wurde von gewaltigen Wasserrädern genutzt, doch zu welchem Zweck, war nicht zu ersehen. Eine plötzliche Flamme schoss weit zu seiner Rechten auf und mochte von einer Gießerei, einem gefangenen Drachen oder irgendeinem schweren Unfall rühren. Es war ihm ein Rätsel.

Stormwind war die größte Stadt, die Khadgar jemals gesehen hatte, und in ihrem Herzen lag Llanes Burg.

Es konnte keine andere sein. Hier schienen die Mauern tatsächlich aus Gold zu bestehen, und die Fenster waren mit Silber beschlagen. Das Dach war mit blauem Schiefer gedeckt, der tief und luxuriös wie ein Saphir anmutete, und auf den Myriaden von Türmen konnte Khadgar Flaggen mit dem Löwenkopf von Azeroth erkennen, dem Zeichen von König Llanes Hofstaat und Symbol des Reiches.

Der Burg-Komplex schien eine eigene Stadt in der umgebenden Metropole zu sein, mit zahllosen Seitengebäuden, Türmen und Hallen. Schmale Brücken spannten sich zwischen hohen Gebäuden und waren so lang, dass Khadgar überzeugt war, sie müssten durch Magie gestützt werden.

Vielleicht konnte eine solche Struktur wirklich nur von Magie geschaffen sein, dachte er und erkannte, dass dies möglicherweise der Hauptgrund dafür war, dass Medivh hier so sehr geschätzt wurde.

Der ältere Magier hob eine Hand und kreiste um einen bestimmten Turm, dessen oberstes Stockwerk eine Plattform ohne Brüstung bildete. Medivh zeigte nach unten. Einmal. Zweimal. Ein drittes Mal. Er wollte, dass Khadgar zuerst landete.

Khadgar griff auf seine vernarbten Erinnerungen zu und brachte den großen Greif elegant nach unten. Das große, adlerköpfige Tier warf seine Schwingen zurück wie ein großes Segel und verlangsamte den Flug, bis es sanft landete.

Auf dem Turm wartete bereits eine Delegation. Eine Gruppe von Dienern in blauer Livree kam angelaufen, um die Zügel zu nehmen und dem Kopf des Greifen eine schwere Mütze überzuziehen. Die fremden Erinnerungen sagten Khadgar, dass diese Mütze etwas Ähnliches wie die Kappe eines Falkners war und die Sicht des Raubvogels einschränkte. Ein anderer Diener brachte einen Eimer mit warmen Kuh-Innereien und stellte ihn vorsichtig vor dem schnappenden Schnabel des Greifen ab.

Khadgar glitt vom Rücken des Tiers und wurde herzlich von Lord Lothar persönlich begrüßt. Der stattliche Mann wirkte in seiner prunkvollen Robe, über der ein ziselierter Brustharnisch lag, sogar noch größer als sonst. Ein filigran verzierter Umhang hing über seinen Schultern.

„Schüler!“, rief Lothar und verschlang Khadgars Hand regelrecht mit seiner großen, fleischigen Pranke. „Gut zu sehen, dass du es noch immer bei ihm aushältst!“

„Mylord“, sagte Khadgar und versuchte unter dem schmerzhaften Händedruck des größeren Mannes keine Miene zu verziehen. „Wir sind die ganze Nacht hindurch geflogen. Ich …“

Der Rest von Khadgar Satz wurde von einem aufgeregten Geflatter und dem panischen Kreischen eines Greifen übertönt. Medivhs Reittier stürzte vom Himmel, und der Magus landete weit weniger elegant als sein Schüler zuvor. Der mächtige Greif glitt über die ganze Breite des Turms und stürzte beinahe auf der anderen Seite wieder hinunter. Medivh riss hart an den Zügeln. Die großen Vorderklauen des Tieres umklammerten die Turmmauer, und der ältere Magier kippte fast über die Seite.

Khadgar wartete keinen Kommentar Lord Lothars ab, sondern stürzte vor, während ihm die Menge der blaugekleideten Diener folgte. Lothar rumpelte schwerfällig hinter ihnen her.

Medivh war bereits abgestiegen, als sie bei ihm ankamen, und reichte die Zügel an den ersten der Diener weiter, der ihn erreichte. „Verdammter Seitenwind!“, fluchte der Magus. „Ich habe immer gesagt, dass dies genau der falsche Ort für ein Aviarium ist, aber hier hört ja niemand auf Zauberer. – Gute Landung, Junge“, fügte er mit einem Blick auf Khadgar hinzu, während die Diener seinen Greif umschwärmten und versuchten, das Tier zu beruhigen.

„Med", sagte Lothar und hielt ihm eine Hand zum Gruß entgegen. „Es ist gut, dass du kommen konntest."

Medivh blickte ihn nur verdrießlich an. „Ich kam so schnell ich konnte", schnaubte er und reagierte offenbar auf irgendeinen Affront, der Khadgar vollkommen entgangen war. „Manchmal müsst ihr schon ohne mich klarkommen, weißt du."

Wenn Lothar über Medivhs Laune überrascht war, so ließ er sich nichts anmerken. „Jedenfalls gut, dich zu sehen. Seine Majestät …"

„… wird warten müssen", beendete Medivh den Satz für ihn. „Bring mich jetzt in die fragliche Kammer. Nein, ich kenne den Weg selbst. Du hast gesagt, es waren Huglar und Hugarin. Hier entlang also." Und mit diesen Worten schritt der Magus bereits davon, auf die Seitentreppe zu, die sich zum eigentlichen Turm hinab wand. „Fünf Ebenen tiefer, dann eine Verbindungsbrücke, dann drei Ebenen hinauf! Scheußlicher Ort für ein Aviarium!"

Khadgar blickte Lothar an. Der größere Mann rieb sich mit der fleischigen Hand über den kahlen Schädel und schüttelte den Kopf. Dann folgte er dem Zauberer, und auch Khadgar zog hinter ihm her.

Medivh war verschwunden, als sie den Fuß der Wendeltreppe erreichten, doch eine Litanei von Beschwerden und gelegentlichen Flüchen war von weit vor ihnen zu hören und wurde langsam leiser.

„Er befindet sich ja in einer ziemlich schlechten Laune",

sagte Lothar. „Ich bringe dich zur Kammer der Magier. Dort werden wir ihn finden."

„Er war letzte Nacht sehr unruhig", sagte Khadgar, um sich für seinen Meister zu entschuldigen. „Er war fort gewesen, und offenbar erreichte Euer Ruf den Turm kurz nachdem er zurückgekehrt war."

„Hat er dir erzählt, worum es bei diesem ganzen Ärger geht, Schüler?", fragte Lothar. Khadgar musste verneinen.

Der Champion Anduin Lothar runzelte die Stirn. „Zwei der großen Zauberer von Azeroth sind tot, ihre Körper fast zur Unkenntlichkeit verbrannt, ihre Herzen aus der Brust gerissen. Sie wurden in ihrer Kammer ermordet, und es gibt Indizien …" Lord Lothar zögerte einen Moment, als suche er nach den richtigen Worten. „Es gibt Indizien, die auf dämonische Aktivität hinweisen. Darum sandte ich meinen schnellsten Boten, um den Magus zu holen. Vielleicht kann er uns sagen, was hier geschehen ist."

„Wo sind die Leichen?", schrie Medivh, als Lothar und Khadgar ihn schließlich einholten. Sie befanden sich hoch oben in einem anderen Turm der Burg, und die Stadt breitete sich hinter einem großen offenen Fenster aus, das gegenüber der Tür lag.

Der Raum war ein einziges Chaos und wirkte, als sei er von Orks durchsucht worden – von schlampigen Orks! Jedes Buch war aus dem Regal gerissen worden, alle Schriftrollen lagen aufgerollt über die Kammer verteilt, viele von ihnen zerfetzt. Alchemistische Geräte waren zerschmettert, Pulver und Salben über den Boden verstreut worden.

Im Zentrum des Raumes befand sich ein Symbol der Macht, und eine Inschrift war in den Boden selbst eingegraben. Der Ring bestand aus zwei konzentrischen Kreisen, zwischen denen magische Worte zu lesen waren. Die Einschnitte im Boden waren tief und mit einer klebrigen, dunklen Flüssigkeit gefüllt. Es gab zwei riesige Brandflecken auf dem Boden, jeder so groß wie ein Mann. Sie befanden sich zwischen dem Ring und dem Fenster.

Solche eingeschnittenen Kreise dienten nur einem Zweck, das wusste Khadgar. Der Bibliothekar der Violetten Zitadelle hatte ihn stets vor ihnen gewarnt.

„Wo *sind* die Leichen?", wiederholte Medivh, und Khadgar war froh, dass er nicht derjenige war, der diese Frage beantworten musste. „Wo sind die Überreste von Huglar und Hugarin?"

„Wir haben sie kurz, nachdem wir sie fanden, entfernt", erklärte Lothar ruhig. „Er wäre unziemlich gewesen, sie hier zu lassen. Wir wussten nicht, wann du kommen würdest."

„Ihr wusstet nicht, *ob* ich kommen würde, willst du wohl sagen", schnappte Medivh. „In Ordnung. In Ordnung. Wir können immer noch etwas retten. Wer war in diesem Raum?"

„Die Zauberer-Lords Huglar und Hugarin …", begann Lothar.

„*Natürlich*", zischte Medivh scharf. „Sie müssen ja hier gewesen sein, sonst hätten sie nicht hier sterben können. Wer noch?"

„Einer ihrer Diener hat sie gefunden", fuhr Lothar fort. „Dann wurde ich gerufen. Und ich brachte ein paar Wachleute mit, um die Leichen hinauszutragen. Sie sind noch nicht bestattet worden – wenn du sie untersuchen willst …“

Medivh war bereits tief in Gedanken versunken. „Hmm. Egal. Darum können wir uns später kümmern. Also ein Diener, du selbst und ungefähr vier Wachleute, würdest du sagen? Und jetzt ich und mein Schüler. Sonst niemand?“

„Niemand, der mir einfiele“, sagte Lothar.

Der Magus schloss die Augen und murmelte ein paar Worte in seinen Bart. Es mochte ein Fluch oder ein Zauber sein. Dann sprangen seine Augen wieder auf. „Interessant. Mein Vertrauen!“

Khadgar zog tief den Atem ein. „Lord Magus.“

„Ich brauche deine Jugend und Unerfahrenheit. Meine abgestumpften, alten Augen sehen vielleicht nur das, was sie zu sehen erwarten. Ich brauche frische Augen. Hab jetzt keine Angst, Fragen zu stellen. Komm hierher. Stell dich in die Mitte der Kammer. Nein, geh nicht über den Ring. Wir wissen nicht, ob ihm noch ein Zauber anhaftet. Stell dich hierhin. Jetzt. Was spürst du?“

„Ich sehe den zerstörten Raum“, begann Khadgar.

„Ich sagte nicht ‚Sehen‘“, tadelte ihn Medivh. „Ich sagte ‚Spüren‘!“

Khadgar atmete tief ein und wob einen kleinen Zauber, der dazu diente, die Sinne zu schärfen und normalerweise half, verlorene Dinge zu finden. Es war ein einfacher Wahrsage-Zauber, wie er ihn Hunderte Male in der Violetten Zitadelle benutzt hatte. Er eignete sich besonders gut dafür, Dinge zu finden, die andere verborgen halten wollen.

Doch schon bei den ersten Worten seines Zauber-Gesangs

fühlte Khadgar, dass hier etwas anderes war. Die Magie in diesem Raum besaß eine seltsame Trägheit. Oft strahlte Magie ein Gefühl der Leichtigkeit und Energie aus, aber diese hier fühlte sich dickflüssig an, beinahe fest, und legte sich schwer und erstickend auf die Lungen des jungen Zauberers. Khadgar hatte so etwas noch nie zuvor gespürt und fragte sich, ob es an den Symbolen der Macht lag oder an den Kräften und Beschwörungen der nun toten Zauberer.

Es war ein miefiges Gefühl, wie abgestandene Luft in einem Raum, der jahrelang verschlossen war. Khadgar versuchte, die Energien zusammenzuziehen, aber sie schienen sich zu wehren, folgten seinen Wünschen nur mit größtem Widerwillen.

Khadgars Gesicht wurde hart, als er versuchte, mehr von der Macht dieses Raumes, von seinen magischen Energien, in sich selbst zu ziehen. Der Zauber, den er anwandte, war von einfacher Natur. Wenn überhaupt, so hätte er an einem Ort wie diesem, wo Beschwörungen alltäglich waren, einfacher zu wirken sein sollen.

Und plötzlich spülte die dicke, übelriechende Magie über den jungen Zauberer hinweg. Sie war auf ihm und überall um ihn herum, als habe er den Stein ganz unten herausgezogen und damit die ganze Wand über sich zum Einsturz gebracht. Sie begrub ihn unter sich. Die Macht der dunklen, schweren Magie fiel auf ihn wie eine erstickende Decke, zertrümmerte den Zauber unter sich und stieß Khadgars Körper auf die Knie. Er schrie.

Medivh war sofort an seiner Seite und half ihm wieder auf die Beine. „Ganz ruhig“, sagte der Magus. „Du hast größeren Erfolg gehabt, als ich es erwartete. Guter Versuch. Exzellente Arbeit."

„Was ist das?", gelang es Khadgar hervorzupressen. „So etwas habe ich noch nie gefühlt. Schwer. Widerlich. Erstickend."

„Das ist gut", sagte Medivh. „Gut, dass du es gefühlt hast. Gut, dass du durchgehalten hast. Die Magie ist an diesem Ort grauenhaft pervertiert, ein Fluch dessen, was früher hier geschehen ist."

„Ihr meint, wie ein Spuk?", fragte Khadgar. „Selbst in Karazahn habe ich niemals …"

„Nein, nicht so", sagte Medivh. „Etwas viel Schlimmeres. Die beiden toten Zauberer haben Dämonen beschworen. Es ist dieser Fluch, den du spürst, diese Schwere der Magie. Ein Dämon war hier. Das hat Huglar und Hugarin getötet, diese armen Narren."

Für einen Augenblick herrschte drückende Stille in der Kammer. Dann sagte Lothar: „Dämonen? In den Türmen des Königs? Ich kann nicht glauben, dass …"

„Oh, glaub es ruhig", sagte Medivh. „Egal, wie gelehrt ein Zauberer ist, wie weise und wundervoll, wie mächtig und stark, es gibt immer noch einen Splitter der Macht, ein Mehr an Wissen, ein weiteres Geheimnis, das jeder Magier herausfinden will. Ich glaube, Huglar und Hugarin sind in diese Falle getappt und haben Mächte von der anderen Seite des Großen Dunklen Jenseits beschworen. Und dafür mussten sie den Preis bezahlen. Narren. Sie waren Freunde und Kollegen, aber sie waren, was das angeht, törichte Narren."

„Aber wie?“, fragte Lothar. „Sicher gab es Schutzvorkehrungen. Abwehrzauber. Dies hier auf dem Boden ist ein mystisches Symbol der Macht.“

„Und leicht durchschlagen worden, leicht durchbrochen“, sagte Medivh und beugte sich über den Ring, auf dem das getrocknete Blut der beiden Magier glitzerte. Er griff hinab und hob einen dünnen Strohhalm auf, der über den erkalteten Steinen gelegen hatte. „Aha! Ein Halm von einem Besen. Wenn der hier lag, als sie ihre Beschwörung begannen, dann konnten alle Beschwörungen und Amulette der Welt sie nicht schützen. Für den Dämon war der Kreis nicht mehr als ein Bogen, ein Tor in diese Welt. Er trat mit brennendem Höllenfeuer heraus und griff die armen Narren an, die ihn in diese Welt geholt hatten. Ich habe so etwas schon früher gesehen.“

Khadgar schüttelte den Kopf. Die dicke Finsternis, die von allen Seiten auf ihm zu lasten schien, wich ein wenig, und er konnte seinen Geist wieder sammeln. Er blickte sich in der Kammer um. Sie war bereits ein Katastrophengebiet – der Dämon hatte bei seinem Angriff alles zerstört. Wenn es einen Besen-Halm gegeben und dieser den Kreis durchbrochen hatte, wäre er sicher während des Kampfes an einen anderen Platz bewegt worden.

„Wie wurden die Leichen gefunden?“, fragte Khadgar.

„Was?“, zischte Medivh mit einer Schärfe, die Khadgar beinahe zusammenzucken ließ.

„Es tut mir Leid“ entschuldigte sich Khadgar schnell. „Ihr sagtet, ich solle Fragen stellen.“

„Ja, ja, natürlich“, sagte Medivh, aber der hitzige Ton seiner Stimme kühlte nur wenig ab. Zum Champion des Königs sagte er: „Nun, Anduin Lothar, wie wurden die Leichen gefunden?"

„Als ich hereinkam, lagen sie auf dem Boden. Der Diener hatte sie nicht bewegt", sagte Lothar.

„Mit den Gesichtern nach oben oder nach unten?", fragte Khadgar so ruhig er nur konnte. Er spürte den eisigen Blick des Magus. „Die Köpfe dem Kreis zugewandt oder dem Fenster?"

Lothars Gesicht verdüsterte sich, als er an den grauenhaften Anblick zurückdachte. „Dem Kreis zugewandt. Und mit den Gesichtern nach unten. Ja, ich bin mir sicher. Sie waren am ganzen Körper schwer verbrannt, und wir mussten sie umdrehen, um sicherzugehen, dass es sich um Huglar und Hugarin handelte."

„Worauf willst du hinaus, mein Vertrauen?", fragte der Magus, der jetzt am offenen Fenster saß und sich den Bart strich.

Khadgar blickte auf die beiden Brandflecken zwischen dem gescheiterten Schutzkreis und dem Fenster und versuchte, von ihnen als Leichen zu denken und nicht als einst lebende Zauberer. „Wenn man jemanden von vorne trifft, fällt er nach hinten. Wenn man jemanden von hinten trifft, fällt er nach vorne. War das Fenster offen, als Ihr hier eingetroffen seid?"

Lothar blickte auf das offene Fenster. Die große Stadt, die dahinter ausgebreitet lag, war für einen Augenblick vergessen. „Ja. Nein. Ja, ich glaube schon. Aber es könnte von dem Diener geöffnet worden sein. Hier herrschte ein schrecklicher Gestank. Das hatte zuerst die Aufmerksamkeit des Dieners auf sich gezogen. Ich kann ihn fragen."

„Nicht nötig", sagte Medivh. „Das Fenster stand wahrscheinlich offen, als dein Diener eintrat." Der Magus erhob sich und trat zu den Brandflecken. „Also glaubst du, mein Vertrauen", sagte er, „dass Huglar und Hugarin hier standen und den magischen Kreis beobachteten, während etwas durch das Fenster hereinkam und sie von hinten traf." Zur Untermalung dieser These schlug er sich selbst mit der offenen Handfläche auf den Hinterkopf. „Sie fielen nach vorne und verbrannten in dieser Position."

„Ja, Herr", sagte Khadgar. „Ich meine, es ist eine Theorie."

„Eine gute", sagte Medivh. „Aber eine falsche, fürchte ich. Zunächst einmal würden die beiden Magier dort stehen und auf überhaupt nichts blicken, *es sei denn*, sie behielten den magischen Kreis im Auge. Also beschworen sie einen Dämon. Solch ein Ring wird zu keinem anderen Zweck benutzt."

„Aber …", begann Khadgar, doch der Magus erstickte die Worte mit einem durchdringenden Blick.

„*Und*", fuhr Medivh fort, „während deine Theorie bei einem einzelnen Angreifer mit einem Stock oder einem Knüppel funktionieren würde, funktioniert sie nicht so gut bei den dunklen Energien der Dämonen. Hätte die Bestie Feuer geatmet, hätte sie die beiden Zauberer stehend erwischen können. Der Dämon hätte sie getötet, und während die Männer brannten, fielen ihre Körper nach vorne. Du hast gesagt, die Leichen seien vorne und hinten verbrannt gewesen?" Mit dieser Frage wandte er sich an Lothar.

„Ja", sagte der Champion des Königs.

Medivh hielt eine Handfläche vor sich. „Dämon atmet Feuer. Verbrennt von vorne. Huglar – oder Hugarin – fällt nach vorne, Flammen breiten sich auf dem Rücken aus … Es sei denn, der Dämon trifft Hugarin – oder Huglar – in den Rücken, dreht die Leiche dann um, um sicherzustellen, dass auch die Vorderseite verbrannt wird, dreht sie dann wieder um. Sehr unwahrscheinlich. Dämonen gehen nicht so methodisch vor."

Khadgar fühlte, wie sich die Wärme eines peinlichen Errötens auf sein Gesicht legte. „Es tut mir Leid. Es war nur eine Theorie."

„Und eine gute" wiederholte Medivh schnell. „Nur falsch, das ist alles. Du hast Recht. Und das Fenster steht offen, denn so hat der Dämon den Turm verlassen. Er ist jetzt frei in der Stadt unterwegs."

Lothar unterdrückte einen Fluch und sagte: „Bist du dir sicher?"

Medivh nickte. „Absolut. Aber er wird sich wahrscheinlich für den Augenblick verstecken und zurückhalten. Auch wenn er zwei Narren wie Huglar und Hugarin überrascht hat und töten konnte, muss das die Kräfte eines normalen Dämons sehr erschöpft haben. Deshalb habt ihr auch bisher noch nichts Neues von ihm gehört."

„Ich kann sofort Suchmannschaften organisieren", erklärte Lothar.

„Nein", sagte Medivh. „Ich will diese Sache selbst erledigen. Es nützt nichts, gute Leben den schlechten hinterher zu werfen. Aber ich muss natürlich die Leichen sehen. Dann weiß ich, womit wir es hier zu tun haben."

„Sie liegen in einer kühlen Kammer des Weinkellers", sagte Lothar. „Ich kann dich dorthin bringen."

„Gleich", sagte Medivh. „Ich will mich hier noch ein wenig umsehen. Kannst du mich und meinen Schüler für einen Augenblick allein lassen?"

Lothar zögerte einen Moment, dann sagte er: „Natürlich. Ich warte draußen vor der Tür." Bei seinen letzten Worten blickte er Khadgar scharf an, dann ging er.

Der Riegel der Tür fiel zu, und es herrschte Schweigen in der Kammer. Medivh ging von Tisch zu Tisch und begutachtete die zerfledderten Bücher und zerrissenen Papiere. Er hielt einen Brief mit einem purpurnen Siegel hoch und schüttelte den Kopf. Langsam zerknüllte er das Pergament in seiner Hand.

„In *zivilisierten* Ländern" sagte er mit leicht angespannter Stimme, „widersprechen Schüler ihren Meistern nicht. Zumindest nicht in der Öffentlichkeit." Er wandte sich Khadgar zu, und der Junge erkannte im Gesicht des alten Mannes düstere Gewitterwolken.

„Es tut mir Leid", sagte Khadgar. „Ihr sagtet, ich solle Fragen stellen, und die Position der Leichen schien zu diesem Zeitpunkt nicht richtig, aber jetzt, da ihr erklärt habt, wie die Körper verbrannt wurden …"

Medivh hob eine Hand, brachte Khadgar zum Schweigen. Dieser zögerte einen Moment, dann ließ er langsam den angehaltenen Atem heraus.

„Genug. Du hast das Richtige getan", sagte der Magus, „nicht mehr und nicht weniger, als das, worum ich dich gebeten hatte. Und wenn du nicht gesprochen hättest, so wäre mir nicht klar geworden, dass der Dämon wahrscheinlich den Turm hinab geklettert ist, und ich hätte unnütze Zeit damit vergeudet, den Burgkomplex zu durchsuchen. Aber du hast Fragen gestellt, weil du nicht viel über Dämonen weißt, und das ist Unwissenheit. Und Unwissenheit werde ich *nicht* tolerieren."

Der ältere Magier blickte Khadgar an, aber es lag ein Lächeln auf seinen Mundwinkeln. Khadgar war sich sicher, dass der Sturm vorübergezogen war, und ließ sich auf einen Stuhl nieder. Er begann: „Lothar …"

„Wird warten", sagte Medivh. „Das kann er gut, dieser Anduin Lothar. Also, was hast du in deiner Zeit in der Violetten Zitadelle über Dämonen gelernt?"

„Ich habe die Legenden gehört", sagte Khadgar. „In den Ersten Tagen gab es Dämonen im Land, und die großen Helden erhoben sich, um sie zu vertreiben." Er dachte an Medivhs Mutter, die die Dämonen in Stücke sprengte und sich deren Herrn stellte, aber er sagte nichts. Es war nicht nötig, Medivh wieder wütend zu machen, nachdem er sich gerade erst beruhigt hatte.

„Das sind die Grundlagen", sagte Medivh. „Was wir dem gemeinen Volk erzählen. Was weißt du sonst noch?"

Khadgar zog tief den Atem ein. „Die offiziellen Lehren in der Violetten Zitadelle besagen, dass man die Dämonologie meiden, einen weiten Bogen um sie machen, ihr abschwören soll. Jeder Versuch, Dämonen zu beschwören, muss aufgespürt und sofort gestoppt werden, und jene, die sich solchen Aktivitäten widmen, müssen aus den Reihen der Kirin Tor verstoßen werden. Oder Schlimmeres. Es gab Geschichten unter den jungen Studenten …"

„Geschichten, die auf Tatsachen basieren“, sagte Medivh. „Aber du bist ein neugieriger Bursche. Du weißt mehr, nehme ich an?“

Khadgar neigte nachdenklich den Kopf und wählte seine Worte sorgfältig. „Korrigan, unser Bibliothekar, besitzt eine umfangreiche Sammlung von … Material.“

„Und er brauchte jemanden, der ihm half, dieses Material zu sortieren“, sagte Medivh trocken. Khadgar musste gezuckt haben, denn Medivh fügte hinzu: „Aber das ist nur eine Vermutung von mir, mein Vertrauen.“

„Das Material besteht zum größten Teil aus Volkssagen und Berichten örtlicher Behörden, die sich um Dämonen-Anbeter drehen. Die meisten Texte berichten von einzelnen Menschen, die böse Taten im Namen irgendeines alten Dämons aus den Legenden begehen. Es gibt nichts über tatsächliche Beschwörungen eines Dämons. Keine Zauber, keine arkanen Schriften.“ Khadgar trat auf den Schutzkreis zu. „Keine Zeremonien.“

„Natürlich“, sagte Medivh. „Selbst Korrigan würde so etwas einem Studenten nicht zumuten. Wenn er solches Material besitzt, wird er es getrennt von den anderen Texten aufbewahren.“

„Angesichts dieser eher dürftigen Geschichten nimmt man allgemein an, dass die Dämonen besiegt und vollkommen aus dieser Welt vertrieben wurden. Sie wurden aus der Welt des Lichts und der Lebenden ausgestoßen und hausen in ihrem eigenen Reich.“

„Dem *Großen Dunklen Jenseits*“, sagte Medivh und betonte seine Worte wie ein Gebet.

„Sie sind noch immer dort. Das behaupten zumindest die Legenden“, sagte Khadgar. „Aber sie wollen wieder zurückkommen. Manche sagen, sie besuchen Menschen mit einem schwachen Willen im Schlaf und bringen sie dazu, alte Zauber zu finden und Opfer darzubringen. Manchmal geht es darum, ihnen einen Weg zu öffnen, damit sie wieder ganz zurückkommen können. Andere sagen, sie suchen Anbeter und Opfer, um die Welt wieder so zu machen, wie sie einst war, blutig und von Gewalt beherrscht. Und erst dann werden sie zurückkehren.“

Medivh schwieg einen Moment lang, strich sich über den Bart und sagte: „Sonst noch etwas?“

„Es gibt mehr. Details und einzelne Geschichten. Ich habe Schnitzereien von Dämonen gesehen, Bilder, Diagramme.“ Wieder fühlte Khadgar das Bedürfnis in sich aufsteigen, Medivh von seiner Vision zu berichten, von der Dämonen-Armee, von Sargeras. Stattdessen sagte er: „Und es gibt ein altes Epos, das erzählt, wie Aegwynn in einem fernen Land gegen eine Horde von Dämonen gekämpft hat.“

Diese Erwähnung brachte ein sanftes, wissendes Lächeln auf Medivhs Gesicht. „Ah ja, ‚Das Lied der Aegwynn‘. Man findet dieses Gedicht in den Quartieren vieler mächtiger Zauberer, musst du wissen.“

„Mein Lehrer Lord Guzbah war sehr daran interessiert“, sagte Khadgar.

„Wirklich?“, sagte Medivh lächelnd. „Bei allem gebührenden Respekt, aber ich weiß nicht, ob Guzbah wirklich bereit ist für dieses Gedicht. Zumindest nicht in seiner wahren Form.“ Er hob die Augenbrauen. „Was du gesagt hast, entspricht im Grunde der Wahrheit. Viele Menschen gießen sie in die Form von Legenden und Märchen, aber ich glaube, du weißt genauso gut wie ich, dass Dämonen real sind, und dass sie da draußen existieren, und ja, sie stellen tatsächlich eine Bedrohung für jene dar, die auf dieser von der Sonne beschienenen Welt wandeln. Und auch alle anderen Welten müssen sich vor ihnen fürchten. Ich glaube jetzt, ich glaube *fest*, dass deine Welt mit dem roten Himmel ein solcher Ort war, eine andere Welt auf der anderen Seite des Großen Dunklen Jenseits. Das Jenseits ist ein Gefängnis für jene Dämonen, ein Ort ohne Licht, und sie sind sehr, sehr eifersüchtig auf uns und sehnen sich danach, wieder hierher zurückzukehren."

Khadgar nickte, und Medivh fuhr fort: „Aber deine Annahme, dass ihre Opfer einen schwachen Willen haben, ist falsch, auch wenn es wieder ein gut gemeinter Irrtum ist. Es gibt mehr als genug eigennützige Bauern, die eine dämonische Kraft aus Rache gegen eine frühere Liebe anrufen, oder dumme Kaufleute, die die Rechnung eines Schuldners mit einer schwarzen Kerze verbrennen und dabei den alten Namen einer einst großen dämonischen Kraft in ihrem Mund böse verstümmeln. Aber nicht weniger häufig sind jene, die in vollem Bewusstsein in den Abgrund gehen, die sich für gelehrt halten und sicher fühlen, dass keine Verlockung oder Bedrohung ihnen etwas anhaben kann – dass sie stark genug sind, die dämonischen Energien zu bändigen, die jenseits der Mauern der Welt wüten. Sie sind viel gefährlicher als der Pöbel, denn wie du weißt, ist das Beinahe-Scheitern eines mächtigen Zauberers viel tödlicher als das vollkommene Scheitern eines Versagers."

Khadgar konnte nur nicken und fragte sich wieder, ob Medivh die Macht hatte, in seinem Geist zu lesen. „Aber dies waren mächtige Magier – Huglar und Hugarin, meine ich."

„Die mächtigsten in Azeroth", sagte Medivh. „Die weisesten und besten Zauberer, magische Berater von König Llane. Angesehen, weise und gut versorgt!"

„Sicher hätten sie es besser wissen müssen?", fragte Khadgar.

„Das sollte man meinen", sagte Medivh. „Doch hier stehen wir in den Trümmern ihrer Kammer, und ihre dämonenverbrannten Leichen liegen im Weinkeller."

„Warum haben sie es dann getan?" Khadgar runzelte die Stirn und versuchte, den Magus nicht durch eine dumme Frage zu beleidigen. „Wenn sie so viel wussten, warum haben sie dann einen Dämon beschworen?"

„Dafür kann es viele Gründe geben", seufzte Medivh. „Vermessenheit, jener falsche Stolz, der vor dem Fall kommt. Übersteigertes Selbstvertrauen – in jedem Einzelnen von ihnen … und noch dadurch verdoppelt, dass sie zusammenarbeiteten. Und Furcht, nehme ich an, vor allem Furcht."

„Furcht?" Khadgar blickte Medivh fragend an.

„Furcht vor dem Unbekannten", sagte Medivh. „Furcht vor dem Bekannten. Furcht vor Dingen, die mächtiger sind als sie selbst."

Khadgar schüttelte den Kopf. „Was könnte mächtiger sein als zwei der größten und weisesten Zauberer von Azeroth?"

„Ah", machte Medivh, und ein winziges Lächeln erblühte in seinem Bart. „Das bin dann wohl ich. Sie haben sich selbst getötet, als sie einen Dämon riefen und mit Mächten spielten, die man besser in Ruhe lassen sollte, weil sie sich vor *mir* fürchteten."

„Vor Euch?", fragte Khadgar, und die Überraschung in seiner Stimme war größer als er es zeigen wollte. Einen Augenblick lang fürchtete er, er habe den Magus ein weiteres Mal beleidigt.

Aber Medivh atmete nur tief ein und ließ die Luft langsam wieder ausströmen. „Vor mir. Sie waren Narren, aber ich gebe auch mir selbst die Schuld. Komm, Junge. Lothar kann warten. Es ist an der Zeit, dass ich dir die Geschichte der Wächter und des Ordens von Tirisfal erzähle, der alles ist, was zwischen uns und der Finsternis steht."

ACHT

LEKTIONEN

„Um den Orden zu verstehen“, sagte Medivh, „musst du Dämonen verstehen. Du musst außerdem Magie beherrschen.“

Er setzte sich auf einen der unbeschädigten Stühle, auf dem auch eines der wenigen noch heilen Kissen lag.

„Lord Medivh … Magus“, sagte Khadgar. „Wenn ein Dämon in Stormwind unterwegs ist, sollten wir uns darauf konzentrieren und nicht auf die Geschichtsstunden, für die später noch Zeit sein wird.“

Medivh blickte auf seine Brust, und Khadgar befürchtete, dass ihm ein weiterer Ausbruch des älteren Magiers bevorstand. Doch der schüttelte einfach nur den Kopf und lächelte. „Deine Bedenken würden Sinn ergeben, wenn der Dämon eine Bedrohung für jene in deiner Umgebung wäre. Aber vertrau mir, dass dem nicht so ist. Selbst wenn der Dämon einer der mächtigeren Offiziere innerhalb der Brennenden Legion wäre, hätte er den Großteil seiner persönlichen Macht im Kampf gegen die beiden Magier verloren, die ihn beschworen. Zumindest momentan spielt er keine Rolle.

Wichtig ist nur, dass du verstehst, was der Orden ist, was ich bin und warum andere sich so sehr für ihn interessieren."

„Aber Magus …", begann Khadgar.

„Und je eher ich hier fertig bin, desto eher werde ich wissen, ob ich dir diese Informationen anvertrauen kann, und desto eher kann ich mich um diesen lächerlichen Dämon kümmern. Wenn du also willst, dass ich gehe, solltest du mich zu Ende reden lassen. Richtig?"

Khadgar wollte protestieren, überlegte es sich jedoch anders. Er lehnte sich an das breite Sims des geöffneten Fensters. Die Diener hatten ihr Möglichstes getan und die Leichen aus dem Turm entfernt. Aber der Geruch ihres Todes, dieser schwere Gestank der Verwesung, hing noch immer in der Luft.

„Also, was ist Magie?", fragte Medivh im Tonfall eines Lehrers.

„Ein Energiefeld, das die Welt durchdringt", antwortete Khadgar, ohne nachzudenken. Es war eine einfache Antwort auf eine einfache Frage. „Es ist an einigen Orten stärker als an anderen, aber immer präsent."

„Ja, das ist es", antwortete der ältere Magier, „zumindest jetzt. Aber es gab eine Zeit, als dem nicht so war."

„Aber Magie ist allgegenwärtig", sagte Khadgar, wusste jedoch in dem Moment, da er die Worte aussprach, dass das Gegenteil bewiesen werden würde. „Sie ist so wie Luft oder Wasser."

„Ja, wie Wasser", sagte Medivh. „Aber es gab eine Zeit ganz zu Anfang, als sich das gesamte Wasser der Welt an einem Ort befand. All der Regen und die Flüsse und die Seen und die Ströme, all die Schauer und Bäche und Tränen waren an einem Ort, in einem Brunnen."

Khadgar nickte langsam.

„Was für Wasser gilt, gilt auch für Magie", sagte Medivh. „Ein Brunnen der Magie. Die Quelle war die Öffnung in eine andere Dimension, ein leuchtendes Tor in ein Land jenseits der Großen Dunkelheit, jenseits der Mauern der Welt. Die ersten Völker, die Zaubersprüche erdachten, lebten rund um diesen Brunnen und verwandelten seine rohe Macht in Magie. Man nannte sie damals die Kaldorei. Wie man sie heute nennt, kann ich nicht sagen." Medivh sah Khadgar an, aber der jüngere Magier schwieg.

Medivh fuhr fort. „Die Kaldorei wurden durch den Einsatz von Magie mächtig, aber sie verstanden ihren Ursprung nicht. Sie wussten nicht, dass es andere mächtige Kräfte in der Großen Dunkelheit gab, die sich im Raum zwischen den Welten bewegten. Sie gierten nach Magie und beobachteten jeden, der sie zähmte und zum eigenen Nutzen verwendete. Diese bösen Mächte waren Scheußlichkeiten, Moloche und Alpträume aus Hunderten von Welten, doch wir nennen sie einfach Dämonen. Sie wollten alle Welten erobern, in denen Magie benutzt wurde und sich verbreitete, und sie wollten diese Welten vernichten, um die Energien für sich zu behalten. Und der Größte unter ihnen, der Herrscher der Brennenden Legion, war ein Dämon namens Sargeras."

Khadgar dachte an die Vision mit Aegwynn und unterdrückte ein Schaudern.

Medivh schien die Reaktion des jungen Magiers nicht zu bemerken. „Der Herrscher der Brennenden Legion war ebenso mächtig, wie geschickt, und er versuchte, die Kaldorei zu verführen. Es gelang ihm. Ein dunkler Schatten fiel über ihre Herzen, und sie versklavten andere Völker, wie die frühen Menschen, um ihr Reich aufzubauen."

Medivh seufzte. „Nun, in dieser Zeit der Sklaverei durch die Kaldorei gab es einige, die eine größere Vision als ihre Brüder hatten und gewillt waren, nicht nur gegen die Kaldorei aufzubegehren, sondern auch den Preis für ihre Vision zu zahlen. Die mutigen Wesen, die den Kaldorei oder anderen Völkern angehörten, sahen, wie die Herzen der herrschenden Kaldorei kalt und dunkel wurden und die dämonische Macht wuchs.

Die Kaldorei wurden so sehr von Sargeras korrumpiert, dass sie die Welt beinahe bei ihrer Geburt verdammt hätten. Sie ignorierten die, die sich gegen sie stellten und ermöglichten Sargeras und den anderen mächtigen Dämonen die Invasion. Nur den heroischen Taten einiger Weniger ist es zu verdanken, dass das leuchtende Tor in der Großen Dunkelheit geschlossen wurde und Sargeras und seine Anhänger gefangen genommen wurden. Doch dieser Sieg forderte einen hohen Preis. Der Brunnen der Ewigkeit explodierte, als das Tor geschlossen wurde, und riss das Herz aus dieser Welt. Das Reich der Kaldorei – und mit ihm der gesamte Kontinent – wurde vernichtet. Die, die das Tor geschlossen hatten, wurden nie wieder gesehen."

„Kalimdor!", unterbrach Khadgar, obwohl er es nicht wollte.

Medivh sah ihn an, und Khadgar fuhr fort. „Das ist eine alte Legende in Lordaeron. Es gab einmal ein bösartiges

Volk, das sich mit Kräften einließ, die es nicht verstand. Als Strafe für seine Sünden wurde sein Reich zerbrochen und in den Wellen versenkt. Man nannte es die Entzweiung der Welt. Das Reich hieß Kalimdor."

„Kalimdor", wiederholte Medivh. „Auch wenn du nur die Kinderversion dieser Geschichte kennst, sagt sie das aus, was wir den jungen Magiern erzählen, um sie vor den Gefahren der Mächte zu warnen, die sie beschwören. Die Kaldorei waren Narren und vernichteten nicht nur sich selbst, sondern beinahe die Welt. Und als der Brunnen der Ewigkeit explodierte, verteilten sich die Energien darin in einem magischen Regen über die ganze Welt. Und deshalb ist die Magie heute allgegenwärtig – es ist die Kraft aus der Zerstörung des Brunnens."

„Aber Magus", sagte Khadgar, „das war vor Tausenden von Jahren."

„Vor zehntausend Jahren", sagte Medivh, „mehr oder weniger."

„Aber wie kommt die Legende dann zu uns? Selbst Dalarans Geschichten reichen nur zwanzig Jahrhunderte zurück, und die frühesten Überlieferungen sind in geheimnisvolle Legenden gehüllt."

Medivh nickte und nahm den Faden wieder auf. „Viele starben, als Kalimdor versank, aber manche überlebten und nahmen ihr Wissen mit. Einige der überlebenden Kaldorei gründeten den Orden von Tirisfal. Ob es sich bei Tirisfal um eine Person, einen Ort, ein Ding oder einen Gedanken handelte, weiß selbst ich nicht. Sie nahmen das Wissen über das, was geschehen war, mit sich und schworen zu verhindern, dass so etwas jemals wieder geschah. Das ist das Fundament des Ordens.

Nun, das Volk der Menschen überlebte diese dunklen Tage ebenfalls, und da die magische Energie mit dem Stoff der Welt verwoben war, begannen auch sie bald an den Toren der Realität zu kratzen. Sie beschworen Kreaturen aus der Großen Dunkelheit und klopften an den verschlossenen Türen zu Sargeras' Gefängnis. Doch dann traten die Kaldorei, die überlebt und sich verändert hatten, vor und gaben die Geschichte ihrer Vorfahren preis – wie sie beinahe die Welt vernichtet hatten.

Die ersten menschlichen Magier dachten über die Worte der überlebenden Kaldorei nach. Sie erkannten, dass, sollten sie ihre Zauberstäbe, Phiolen und Pergamentrollen niederlegen, andere – ob voller Unschuld oder nicht – nach Wegen suchen würden, um den Dämonen ein weiteres Mal Zugang zu unserem grünen Land zu verschaffen. Und so setzten die mächtigsten Magier den Orden als Geheimbund fort. Der Orden von Tirisfal ernannte eines seiner Mitglieder zum Wächter des Tirisfalen. Dieser Wächter erhielt die größte Macht und wurde zum Beschützer der Realität. Doch zu diesem Zeitpunkt war das Tor zur anderen Seite kein einzelner Brunnen der Macht mehr, sondern ein unendlicher Regen, der bis heute fällt. Das ist die größte Verantwortung der Welt."

Medivh wurde still, und seine Augen verloren kurz ihre Konzentration, so als sei er selbst in die Vergangenheit gerissen worden. Dann schüttelte er den Kopf und kehrte zu sich selbst zurück, ohne etwas zu sagen.

„Ihr seid der Wächter“, sagte stattdessen Khadgar ruhig.

„Ja“, erwiderte Medivh endlich. „Ich bin der Sohn der größten Wächterin aller Zeiten und erhielt ihre Macht kurz nach meiner Geburt. Es war … zu viel für mich, und ich bezahlte dafür mit einem Großteil meiner Jugend.“

„Aber Ihr sagtet, die Magier würden einen der ihren erwählen“, sagte Khadgar. „Hätte Magna Aegwynn keinen älteren Kandidaten bestimmen können? Wieso hat sie ein Kind, vor allem *ihr* Kind, dazu erkoren?“

Medivh holte tief Luft. „Die ersten Wächter wurden während der ersten tausend Jahre aus der erwählten Gruppe bestimmt. Die Existenz des Ordens blieb ein Geheimnis, so wie es die Gründer gewollt hatten. Nach einiger Zeit jedoch begannen Politik und persönliche Interessen eine Rolle zu spielen, sodass die Wächter bald nicht mehr als Diener waren, magische Wachhunde. Einige der mächtigen Magier glaubten, es sei Aufgabe des Wächters, allen anderen die Macht vorzuenthalten, die sie selbst genossen. Wie schon zu Zeiten der Kaldorei fiel der Schatten der dunklen Macht über die Mitglieder des Ordens. Dämonen gelangten häufiger in unsere Welt, und selbst Sargeras gelang es, kleine Teile seiner selbst zu manifestieren. Es war nur ein Bruchteil seiner Macht, aber es reichte aus, um Armeen zu zerschlagen und Nationen zu vernichten.“

Khadgar dachte an das Bild von Sargeras, das Aegwynn in der Vision bekämpft hatte. War das wirklich nur ein Bruchteil der wahren Macht dieses mächtigen Dämons gewesen?

„Magna Aegwynn …“, begann Medivh und unterbrach sich. Es war, als sei er nicht daran gewöhnt diese Worte auszusprechen. „Die, die mich gebar, war selbst fast tausend Jahre zuvor geboren worden. Sie war sehr talentiert und wurde von den anderen Mitgliedern des Ordens zur Wächterin bestimmt. Ich glaube, die Grauesten der Graubärte dachten damals, sie könnten sie kontrollieren und die Wächterin weiterhin als Schachfigur in ihren eigenen politischen Spielzügen einsetzen.

Sie überraschte sie.“ Medivh lächelte. „Sie ließ sich nicht manipulieren und kämpfte sogar gegen einige der größten Magier ihrer Zeit, als diese unter dämonischen Einfluss gerieten. Manche dachten, ihre Unabhängigkeit würde mit der Zeit vergehen und dass sie, wenn ihre Zeit gekommen war, die Aufgabe an einen einfacheren Kandidaten weiterreichen würde. Erneut überraschte sie die anderen, indem sie ihre eigene Magie benutzte, um tausend Jahre unverändert zu leben. Sie benutzte ihre Macht mit Weisheit und Würde. Und so spaltete sich die Wächterin vom Orden ab. Der Orden kann dem Wächter Vorschläge machen, doch Letzterer hat das Recht Ersteren jederzeit herauszufordern, damit sich das Schicksal der Kaldorei nicht wiederholt.

Tausend Jahre kämpfte sie gegen die Große Dunkelheit und forderte selbst den körperlichen Aspekt von Sargeras heraus, der auf diese Existenzebene gelangt war. Er wollte die mythischen Drachen vernichten, um deren Macht zu vereinnahmen. Magna Aegwynn traf ihn und siegte. Sie sperrte seinen Körper an einen Ort, den niemand kennt, und trennte ihn auf ewig von der Großen Dunkelheit, aus der er seine Macht zieht. Das alles steht in dem epischen Gedicht ‚Das Lied von Aegwynn‘, nach dem Guzbah sucht. Sie konnte das nicht auf ewig, aber es muss immer einen Wächter geben.

Und dann …“ Wieder unterbrach sich Medivh. „Sie hatte jedoch noch einen Trumpf im Ärmel. Sie war zwar mächtig, aber nicht unsterblich. Man erwartete, dass sie ihre Macht weitergeben würde. Stattdessen benutzte sie einen Zauberer vom Hof von Azeroth, um einen Erben zu zeugen. Dieses Kind ernannte sie zu ihrem Nachfolger. Sie bedrohte den Orden und sagte, sie würde ihre Macht mit in den Tod nehmen und verhindern, dass es einen weiteren Wächter gebe, sollte man ihre Wahl nicht akzeptieren. Der Orden glaubte, es wäre vielleicht einfacher, ein Kind zu manipulieren … *mich* zu manipulieren … und so stimmte er zu.

Doch die Macht war zu groß. Als ich ein junger Mann war, jünger als du, erwachte sie in mir, und ich schlief mehr als zwanzig Jahre lang. Magna Aegwynn hatte so viel von ihrem Leben, und ich scheine das Meiste von meinem verloren zu haben.“ Seine Stimme zitterte. „Magna Aegwynn … meine Mutter …“, setzte er erneut an, bemerkte jedoch, dass er nichts mehr zu sagen hatte.

Khadgar saß für einen Moment ruhig da. Dann streckte sich Medivh, fuhr sich durch die langen Haare und sagte: „Und während ich schlief, schlich sich das Böse zurück in die Welt. Es gibt jetzt mehr Dämonen, mehr Orks. Und Mitglieder meines eigenen Ordens schreiten wieder den dunklen Weg hinab. Ja, Huglar und Hugarin waren Mitglieder des Ordens, so wie schon andere vor ihnen – so wie auch der uralte Arrexis von den Kirin Tor. Ja, etwas Ähnliches geschah mit ihm, und obwohl sie es damals vertuscht haben, hast du wahrscheinlich *etwas* davon gehört. Sie fürchteten sich vor der Macht meiner Mutter und vor mir, und ich habe dafür gesorgt, dass ihre Furcht sie nicht vernichtet. Dies ist die Aufgabe des Wächters von Tirisfal."

Der ältere Mann sprang auf. „Ich muss gehen!"

„Gehen?", sagte Khadgar. Er war überrascht über den plötzlichen Energieausbruch dieses hageren Körpers.

„Wie du schon so richtig bemerkt hast, treibt sich ein Dämon herum", sagte Medivh, nun wieder lächelnd. „Stoße ins Horn des Jägers. Ich muss ihn finden, bevor er seine Stärke zurückgewinnt und andere umbringt."

Khadgar richtete sich auf. „Wo fangen wir an?"

Medivh drehte sich um und sah den jüngeren Mann etwas verlegen an. „Nun, *wir* fangen nirgendwo an. Ich werde allein gehen. Du bist talentiert, aber noch längst nicht bereit für den Kampf gegen einen Dämon. Dies ist meine Schlacht, Schüler."

„Magus, ich bin sicher, dass ich …"

Medivh hob eine Hand, um ihn zum Schweigen zu bringen. „Ich brauche dich hier, damit du deine Ohren offen hältst", sagte Medivh leise. „Ich zweifle nicht daran, dass der alte Lothar die letzten zehn Minuten mit dem Ohr an der Tür verbracht hat. Es würde mich nicht wundern, wenn sich ein Abdruck des Schlüssellochs auf seiner Wange befände." Medivh grinste. „Er weiß einiges, aber nicht alles. Deswegen musste ich dir davon erzählen. Ich brauche einen Wächter für den Wächter, wenn du so willst."

Khadgar sah Medivh an, und der ältere Magier zwinkerte ihm zu. Dann ging er zur Tür und riss sie mit einer schnellen Bewegung auf.

Lothar stolperte zwar nicht in den Raum, befand sich aber unmittelbar jenseits der Schwelle. Vielleicht hatte er gelauscht, vielleicht auch nur Wache gestanden.

„Med“, sagte Lothar mit einem Lächeln. „Seine Majestät …“

„Seine Majestät versteht das sehr gut“, sagte Medivh und schob sich an dem größeren Mann vorbei. „Eher würde ich mich mit einem wildgewordenen Dämon treffen, als mit dem Herrscher einer Nation. Prioritäten und so. In der Zwischenzeit könntest du auf meinen Schüler aufpassen.“

Er sagte all das in einem Atemzug und hatte bereits den Gang bis zur Treppe durchquert, als Lothar gerade die Hälfte seines Satzes hervorgebracht hatte.

Der alte Krieger strich sich mit einer großen Hand über seine Halbglatze und seufzte theatralisch. Dann sah er Khadgar an und seufzte noch einmal.

„So war er schon immer“, sagte Lothar. „Du bist bestimmt hungrig. Komm, wir treiben ein Mittagessen für dich auf.“

Das Mahl bestand aus kaltem Geflügel, das sie aus der Vorratskammer stahlen, und zwei vollen Bierkrügen, die Lothar in seinen mächtigen Pranken transportierte. Trotz der Situation war der Champion des Königs erstaunlich entspannt und führte Khadgar auf einen Balkon, von dem aus sie die Stadt überblicken konnten.

„Herr“, sagte Khadgar. „Trotz der Bitte des Magus, ist mir klar, dass Ihr wichtigere Aufgaben habt.“

„Ja“, sagte Lothar, „und die meisten habe ich erledigt, während du mit Medivh sprachst. Seine Majestät König Llane ist in seinem Quartier, ebenso wie die meisten Höflinge – unter Bewachung natürlich –, für den Fall, dass der Dämon beschließt, sich in der Burg zu verstecken. Außerdem habe ich Agenten in alle Teile der Stadt befohlen. Sie haben die Weisung, alles Verdächtige zu melden, ohne Aufmerksamkeit auf sich zu ziehen. Das Letzte, was wir brauchen, ist eine Dämonenpanik. Ich habe alle Leinen ausgeworfen, und jetzt kann ich nur noch warten." Er sah den jüngeren Mann an. „Und meine Lieutenants wissen, dass ich auf diesem Balkon bin, weil ich hier immer mein Mittagessen einnehme."

Khadgar dachte über Lothars Worte nach und erkannte, dass der Champion des Königs viele Gemeinsamkeiten mit Medivh aufwies. Auch er plante nicht nur etliche Schritte voraus, sondern liebte es, anderen von seinen Plänen zu erzählen.

Der Schüler griff nach einem Stück Brustfleisch, während Lothar in einen Schenkel biss. Sie aßen beide schweigend. Das Geflügel war in eine Marinade aus Rosmarin, Speck und Schafsbutter eingelegt worden, bevor es gebraten wurde, und es mundete vortrefflich. Selbst kalt war es so zart, dass es im Munde zerging. Das Bier war schwer, gehaltvoll und schmeckte nach Hopfen.

Unter ihnen breitete sich die Stadt aus. Die Zitadelle selbst stand auf einem felsigen Hügel, der den König bereits von seinen Untertanen trennte und die Höhe des Turms sorgte noch zusätzlich dafür, dass die Bewohner Stormwinds wie kleine Puppen aussahen, die sich geschäftig durch enge Straßen bewegten. Es war Markttag, und hinter den bunt dekorierten Ständen priesen Händler leise, wie es Khadgar aus dieser Höhe erschien, ihre Waren an.

Für einen Moment vergaß Khadgar, wo er war, was er gesehen hatte – und weshalb er sich an diesem Ort aufhielt. Es war eine schöne Stadt. Erst Lothars tiefes Schnauben holte ihn zurück in diese Welt.

„Na?", sagte der Champion des Königs. „Wie steht es um ihn?"

Khadgar dachte einen Moment nach und antwortete. „Er ist bei guter Gesundheit, wie Ihr ja selbst sehen konntet, Herr."

„Bah!" Lothar spuckte aus, und für einen Moment befürchtete Khadgar, der Krieger habe sich an einem Stück Fleisch verschluckt. „Ich habe Augen im Kopf, und ich weiß, dass Med fast jeden täuschen kann, wenn er das will. Was ich damit sagen will: *Wie steht es um ihn?"*

Khadgar blickte wieder hinaus auf die Stadt und fragte sich, ob er auch über Medivhs Talent verfügte und in der Lage sein würde, dem älteren Mann ausweichend zu antworten.

Nein, entschied er. Medivh spielte mit Loyalitäten und Freundschaften, die älter waren als er. Für sich selbst musste eine andere Lösung finden. Er seufzte und sagte: „Er ist anstrengend. Sehr anstrengend. Und intelligent. Und überraschend. Manchmal fühle ich mich, als sei ich Schüler eines Wirbelsturms." Er sah Lothar an, der den Blick mit hochgezogenen Augenbrauen erwiderte, und hoffte, dass ihm diese Antwort reichen würde.

Lothar nickte. „Ein Wirbelsturm, das stimmt. Und vermutlich auch ein Gewitter."

Khadgar hob die Schultern. „Er hat Launen, wie jeder."

„Hm", sagte der Champion des Königs. „Wenn ein Stallknecht schlechte Laune hat, tritt er einen Hund. Wenn ein Magier schlechte Laune hat, verschwindet eine Stadt. Das meine ich nicht beleidigend."

„Ich empfinde es nicht als Beleidigung, Herr", sagte Khadgar und dachte an die toten Magier im Turmzimmer. „Ihr fragtet, was mit ihm sei. Nun, all das ist mit ihm."

„Hm", machte Lothar erneut. „Er ist ein sehr mächtiger Mann."

Und du machst dir ebensolche Sorgen wegen ihm wie die anderen Zauberer, dachte Khadgar. Laut sagte er jedoch nur: „Er sagt Gutes über Euch."

„Was denn?", fragte Lothar schneller, als er es vermutlich wollte.

Khadgar wählte seine Worte mit Bedacht. „Nur dass Ihr ihm treu gedient habt, als er krank war."

„Das stimmt", grunzte der Champion und riss den zweiten Schlegel ab.

„Und dass Ihr sehr aufmerksam seid", fügte Khadgar hinzu. Er war der Ansicht, dass er damit Medivhs Meinung über den Krieger ausreichend dargelegt hatte.

„Schön, dass ihm das auffällt", sagte Lothar mit vollem Mund. Sie schwiegen, während Lothar kaute und hinunterschluckte. „Hat er den Wächter erwähnt?"

„Wir haben darüber gesprochen", sagte Khadgar, der den Eindruck hatte, sich auf sehr dünnem Eis zu bewegen. Medivh hatte ihm nicht gesagt, wie viel Lothar wusste. Er entschied sich, nicht mehr dazu zu sagen.

„Und es steht dem Schüler nicht zu, über die Taten seines Meisters zu diskutieren, richtig?“, fragte Lothar mit einem Lächeln, das eine Idee zu gezwungen wirkte. „Komm schon, du bist aus Dalaran. In diesem magischen Schlangennest gibt es mehr Geheimnisse als an jedem anderen Ort des Kontinents. Das meine ich auch nicht beleidigend.“

Khadgar antwortete diplomatisch: „Mir ist aufgefallen, dass es hier weniger offensichtliche Rivalitäten zwischen den Magiern gibt als in Lordaeron.“

„Willst du wirklich behaupten, dass dir deine Lehrer keine Liste von Dingen mitgegeben haben, die du beim hohen Magus in Erfahrung bringen sollst?“ Lothars Grinsen war jetzt ehrlicher, wirkte beinahe schon mitfühlend.

Khadgar spürte, wie er errötete. Die tastenden Bemerkungen des älteren Kriegers kamen der Wahrheit immer näher. „Alle Bittstellungen der Violetten Zitadelle liegen Medivh vor. Er hat sich bisher sehr wohlwollend gezeigt.“

„Hm“, knurrte Lothar. „Dann fragen sie wohl nicht nach wichtigen Dingen. Ich weiß, dass die Magier hier – auch Huglar und Hugarin, mögen die Heiligen ihren Seelen gnädig sein – ihm ständig Löcher in den Bauch fragten und sich dann beim König oder mir beschwerten, wenn sie keine Antwort erhielten. Als ob wir ihn kontrollieren könnten!“

„Ich glaube, das kann keiner“, sagte Khadgar und spülte jeden weiteren Kommentar mit seinem Bier herunter.

„Noch nicht einmal seine Mutter, so weit ich weiß“, sagte Lothar. Es war nur ein kurzer Satz, aber er hatte die Wirkung eines Dolchstoßes. Khadgar wollte Lothar nach ihr fragen, hielt sich aber zurück.

„Ich bin wohl zu jung, um etwas zu wissen", sagte er. „Ich habe einiges über sie gelesen. Sie muss eine mächtige Magierin gewesen sein."

„Und diese Macht ruht jetzt in ihm", sagte Lothar. „Sie ließ ihn an diesem Hof von einem Zauberer zeugen, säugte ihn mit reiner Magie und erfüllte ihn mit ihrer Kraft. Ja, ich weiß alles darüber, setzte die Puzzleteile zusammen, nachdem er ins Koma fiel. Er war jung, viel zu jung. Selbst heute mache ich mir Sorgen."

„Ihr fürchtet, er wäre zu mächtig", sagte Khadgar. Lothar starrte ihn plötzlich durchdringend an. Der junge Magier kniff die Lippen zusammen. Mit seiner unbedachten Äußerung hatte er seinen Gastgeber praktisch beschuldigt.

Doch Lothar lächelte und schüttelte den Kopf. „Ganz im Gegenteil, Junge, ich fürchte, dass er nicht mächtig genug ist. Furchtbare Dinge geschehen in den Königreichen. Diese Orks, die du vor einem Monat sahst, vermehren sich wie Kaninchen. Und die Trolle, die beinahe ausgestorben waren, tauchen jetzt immer häufiger auf. Und Medivh jagt gerade einen Dämon … Uns stehen üble Zeiten bevor, und ich hoffe, nein ich *bete*, dass er dem gewachsen ist. Über zwanzig Jahre lebten wir ohne Wächter, während er im Koma lag. In einer Zeit wie dieser will ich so keine weiteren zwanzig Jahre verbringen."

Khadgar war das Gespräch plötzlich unangenehm. „Als Ihr gefragt habt, wie es um ihn steht, meintet Ihr …"

„… was ich sagte", fiel ihm Lothar ins Wort. „Ich will nicht, dass er jetzt schwächer wird. Orks, Trolle, Dämonen … und dann gibt es da noch …" Lothar ließ den Satz im

Nichts enden, sah Khadgar an und sagte: „Ich kann davon ausgehen, dass du mittlerweile vom Wächter weißt?"

„Davon könnt Ihr ausgehen", antwortete Khadgar.

„Und auch vom Orden?", fragte Lothar lächelnd. „Du musst nicht antworten, junger Mann, deine Augen haben dich verraten. Du solltest nie mit mir Karten spielen."

Khadgar fühlte sich in die Enge getrieben. Medivh hatte ihm befohlen, dem Champion nicht zu viel zu verraten, aber Lothar schien bereits ebenso viel zu wissen, wie Khadgar selbst. Wenn nicht sogar mehr.

Lothar sprach mit ruhiger Stimme weiter. „Wir hätten Med nicht wegen eines einfachen magischen Fehlers gerufen. Selbst dann nicht, als zwei Magier in ihren eigenen Zaubern gefangen wurden. Huglar und Hugarin gehörten zu unseren Besten, zu unseren Mächtigsten. Es gab eine Magierin, die noch mächtiger war, doch sie starb bei einem Unfall vor zwei Monaten. So weit ich weiß, gehörten alle drei deinem Orden an."

Khadgar spürte, wie es ihm kalt über den Rücken lief. Mühsam antwortete er: „Ich glaube nicht, dass ich darüber reden möchte."

„Dann lass es", sagte Lothar. Seine Augenbrauen waren so eng zusammengezogen, dass sie wie Hügel in einer uralten Landschaft wirkten. „Drei mächtige Magier, die Mächtigsten in Azeroth. Kein Vergleich zu Med oder seiner Mutter natürlich, aber trotzdem große und mächtige Zauberer. Alle tot. Dass *ein* Magier Pech hat oder sich überrumpeln lässt, kann ich nachvollziehen, aber gleich drei? Ein Krieger glaubt nicht an eine solche Häufung von Zufällen.

Und es gibt noch mehr Ungereimtheiten“, fuhr der Champion des Königs fort. „Ich habe meine eigenen Quellen, von denen ich Dinge erfahre. Karawanenhändler, Söldner und Abenteurer, die in die Stadt kommen, erzählen dem alten Lothar viel. Ich erfahre Dinge aus Ironforge und Alterac, sogar aus Lordaeron. Missgeschicke wie die erwähnten, grassieren wie eine Seuche. Ich glaube, dass jemand – oder schlimmer noch: *etwas* – die großen Magier dieses Geheimordens jagt, und zwar hier und in Dalaran selbst. Daran gibt es keinen Zweifel.“

Khadgar fiel auf, dass der ältere Mann ihn eindringlich musterte, während er sprach. Plötzlich wurde ihm bewusst, dass diese Theorie zu den Gerüchten passte, die er vor seiner Abreise in der Violetten Zitadelle gehört hatte. Uralte Magier starben plötzlich, und die Spitze der Hierarchie vertuschte das. Das große Geheimnis der Kirin Tor … Teil eines größeren Problems.

Trotz dieser Erkenntnis wandte sich Khadgar ab und blickte über die Stadt hinaus.

„Ja, wohl auch in Dalaran“, sagte Lothar. „Ich erfahre nur wenig von dort, aber ich würde wetten, dass die Neuigkeiten die gleichen sind, oder?“

„Glaubt Ihr, dass der Lord Magus in Gefahr schwebt?“, fragte Khadgar. Sein Wunsch, Lothar nichts zu erzählen, schwand im Angesicht der offensichtlichen und ehrlich erscheinenden Sorge des alten Kriegers.

„Ich glaube, dass Medivh grundsätzlich eine Gefahr ist“, sagte Lothar. „Und ich bewundere jeden, der es wagt, sich unter dem gleichen Dach wie er aufzuhalten.“ Es klang wie ein Witz, aber der Champion des Königs lächelte nicht. „Ja, etwas ist da draußen, und es steht vielleicht in Zusammenhang mit den Dämonen, den Orks oder etwas Schlimmerem. Und ich möchte zu einem solchen Zeitpunkt nicht unsere stärkste Waffe verlieren."

Khadgar sah Lothar an und versuchte in den Gesichtsfalten des Mannes zu lesen. Machte sich der alte Krieger Sorgen um seinen Freund oder um den Verlust des magischen Schutzes? Konzentrierte sich seine Sorge auf Medivh dort draußen in der Wildnis oder auf sie alle und auf die Angst, dass *etwas* sie beobachtete? Das Gesicht des älteren Mannes war wie eine Maske, und in seinen meerblauen Augen fand sich kein Hinweis auf Lothars wahre Gedanken.

Khadgar hatte einen einfachen Schwertkämpfer erwartet, einen Ritter, der in seiner Pflicht aufging – aber der Champion des Königs war weit mehr. Er drängte Khadgar in die Ecke, suchte nach Schwächen, nach Informationen … aber zu welchem Zweck?

Ich brauche jemanden, der den Wächter bewacht, hatte Medivh gesagt.

„Es geht ihm gut", sagte Khadgar. „Ihr macht Euch Sorgen um ihn, und ich teile Eure Bedenken. Aber es geht ihm gut, und ich bezweifle, dass etwas ihn ernsthaft verletzen könnte."

Lothars undeutbarer Blick flackerte für einen winzigen Moment. Er setzte an, um etwas zu sagen, um das freundlich geführte Verhör – nichts anderes war es – fortzusetzen, aber plötzlicher Lärm im Inneren des Turms lenkte sie ab. Ihre Unterhaltung, die leeren Bierkrüge und das Essen wurden nebensächlich.

Medivh schritt auf sie zu, gefolgt von einer Gruppe von Dienern und Wachen. Alle äußerten Missfallen über sein Erscheinen, doch keiner wagte es, ihn zu berühren, weshalb sie ihm lediglich wie der lebende Schweif eines Kometen folgten. Der ältere Magier betrat den Balkon.

„Ich wusste doch, dass du deinen Gewohnheiten treu bleiben würdest, Lothar", sagte Medivh. „Natürlich nimmst du hier deinen Tee ein." Der Magus lächelte warm, aber Khadgar bemerkte, dass er taumelte, fast so, als wäre er betrunken. Medivh hielt eine Hand hinter seinem Rücken versteckt.

Lothar erhob sich. Seine Stimme klang besorgt. „Medivh, bist du in Ordnung? Der Dämon ..."

„Ach ja, der Dämon", sagte Medivh fröhlich und zog seine blutige Beute hinter dem Rücken hervor. Locker schwang er sie Lothar und Khadgar entgegen.

Die rote Kugel drehte sich im Flug und verspritzte ein paar letzte Blutstropfen, bevor sie vor Lothars Füßen landete. Es war der Kopf eines Dämons, der in der Mitte, genau zwischen seinen beiden Hörnern, gespalten war, so als habe sich eine große Axt in ihn hinein gegraben. Khadgar glaubte, in der gefrorenen Grimasse des Dämons eine Mischung aus Bewunderung und Zorn zu erkennen.

„Den kannst du dir ausstopfen lassen", sagte Medivh und richtete sich zu voller Größe auf. „Den Rest musste ich natürlich verbrennen. Man weiß nie, was Unerfahrene mit soviel Dämonenblut anstellen."

Khadgar bemerkte, dass Medivhs Gesicht spitzer als zuvor wirkte, und dass die Falten rund um seine Augen deutlicher zu sehen waren. Lothar schien es ebenfalls aufgefallen zu sein.

„Du hast ihn schnell geschnappt“, sagte er.

„Ein Kinderspiel“, sagte Medivh. „Nachdem mein Vertrauen von der Flucht des Dämons aus der Burg berichtet hatte, fiel es mir leicht, ihm bis zu seinem Unterschlupf zu folgen. Der Kampf war vorbei, noch bevor er richtig begann – und bevor *er* es überhaupt realisierte.“ Der Magus taumelte leicht.

„Dann komm“, sagte Lothar mit warmem Lächeln. „Das sollten wir dem König berichten. Man wird dir zu Ehren ein Fest geben, Med!“

Medivh hob eine Hand. „Ihr müsst leider ohne mich feiern. Wir sollten zurückkehren. Es liegt ein langer Weg vor uns, nicht wahr, Schüler?“

Lothar sah Khadgar erneut forschend an. Medivh wirkte gefasst, aber erschöpft. Er schien sich dieses Mal Khadgars Unterstützung versichern zu wollen.

Der junge Magier hüstelte. „Natürlich. Wir müssen noch ein Experiment abschließen.“

„Genau!“ Medivh fing den Ball auf. „Wir waren so in Eile, hierher zu kommen, dass ich das ganz vergessen hatte. Wir sollten uns beeilen.“ Der Magus drehte sich um und wandte sich an die versammelte Dienerschaft. „Sattelt unsere Tiere! Wir reisen sofort ab.“ Die Diener liefen wie aufgeschreckte Hühner durcheinander. Medivh wandte sich wieder an Lothar. „Du wirst uns natürlich bei Seiner Majestät entschuldigen?“

Lothar sah Medivh an, dann Khadgar, dann wieder Medivh. Schließlich seufzte er und sagte: „Natürlich. Lass mich euch aber wenigstens aus dem Turm geleiten."

„Begleite uns", sagte Medivh. „Und vergiss den Kopf nicht. Ich würde ihn selbst behalten, aber so einen habe ich schon."

Lothar griff nach dem gehörnten Schädel und ging an Medivh vorbei. Als er an den Magus passiert hatte, schien aus dessen Körper die Luft zu entweichen. Er wirkte müder als zuvor, grauer als noch vor wenigen Momenten. Er stieß einen schweren Seufzer aus und wandte sich ebenfalls zur Tür.

Khadgar eilte ihm nach und fasste ihn am Ellenbogen. Es war nur eine leichte Berührung, aber der ältere Magus zuckte zusammen, als habe man ihn geschlagen. Er drehte sich zu Khadgar um. Seine Augen wurden für einen Moment glasig, dann sah er den jüngeren Mann an.

„Magus", sagte Khadgar.

„Was ist jetzt?", fragte Medivh in zischendem Flüsterton.

Khadgar dachte nach, was er darauf erwidern konnte, ohne den Zorn des Magus zu erregen. „Es geht Euch nicht gut", sagte er schließlich.

Es war die richtige Reaktion. Medivh nickte schwerfällig und sagte: „Mir ging es schon besser. Lothar weiß das vermutlich auch, aber er spricht mich nicht darauf an. Ich wäre lieber zuhause als hier." Er machte eine kurze Pause, und seine Lippen bildeten einen dünnen Strich unter seinem Bart. „Ich war hier sehr lange krank. Dieses Experiment will ich nicht wiederholen."

Khadgar sagte nichts, nickte nur. Lothar stand jetzt wartend neben der Tür.

„Du musst mich auf dem Weg nach Karazhan stützen", sagte Medivh an Khadgar gewandt, sodass es die Umstehenden hören konnten. „Das Stadtleben verlangt einem Mann viel ab. Ich könnte jetzt ein Nickerchen vertragen."

NEUN

DER SCHLAF DES MAGUS

„Das ist sehr wichtig", sagte Medivh. Er taumelte leicht, als er vom Rücken des Greifs stieg, wirkte erschöpft. Khadgar nahm an, dass ihm der Kampf gegen den Dämon schwerer gefallen war, als Medivh zu erkennen geben wollte.

„Ich werde für einige Tage … nicht erreichbar sein", fuhr der ältere Magier fort. „Sollten während dieser Zeit Boten eintreffen, musst du auf meine Korrespondenz achten."

„Das ist kein Problem", sagte Khadgar.

„Das ist ein Problem", sagte Medivh, während er die Stufen hinabging. „Deshalb muss ich dir erklären, wie man die Briefe mit dem Purpursiegel liest. Ein Purpursiegel steht für Angelegenheiten des Ordens."

Khadgar schwieg und nickte.

Medivh rutschte auf den Stufen aus, stolperte und fiel nach vorne. Khadgar wollte nach ihm greifen, aber der ältere Mann stützte sich bereits an der Wand ab und zog sich nach oben. Ohne merkliche Unterbrechung fuhr er fort: „In der Bibliothek gibt es eine Schriftrolle, die ‚Das Lied von

Aegwynn‘ heißt. Darin wird vom Kampf zwischen meiner Mutter und Sargeras berichtet.“

„Das ist die Schriftrolle, von der Guzbah eine Kopie wollte“, sagte Khadgar. Er musterte den Magier besorgt, während dieser vor ihm die Stufen hinabschlurfte.

„Genau die“, sagte Medivh. „Deshalb kann er sie nicht bekommen – wir benutzen sie als Verschlüsselung für die Botschaften des Ordens. Sie ist der Hauptschlüssel. Jedes Mitglied des Ordens besitzt eine identische Schriftrolle. Wenn man das Standardalphabet nimmt, muss man einfach nur alle Buchstaben nach unten schieben, sodass der erste zum vierten oder zehnten oder zwanzigsten wird. Es ist ein einfacher Schlüssel. Verstehst du das?“

Khadgar wollte antworten, dass er es verstand, aber Medivh ließ ihm keine Zeit, schien es eilig mit seinen Erklärungen zu haben.

„Die Schriftrolle ist der Schlüssel“, wiederholte er. „Am Anfang der Botschaft befindet sich etwas, das wie ein Datum aussieht. Es ist aber keins. Es ist der Hinweis auf den Absatz, die Zeile und das Wort, mit dem du beginnst. Der erste Buchstabe des Worts wird zum ersten Buchstaben des Alphabets in der Verschlüsselung. Von da an geht es normal weiter. Der nächste Buchstabe in der Reihenfolge ist also der zweite Buchstabe des Alphabets und so weiter.“

„Ich verstehe.“

„Nein, das tust du nicht“, sagte Medivh gehetzt und müde. „Das ist nur die Verschlüsselung für den ersten Satz. Wenn du am Punkt ankommst, musst du zum zweiten Buchstaben des Worts übergehen. In diesem Satz steht er für den ersten

Buchstaben des Alphabets. Die Satzzeichen bleiben wie sie sind. Zahlen ebenso, aber die Regel besagt, dass man sie ausschreiben soll. Da ist noch mehr, aber es fällt mir nicht ein."

Sie hatten Medivhs persönliches Quartier erreicht. Moroes war bereits dort. Er trug eine Robe über einen Arm gehängt. Eine mit einem Deckel versehene Schüssel stand auf einem kunstvoll verzierten Tisch. Selbst in der Tür stehend konnte Khadgar die Suppe riechen, die sich in dem Gefäß befand.

„Was mache ich, wenn ich die Nachricht entschlüsselt habe?", fragte er.

„Genau!", antwortete Medivh, als habe er eine wichtige Erkenntnis gewonnen. „Verzögerung. Verzögern ist vor allem anderen geboten. In ein oder zwei Tagen sollte ich mich wieder selbst darum kümmern können. Lass dir etwas einfallen, um sie zu vertrösten. Ich bin geschäftlich unterwegs, werde bald zurückkehren. Benutze die gleiche Verschlüsselung, aber achte darauf, dass du sie als Datum kennzeichnest. Wenn alles andere scheitert, delegiere. Sage dem Briefschreiber, wer auch immer es sein mag, er möge nach eigenem Gutdünken handeln und dass ich ihm so bald wie möglich helfen werde. Das gefällt ihnen immer. Sage *nicht*, dass es mir nicht gut geht – das letzte Mal, als ich diesen Fehler beging, tauchte eine ganze Horde von Möchtegern-Klerikern auf, um sich um meine Bedürfnisse zu kümmern. Einige silberne Löffel sind seit diesem Besuch nie wieder aufgetaucht."

Der alte Magier holte tief Luft und stützte sich schwer am Türrahmen ab. Moroes bewegte sich nicht, aber Khadgar trat einen Schritt vor.

„Der Kampf gegen den Dämon ...“, sagte er. „Es war schlimm, oder?“

„Es gab Schlimmere. Dämonen! Krummschultrige, hammelköpfige Schläger. Zu gleichen Teilen Schatten und Feuer. Mehr Bestie als Mensch und widerwärtiger als beide. Gefährliche Krallen. Auf die Krallen muss man aufpassen.“

Khadgar nickte. „Wie habt Ihr ihn besiegt?“

„Die Lebensessenz wird normalerweise durch schwere Verletzungen vernichtet“, sagte Medivh. „In diesem Fall habe ich ihm den Kopf abgeschlagen.“

Khadgar blinzelte. „Ihr hattet kein Schwert.“

Medivh lächelte schwach. „Sagte ich, dass ich ein Schwert brauche? Genug. Weitere Fragen, sobald es mir besser geht.“ Mit diesen Worten betrat er das Zimmer, und der ewig loyale Moroes schloss vor Khadgar die Tür. Das letzte Geräusch, das der junge Magier hörte, war das erschöpfte Stöhnen des alten Mannes, der sich endlich ausruhen konnte.

Eine Woche verging, doch Medivh war nicht wieder aus seinem Quartier heraus gekommen. Jeden Tag schlurfte Moroes mit einer Schüssel voll Suppe nach oben. Schließlich hatte Khadgar genügend Mut gesammelt, um selbst nach Medivh zu sehen. Der Verwalter protestierte nicht, reagierte auf seine Gegenwart nur mit einem knappen Grunzen.

Medivh sah aus wie ein Geist. Hinter seinen geschlossenen Lidern war kein Leben, und sein Gesicht wirkte völlig regungslos. Er trug ein langes Nachthemd und wurde von Kissen gestützt. Sein Mund war offen, die Haut blass. Sein Körper wirkte ausgemergelt und dünn. Moroes fütterte ihn mit einem Löffel. Medivh schluckte, ohne zu erwachen. Der Verwalter wechselte jeden Abend das Bettzeug, bevor er sich zur Nachtruhe zurückzog.

Khadgar dachte darüber nach, ob es in Medivhs Jugend genauso gewesen war, damals, als seine Macht erstmals auftrat und Lothar sich um ihn kümmerte. Er fragte sich, wie lange der Magus in diesem Zustand verharren würde, und wie viel Energie er tatsächlich beim Kampf gegen den Dämon verloren hatte.

Normale Nachrichten, die in lesbarer Schrift und klarer Sprache verfasst waren, trafen ein. Einige wurden von Greifenreitern übermittelt, andere zu Pferde, doch die meisten kamen mit den Versorgungswagen der Händler, die Moroes' Vorratskeller füllen wollten. Ihr Inhalt war meist unspektakulär – Schiffsbewegungen und Truppenübungen. Bereitschaftsberichte. Gelegentliche Ausgrabungen uralter Gräber oder vergessener Artefakte oder Entdeckungen vergessener Legenden. Berichte über Wasserhosen, große Meeresschildkröten oder eine Springflut. Zeichnungen von Tieren, die dem Beobachter unbekannt waren, aber bereits in den Lexika vermerkt, die sich in der Bibliothek befanden.

Auch Orks wurden immer häufiger erwähnt, vor allem im Osten rund um den Schwarzen Morast tauchten sie auf. Die Bewachung der Karawanen wurde verstärkt, es gab Berichte über Ork-Lager, Überfälle und unter mysteriösen Umständen Verschwundene. Immer mehr Flüchtlinge suchten den Schutz der mit Mauern gesicherten Orte und Städte. Überlebende fertigten Zeichnungen der Wesen mit breiten Augenbrauen und kräftigen Kiefern an. Darunter waren auch detaillierte Darstellungen der Muskeln, die, wie Khadgar schaudernd begriff, bei der Obduktion eines solchen Wesens gewonnen worden sein mussten.

Khadgar begann dem Zauberer die Briefe vorzulesen, während er schlief, vor allem die interessanten oder komischen Stellen. Der Magus spornte den jungen Magier nicht an, verbot es ihm aber auch nicht.

Der erste Brief mit Purpursiegel traf ein, und Khadgar verlor sofort den Überblick. Einige der Buchstaben ergaben Sinn, aber andere ließen sich zu keinem vernünftigen Wort zusammensetzen. Zuerst geriet der junge Magier in Panik, war sich sicher, dass er eine der Anweisungen falsch verstanden hatte. Nachdem er einen Tag lang Notizen in seinem Zimmer verstreut hatte, begriff Khadgar jedoch, was er falsch gemacht hatte. Der Abstand zwischen zwei Worten galt als Buchstabe in der Verschlüsselung des Ordens, sodass die Buchstaben sich um eine weitere Stelle verschoben. Nachdem er das verstanden hatte, ließ sich der Rest rasch entschlüsseln.

Der Inhalt war nun, da er ihn verstand, weit weniger beeindruckend als die Verschlüsselung. Es war ein Bericht aus dem tiefen Süden, von der Halbinsel Ulmat Thondr. Er besagte, dass die Lage ruhig sei, dass man keinen Hinweis auf Orks gefunden habe (allerdings seien seit kurzem verstärkt Urwald-Trolle aufgetaucht), und dass es einen neuen Kometen am südlichen Himmel gebe. Die detaillierten Angaben zu diesem Komet wurden in Worten, nicht in Zahlen geschrieben. Es war keine Antwort nötig, also legte Khadgar den Brief und die Übersetzung zur Seite.

Khadgar fragte sich, weshalb der Orden keine magische Verschlüsselung oder einen Zauberspruch verwendete. Vielleicht waren nicht alle Mitglieder des Ordens von Tirisfal Magier. Oder sie versuchten es vor den anderen Zauberern zu vertuschen, so wie Guzbah. In diesem Fall hätte ein Zauberspruch die Neugier geweckt und Aufmerksamkeit angezogen wie Licht die Motten. Am wahrscheinlichsten, beschloss Khadgar, war jedoch, dass Medivh die anderen Ordensmitglieder aus reiner Bosheit gezwungen hatte, ein Gedicht zu verwenden, in dem seine Mutter gepriesen wurde.

Von Lothar traf ein Paket ein. Darin waren die bis dahin gemeldeten Ork-Sichtungen und -Angriffe gesammelt und auf eine große Karte übertragen worden. Es schien, als würden die Ork-Armeen aus dem Sumpfgebiet des Schwarzen Morasts stammen.

Wieder wurde um keine Antwort gebeten. Khadgar spielte mit dem Gedanken, Lothar über Medivhs Zustand zu informieren, entschied sich jedoch letztlich dagegen. Der Champion konnte nichts tun, außer sich Sorgen machen. Also schickte er ihm nur eine kurze Notiz, in der er ihm für die Information dankte und Lothar bat, ihn weiter auf dem Laufenden zu halten.

Eine zweite Woche verging, und eine dritte begann. Noch immer lag der Meister im Koma, während sein Schüler suchte. Khadgar, der jetzt über den richtigen Schlüssel verfügte, ging die älteren Briefe durch, von denen einige immer noch mit dem Purpursiegel verschlossen waren. Als er die alten Dokumente las, begann Khadgar zu verstehen, warum Medivh mit zwiespältigen Gefühlen auf den Orden reagierte.

Häufig wurde in den Briefen nur etwas verlangt – ein Zauber, eine Information. Oder sie *befahlen* fast unverblümt, sofort zu kommen, weil ihre Kühe nicht fraßen oder die Milch sauer geworden war. Die freundlicheren Briefe verbargen ihre Bitten hinter Lobhudeleien. In anderen befand sich nichts außer pedantischen Ratschlägen, in denen detailliert darauf eingegangen wurde, weshalb ein bestimmter Kandidat einen perfekten Schüler abgeben würde (die meisten dieser Briefe waren ungeöffnet). Und es gab ständig Berichte über nichts und wieder nichts, Feststellungen über *keine* Veränderungen, *keine* besonderen Vorkommnisse.

Dies wiederum fand sich in den neueren Botschaften nur noch selten. Zwar waren sie alle nicht mit einem Datum versehen, aber eine Kontinuität ließ sich an der Vergilbung der Seiten und der Dringlichkeit des Tonfalls erkennen, mit dem um Taten und Ratschläge ersucht wurde. Nach dem plötzlichen Auftauchen der Orks klangen die Briefe merklich höflicher, vor allem nachdem die Orks mit den Überfällen auf Karawanen begonnen hatten. Doch der Strom der Bittstellungen riss nicht ab, nahm sogar zu.

Khadgar sah den alten Mann im Bett an und fragte sich, warum er diesen Leuten so oft half.

Und dann gab es die rätselhaften Briefe – gelegentliche Dankesschreiben, der Hinweis auf einen uralten Text, eine Antwort auf eine unbekannte Frage – *Ja*, *Nein* oder *Natürlich das Emu*. Während seiner Wache an Medivhs Seite traf ein weiterer mysteriöser Brief ohne Unterschrift ein. Darin stand: *Bereite die Quartiere vor. Der Abgesandte wird bald eintreffen*.

Am Ende der dritten Woche trafen eines Abends zwei Briefe mit einem fahrenden Händler ein. Einer trug ein Purpursiegel, der andere ein rotes und war an Khadgar adressiert. Beide stammten aus der Violetten Zitadelle der Kirin Tor.

Der Brief an Khadgar war in krakeliger Handschrift verfasst. *Wir müssen dir bedauerlicherweise vom plötzlichen und unerwarteten Tod deines Lehrers Guzbah Kenntnis geben. Wie wir wissen, hast du mit dem verstorbenen Magier korrespondiert, und wir teilen dein Mitgefühl und deine Trauer. Solltest du über Briefe, Geld oder Informationen verfügen, die Guzbah zustehen, oder solltest du Besitztümer von ihm erhalten haben (insbesondere geliehene Bücher), bitten wir um eine Zustellung dieser Gegenstände, Dokumente oder Informationen an die unten genannte Adresse.*

Am Ende des Briefes war eine Reihe von Zahlen in einer unleserlichen Handschrift hinzugefügt worden.

Khadgar fühlte sich wie taub. Guzbah war tot? Er drehte den Brief zwischen den Fingern, aber es fielen keine weiteren Informationen heraus. Benommen griff er nach der Rolle mit dem Purpursiegel. Das Schreiben war in der gleichen krakeligen Schrift verfasst, enthielt jedoch nach seiner Entschlüsselung weitaus mehr Informationen.

Guzbah war am Abend des Festes der Schriftgelehrten ermordet in der Bibliothek aufgefunden worden. Er hatte anscheinend gerade *Dembrawns Kommentare zum „Lied von Aegwynn"* überarbeitet. Khadgar fühlte sich plötzlich schuldig, weil er seinem ehemaligen Lehrer die Schriftrolle nicht geschickt hatte. Er war wohl von einer Bestie überrascht worden (die vermutlich beschworen wurde), die ihn auseinander riss. Sein Tod musste schnell gekommen, aber schmerzhaft gewesen sein – und die Anmerkungen über den Zustand seines Leichnams und den der Bibliothek waren eindeutig *zu* detailfreudig. Die Beschreibung ließ darauf schließen, dass die „beschworene Bestie" ein Dämon war, der jenem ähnelte, den Medivh in Stormwind bekämpft hatte.

Der Brief wurde in einem kalten analytischen Tonfall fortgesetzt, den Khadgar verstörend fand. Der Autor wies darauf hin, dass es sich um den siebten Todesfall eines Magiers der Violetten Zitadelle allein in diesem Jahr handelte, und dass dazu auch der Erzmagier Arrexis zähle. Weiterhin bemerkte er, dies sei der erste Todesfall dieser Art, der einen Magier betroffen habe, der nicht selbst Mitglied des Ordens war. Der Autor wollte wissen, ob Medivh in Kontakt mit Guzbah gestanden habe, entweder persönlich oder durch seinen Schüler. (Khadgar zuckte kurz zusammen, als er seinen eigenen Namen geschrieben sah.) Der unbekannte Autor fuhr fort darüber zu spekulieren, dass Guzbah ja kein Mitglied des Ordens gewesen sei und er vielleicht die Bestie selbst beschworen habe. In diesem Fall sollte Medivh nicht vergessen, dass Khadgar Guzbahs Schüler gewesen sei.

Khadgar spürte Ärger in sich hochsteigen. Wie konnte es dieser unbekannte Autor (er musste den oberen Rängen der Kirin-Tor-Hierarchie angehören, aber es gab keine Hinweise, wer es sein könnte) wagen, ihn und Guzbah anzuklagen? Khadgar war noch nicht einmal dort gewesen, als Guzbah starb. Vielleicht war der Autor selbst der Schuldige – oder jemand wie Korrigan. Schließlich stellte der Bibliothekar ständig Nachforschungen über Dämonenanbeter an. Wie konnte man nur solche Anschuldigungen aussprechen!

Khadgar schüttelte den Kopf und atmete tief durch. Nein, diese Spekulationen waren aus der Luft gegriffen und einzig das Resultat persönlicher Intrigen, wie so viele andere politische Schachzüge der Kirin Tor auch. Aus der Verärgerung wurde Traurigkeit, und mit ihr kam die Erkenntnis, dass selbst die mächtigen Magier der Violetten Zitadelle nicht in der Lage waren, die Mordserie zu stoppen. Sieben Zauberer (sechs von ihnen Mitglieder eines angeblich geheimen und mächtigen Ordens) waren gestorben, und diesem Autor fiel in seiner verzweifelten Hoffnung, die Todesfälle mögen endlich aufhören, nur eine solch haltlose Anschuldigung ein!

Khadgar dachte an Medivhs schnelle und entschlossene Reaktion in Stormwind und erkannte, dass es niemanden innerhalb seiner Gemeinschaft gab, der über vergleichbare Klugheit, Entschlossenheit und Intelligenz verfügte.

Der junge Magier nahm den verschlüsselten Brief und betrachtete ihn noch einmal im schwachen Kerzenlicht. Das Fest der Schriftgelehrten lag anderthalb Monate zurück. So lange hatte die Nachricht über Wasser und über Land benötigt. Anderthalb Monate. Sie war entstanden, bevor Huglar und Hugarin in Stormwind getötet wurden. Wenn der gleiche Dämon daran beteiligt war oder der gleiche Zauberer, musste er sich sehr schnell zwischen diesen beiden Orten bewegt haben. Einige der Dämonen in der Vision hatten Flügel besessen – war es denkbar, dass sie solche Distanzen überbrückten, ohne entdeckt zu werden?

Ein einzelner Windstoß fuhr plötzlich durch den Raum.

Die Haare in Khadgars Nacken sträubten sich. Als er aufblickte, sah er, wie sich eine Gestalt im Zimmer manifestierte.

Zuerst gab es nur Rauch, rot wie Blut, der aus einem winzigen Loch im Universum strömte. Er wallte auf und zog Schlieren wie Milch, die in Wasser aufsteigt. Schon bald bildete er eine wirbelnde Masse, durch die ein furchterregender Dämon trat.

Seine Gestalt war kleiner als auf der verschneiten Ebene, auf der Khadgar ihn in seiner Vision gesehen hatte. Er war geschrumpft, um in das Zimmer zu passen. Seine Haut war immer noch bronzefarben, seine Rüstung bestand aus tiefschwarzem Eisen, und seine Haare waren voller Feuer. Gewaltige Hörner ragten aus seiner Stirn hervor. Er trug keine Waffen, aber er sah auch nicht so aus, als würde er Waffen benötigen, denn er bewegte sich mit der lässigen Eleganz eines furchtlosen Raubtiers.

Sargeras.

Khadgar schwieg entsetzt. Er war vor Angst wie gelähmt. Hätten die Schutzzauber, die Medivh gewoben hatte, eine solche Bestie nicht fernhalten sollen? Und doch hatte sie den Turm und sogar Medivhs eigenes Zimmer so problemlos betreten, wie ein Adliger die Hütte eines einfachen Bauern aufsuchen würde.

Der Herr der Brennenden Legion sah sich nicht um, sondern glitt zum Fuß des Bettes. Eine Weile stand er dort, während die Feuer in seinem Bart und in seinem Haar lautlos brannten, und betrachtete den bewusstlosen Magier.

Khadgar hielt den Atem an und warf einen Blick zum Arbeitstisch. Ein paar Bücher. Eine Kerze vor einem Spiegel, um das Licht zu verstärken. Ein Brieföffner, mit dem man die Purpursiegel brach.

Der junge Magier griff langsam nach dem Öffner, versuchte sich zu bewegen, ohne die Aufmerksamkeit des Dämons auf sich zu ziehen. Seine Finger schlossen sich fest um das Werkzeug, seine Knöchel traten weiß hervor.

Sargeras stand immer noch am Fußende des Bettes. Ein Moment verging, und Khadgar versuchte sich zu einer Bewegung zu zwingen. Entweder fliehen oder angreifen. Seine Muskeln waren wie aus Stein.

Medivh drehte sich in seinem Bett und murmelte etwas Unverständliches. Der Dämonenherrscher hob langsam eine Hand, als wolle er den leblosen Körper des Magiers segnen.

Khadgar schrie auf und sprang mit dem Brieföffner in der Hand von seinem Stuhl. Erst in diesem Moment begriff er, dass er den Öffner in der falschen Hand hielt.

Der Dämon sah in einer spielerisch eleganten Bewegung auf, als würde er schlafen oder befände sich unter Wasser. Er sah den Angreifer an, der ungeschickt mit einem kurzen scharfen Dolch fuchtelte.

Der Dämon lächelte. Medivh drehte sich im Schlaf und murmelte. Khadgar stieß dem Dämon den Brieföffner in die Brust …

… und durch dessen ganzen Körper hindurch. Der Schwung seines Stoßes trug ihn durch die Gestalt Sargeras' hindurch bis zur gegenüberliegenden Wand. Er konnte nicht mehr abbremsen und prallte schwer dagegen. Der Brieföffner fiel klirrend auf den Steinboden.

Medivh öffnete weit die Augen und setzte sich auf. „Moroes? Khadgar? Seid ihr hier?“

Khadgar kam auf die Beine und sah sich um. Der Dämon war verschwunden wie eine Seifenblase, die man mit einer Nadel berührt. Er und Medivh waren allein im Zimmer.

„Was machst du auf dem Boden, Junge?“, fragte Medivh. „Moroes hätte dir ein Lager bereiten können.“

„Meister, Eure Schutzzauber!“, rief Khadgar. „Sie haben versagt. Da war …“ Er zögerte für einen Moment, war sich nicht sicher, ob er preisgeben sollte, dass er wusste, wie Sargeras aussah. Medivh würde es auffallen, und er würde ihn nicht in Ruhe lassen, bis er enthüllte, woher er es wusste.

„Ein Dämon“, stieß er hervor. „Hier war ein Dämon.“

Medivh lächelte. Er wirkte ausgeruht, und die Farbe kehrte in sein Gesicht zurück. „Ein Dämon? Wohl kaum. Warte.“ Er schloss die Augen und nickte. „Nein, die Schutzzauber sind unbeschädigt. Ein Nickerchen reicht nicht aus, um ihnen die Energie zu entziehen. Was hast du gesehen?“

Khadgar schilderte das Auftauchen des Dämons aus der Wolke aus kochender blutiger Milch bis zu dem Punkt, wo er vor dem Bett gestanden und die Hand gehoben hatte.

Der Magus schüttelte den Kopf. „Ich glaube, das war wieder eine deiner Visionen“, sagte er schließlich. „Ein Stück Zeit hat sich losgerissen und ist in den Turm eingefallen, wo es ebenso schnell wieder verschwand.“

„Aber der Dämon …“, begann Khadgar.

„Der Dämon, den du beschrieben hast, gibt es in diesem Leben nicht mehr“, sagte Medivh. „Er wurde getötet und in den Ozean geworfen, bevor ich geboren wurde. Du hattest eine Vision von Sargeras aus *‚Das Lied von Aegwynn‘*. Die Schriftrollen liegen vor dir. Du hast wohl die Nachrichten entschlüsselt. Vielleicht hat das den aus der Zeit gerissenen Geist in dieses Zimmer gelockt. Du solltest hier nicht arbeiten, während ich schlafe.“

Er zog die Augenbrauen zusammen, als sei er nicht sicher, ob er wütend werden sollte.

„Es tut mir Leid … Ich wollte Euch nicht allein lassen.“ Khadgar klang unbeholfen.

Medivh erlaubte sich ein Lächeln. „Ich habe nicht gesagt, dass ich es verbiete, und ich glaube nicht, dass Moroes dich aufgehalten hätte. Schließlich musste er sich dann selbst etwas weniger um mich kümmern …“ Er strich mit Daumen und Zeigefinger über Lippen und Bart. „Ich glaube, ich hatte genügend Suppe für den Rest meines Lebens. Und nur damit du dich sicherer fühlst, werde ich die mystischen Schutzzauber des Turms überprüfen. Ich werde dir zeigen, wie man sie anlegt. Ist abgesehen von Dämonenvisionen noch etwas in meiner Abwesenheit geschehen?“

Khadgar fasste die Nachrichten zusammen, die er erhalten hatte. Die sich häufenden Ork-Zwischenfälle. Lothars Karte. Die geheimnisvolle Nachricht über den Abgesandten. Und die Nachricht von Guzbahs Tod.

Medivh grunzte, als er hörte, wie Guzbah gestorben war und sagte: „Jetzt werden sie also Guzbah die Schuld in die Schuhe schieben, bis der nächste arme Narr zerfetzt wird.“ Er schüttelte den Kopf und fügte hinzu: „Fest der Schriftgelehrten. Das war vor Huglars und Hugarins Tod.“

„Ungefähr anderthalb Wochen davor“, bestätigte Khadgar.

„Ein Dämon hätte genügend Zeit, um von Dalaran nach Stormwind zu fliegen."

„Oder ein Mann auf dem Rücken eines Greifen", sagte Medivh nachdenklich. „Es gibt nicht nur Dämonen und Magie in dieser Welt. Manchmal reicht auch eine einfachere Antwort aus. Sonst noch etwas?"

„Die Orks werden anscheinend immer zahlreicher und gefährlicher", sagte Khadgar. „Lothar sagt, dass sie sich nicht mehr auf Karawanenüberfälle beschränken, sondern auch Siedlungen angreifen. Kleine Siedlungen, aber die Menschen zieht es deshalb nach Stormwind und in die anderen Städte."

„Lothar macht sich zu viele Sorgen", widersprach Medivh und schnitt eine Grimasse."

„Er ist besorgt, ja", erwiderte Khadgar ruhig. „Niemand weiß, was als Nächstes geschehen wird."

„Ganz im Gegenteil." Medivh stieß einen tiefen Seufzer aus. „Wenn alles, was du erzählt hast, der Wahrheit entspricht, werden sich die Ereignisse genau so abspielen, wie ich es erwartet habe."

ZEHN

DER ABGESANDTE

Während Medivh sich erholte, beruhigten sich die Ereignisse in seiner Umgebung – so sehr sie sich in der Gegenwart des Magus überhaupt beruhigen konnten. Wenn er abwesend war, hinterließ er Khadgar Anweisungen zur Verbesserung seiner magischen Talente, und wenn er sich Medivh im Turm aufhielt, musste der junge Magier diese neugewonnenen Fähigkeiten auf ein Fingerschnipsen hin vorführen können.

Khadgar passte sich schnell an, fühlte sich jedoch, als seien seine Fähigkeiten wie Kleidung, die ihm um zwei Nummern zu groß war und in die er erst noch hineinwachsen musste. Er konnte jetzt Feuer mit seinem Willen kontrollieren, Blitze ohne eine einzige Wolke am Himmel herbeirufen und kleine Gegenstände durch die Kraft seines Geistes dazu bringen, auf der Tischplatte zu tanzen. Er lernte auch andere Zaubersprüche – wie zum Beispiel einen Spruch, mit dem er aus nur einem Knochen eines Leichnams dessen Todesursache lesen oder einen anderen, mit dem man Bodennebel aufsteigen lassen konnte; sogar noch einen dritten, mit dessen Hilfe man magische Botschaften für andere hinterließ. Er lernte, wie man einem leblosen Gegenstand das wahre Alter nimmt und kräftigte so einen morsch gewordenen Stuhl. Auch das Gegenteil erlernte er und entzog einer neu geschnitzten Keule deren Frische. Sie wurde daraufhin brüchig und zerfiel zu Staub. Er lernte, wie die Schutzkammern funktionierten und erhielt die Aufgabe, auf sie zu achten. Er erfuhr von der Bibliothek der Dämonen, auch wenn Medivh es nicht erlaubte, derlei in seinem Turm zu beschwören. Diesem Befehl wollte Khadgar auch nicht zuwider handeln.

Medivh verschwand manchmal nur für ein paar Stunden, dann wieder für ein paar Tage. Er hinterließ stets Instruktionen, gab jedoch nie Erklärungen ab. Bei seiner Rückkehr wirkte der Wächter stets hagerer und müder als zuvor, und er prüfte streng die Fortschritte des Jugendlichen und fragte nach den Neuigkeiten, die es während seiner Abwesenheit gegeben hatte. Doch er fiel kein weiteres Mal in seinen komagleichen Schlaf, und so nahm Kadgar an, dass bei den mysteriösen Taten seines Herrn Dämonen keine Rolle spielten.

Eines Abends, als sich Khadgar in der Bibliothek aufhielt, hörte er Lärm aus dem unteren Gemeinschaftsbereich und aus den Ställen. Es waren Rufe, Herausforderungen und leisere, unverständliche Antworten. Als er das Fenster erreichte, von dem aus er auf diesen Teil des Gemäuers hinabblicken konnte, sah er noch, wie eine Gruppe von Reitern die Mauern des Turms verließ.

Khadgar runzelte die Stirn. Waren dies Zulieferer, die Moroes abgewiesen hatte, oder handelte es sich um Überbringer weiterer schlechter Nachrichten für seinen Herrn? Khadgar stieg den Turm hinab, um mehr herauszufinden.

Er sah den Neuankömmling nur kurz – flüchtig bemerkte er einen schwarzen Umhang, der in einem Gästezimmer auf einem der unteren Stockwerke verschwand. Moroes war ebenfalls dort. Er hielt eine Kerze in der Hand, und als Khadgar die letzten Stufen überwand, hörte er den Schlossverwalter sagen: „Andere Besucher waren weniger vorsichtig. Sie sind jetzt weg."

Die Antwort des Neuankömmlings war nicht zu verstehen, denn Moroes schloss die Tür, als Khadgar näher kam.

„Ein Gast?", fragte der junge Mann in der Hoffnung, einen Hinweis auf den Neuankömmling zu erhalten. Er sah jedoch nichts außer einer geschlossenen Tür."

„Jau", antwortete der Verwalter.

„Magier oder Händler?"

„Weiß ich nicht", sagte der Verwalter, der bereits den Gang hinunterging. „Hab nicht gefragt, und der Abgesandte hat nichts dazu gesagt."

„Der Abgesandte", wiederholte Khadgar und dachte an einen der geheimnisvollen Briefe aus Medivhs großem Schlaf. „Dann ist es ein politischer Besuch für den Magus."

„Nehme ich an", sagte Moroes. „Hab nicht gefragt. Steht mir nicht zu."

„Also ist es Besuch für den Magus", sagte Khadgar.

„Nehme ich an", sagte Moroes in dem gleichen schläfrigen Tonfall. „Man wird uns sagen, was wir wissen müssen." Und damit verschwand er und ließ Khadgar, der immer noch auf die geschlossene Tür starrte, stehen.

Am nächsten Tag war da dieses seltsame Gefühl einer fremden Präsenz im Turm. Es war, als gäbe es einen neuen Himmelskörper, dessen Schwerkraft die Umlaufbahnen aller anderen beeinflusste. Dieser neue Planet brachte Köchin dazu, größere Pfannen zu verwenden und Moroes dazu, in unregelmäßigeren Abständen als sonst üblich durch die Gänge zu wandern. Selbst Medivh schickte Khadgar gelegentlich auf Botengänge innerhalb des Turms, und wenn der junge Magier ihn verließ, hörte er das Flüstern eines schweren Umhangs auf den Steinen hinter sich.

Medivh verriet nichts, so lange Khadgar auch auf eine Erklärung wartete. Es gab Anspielungen, mehr nicht. Dann wurde er in die Bibliothek geschickt, wo er seine Studien fortsetzen und seine Zaubersprüche einstudieren sollte. Khadgar stieg die Wendeltreppe einen Halbkreis lang hinab, hielt inne und stieg dann langsam wieder hinauf. Er sah den Rücken eines dunklen Umhangs im Labor des Wächters verschwinden.

Khadgar ging die Treppe wieder hinunter und fragte sich, wer der Abgesandte wohl sein mochte. Ein Spion für Lothar? Ein Mitglied des Ordens, das sich geheimnisvoll geben wollte? Vielleicht ein Angehöriger der Kirin Tor, jener mit der spinnenartigen Handschrift und den giftigen Theorien? Oder vielleicht eine ganz andere Person? Es war frustrierend, nichts zu wissen und – noch schlimmer –, nicht das Vertrauen des Magus zu genießen.

„Man wird uns sagen, was wir wissen müssen“, murmelte Khadgar und betrat die Bibliothek. Seine Notizen und Bücher lagen so über die Tische verteilt, wie er sie zurückgelassen hatte. Er warf einen Blick darauf und auf das Schema eines Bildbeschwörungsspruchs. Seit seinem letzten Versuch hatte er einiges hinzugefügt und hoffte, sein Resultat jetzt verbessern zu können.

Khadgar betrachtete die Notizen und lächelte. Dann nahm er die Phiolen mit pulverisierten Diamanten und ging nach unten. Er brachte einige Stockwerke mehr zwischen sich und Medivhs Audienzkammer, bis er zu einem der verlassenen Bankettsäle gelangte.

Zwei Stockwerke tiefer, perfekt. Der Raum war elliptisch geformt und verfügte über je einen Kamin an beiden Enden. Der große Tisch war längst in ein anderes Zimmer gebracht worden, die alten Stühle standen aufgereiht an einer Wand. Es gab nur einen Eingang. Der Boden bestand aus weißem Marmor, war alt und aufgesprungen, jedoch sauber. Moroes' endlose Hingabe und Aufopferung sorgten dafür.

Khadgar schuf einen magischen Kreis aus Amethyst und Rosenquarz. Er grinste, während er die Linien anfertigte. Er war sicherer bei seinen Zaubersprüchen geworden und benötigte sein zeremonielles Zaubergewand nicht mehr als Glücksbringer. Er zeichnete das Schutzmuster und lächelte immer noch. Er konzentrierte die Energie bereits in seinem Kopf, rief die notwendigen Formen und Arten der Magie auf, zwang sie in eine Form und hielt ihre Energie zurück, bis sie benötigt wurde.

Er trat in den Kreis, sprach die Worte, die gesprochen werden mussten, malte die Zeichen in perfekter Harmonie mit seinen Händen in die Luft und ließ die Energie frei. Er spürte, wie sich etwas in seinem Geist und in seiner Seele berührte und rief die Magie herbei.

„Zeige mir, was in Medivhs Quartieren geschieht“, forderte er. In ihm zuckte es nervös. Er hoffte, dass die Schutzzauber des Wächters sich nicht auch gegen seinen Schüler richteten.

Er erkannte sofort, dass der Zauber misslungen war. Es war keine Katastrophe, die magischen Energien waren nicht kollabiert … es war mehr wie eine Fehlzündung. Vielleicht richteten sich die Schutzzauber auch gegen ihn und hatten seine Visionen an einen anderen Ort abgelenkt.

Mehrere Umstände verrieten ihm, dass der Zauber fehlgeschlagen war. Zum einen herrschte hier Tageslicht. Zum anderen war es warm. Und zuletzt kannte er diesen Ort auch noch.

Er war noch nie hier gewesen, zumindest nicht in dieser Turmspitze, aber es war klar, dass er sich in der Burg von Stormwind befand und über die Stadt hinwegblickte. Es handelte sich um einen der höheren Türme, und der Raum ähnelte dem, in dem die beiden Angehörigen des Ordens Monate zuvor ihr Ende gefunden hatten. Die Fenster waren jedoch größer, und es gab leuchtend weiße Balkone. Eine warme Brise bewegte die Vorhänge. Farbenfrohe Vögel saßen auf goldenen Stangen entlang der Wände des Zimmers.

Vor Khadgar befand sich ein kleiner gedeckter Tisch. Er sah weiße, mit goldenen Rändern versehene Porzellanteller, goldene Messer und Gabeln. In Kristallschalen lagen Früchte, die so frisch waren, dass der Morgentau noch an ihren Schalen hing. Khadgar spürte, wie sein Magen bei diesem Anblick zu knurren begann.

Neben dem Tisch stand ein dünner Mann, den Khadgar

nicht kannte. Er hatte ein schmales Gesicht und eine breite Stirn. Oberlippen- und Kinnbart waren schmal und sorgfältig gestutzt. Er trug eine reich verzierte rote Decke, die Khadgar nach einem Moment als Robe erkannte und die mit einem goldenen Gürtel über seiner Hüfte gehalten wurde. Er berührte eine der Gabeln und bewegte sie ein kleines bisschen zur Seite. Dann nickte er zufrieden. Er sah Khadgar an und lächelte.

„Ah, du bist wach“, sagte er mit einer Stimme, die Khadgar vage bekannt vorkam.

Für einen Augenblick dachte Khadgar, die Vision könne ihn wahrnehmen, doch der Mann sprach zu jemandem hinter ihm. Er drehte sich um und entdeckte Aegwynn, die so jung und schön war wie auf dem Schneefeld. (Hatten sich diese Ereignisse vorher oder nachher abgespielt? Ihr Aussehen verriet es ihm nicht.) Sie trug ein weißes Cape mit grünem Rand, das aus Seide, nicht aus Fell bestand, und ihre Füße steckten nicht in Stiefeln, sondern einfachen weißen Sandalen. Ihr blondes Haar wurde von einem silbernen Diadem gehalten.

„Du scheinst dir sehr viel Mühe gemacht zu haben“, sagte sie. Khadgar konnte ihren Gesichtsausdruck nicht deuten.

„Mit genügend Magie und Sehnsucht ist nichts unmöglich“, sagte der Mann und drehte seine Hand, sodass die Innenfläche nach oben zeigte. Darüber schwebte eine blühende Orchidee.

Aegwynn nahm die Blume, roch kurz daran und legte sie dann auf den Tisch. „Nielas …“, begann sie.

„Lass uns zuerst frühstücken“, erwiderte der Magier Nielas. „Sieh dir an, was ein Hofzauberer bereits am frühen Morgen besorgen kann. Diese Beeren wurden vor weniger als einer Stunde in den königlichen Gärten gepflückt …“

„Nielas …“, begann Aegwynn erneut.

„Gefolgt von in Butter geschwenktem Schinken mit Sirup“, fuhr der Magier fort.

„Nielas …“, wiederholte Aegwynn.

„Dann vielleicht einige *Vrocka*-Eier, die wir mit einem einfachen Zauber, den ich auf den Inseln erlernte, am Tisch in ihren Schalen braten können?“, fragte der Magier.

„Ich werde gehen“, sagte Aegwynn ruhig.

Ein Schatten glitt über das Gesicht des Magiers. „Gehen? So bald? Noch vor dem Frühstück? Ich dachte, wir könnten uns noch ein wenig unterhalten.“

„Ich werde gehen“, sagte Aegwynn. „Ich habe meine eigenen Aufgaben und keine Zeit für die Annehmlichkeiten des Morgens *danach*.“

Der Hofzauberer wirkte verwirrt. „Ich dachte, dass du nach der letzten Nacht vielleicht eine Weile in Stormwind bleiben würdest.“ Er blinzelte. „Möchtest du das nicht?“

„Nein“, sagte Aegwynn. „Nach der letzten Nacht gibt es für mich keinen Grund mehr zu bleiben. Ich habe erreicht, was ich wollte. Ich muss hier nicht länger sein.“

In der Gegenwart verzog Khadgar das Gesicht, als die Puzzlestücke anfingen, Sinn zu ergeben. *Deshalb* klang die Stimme des Magiers so vertraut.

„Aber ich dachte …“, stammelte Nielas, doch die Wächterin schüttelte den Kopf.

„Du, Nielas Aran, bist ein Narr“, sagte Aegwynn ruhig.

„Du bist einer der mächtigsten Zauberer im Orden von Tirisfal und doch bist und bleibst du ein Narr. Das sagt einiges über den Rest des Ordens aus."

Nielas Aran holte tief Luft. Er wollte vermutlich wütend erscheinen, doch er wirkte nur eingeschnappt. „Einen Moment mal ..."

„Hast du etwa wirklich geglaubt, dass dein bloßer Charme mich in dein Schlafzimmer gelockt hat – oder dein Witz und deine Gesprächskunst mich von unseren Diskussionen über Beschwörungsriten abgelenkt haben? Sicherlich verstehst du, dass ich mich von deiner Position als Hofzauberer nicht so einschüchtern lasse, wie das vielleicht eine Dorfkuhhirtin täte. Und natürlich verstehst du auch, dass zu einer Verführung zwei gehören. Ein so großer Narr kannst selbst du nicht sein, Niels Aran."

„Natürlich nicht", sagte der Hofzauberer, den die Worte schmerzen mussten, was er jedoch verbarg. „Ich dachte nur, dass wir wie zivilisierte Menschen gemeinsam frühstücken könnten."

Aegwynn lächelte, und Khadgar erkannte, dass es ein grausames Lächeln war. „Ich bin so alt wie ganze Dynastien – und meine mädchenhaften Wünsche habe ich bereits im ersten Jahrhundert meines Lebens hinter mir gelassen. Ich habe genau gewusst, was ich tat, als ich gestern Nacht dein Schlafgemach betrat."

„Ich dachte ...", begann Nielas. „Ich dachte nur ..." Er suchte nach den richtigen Worten.

„Dass du als einziger des Ordens den Charme hättest, um die große wilde Wächterin zu zähmen?", fragte Aegwynn mit breiter werdendem Lächeln. „Dass sie sich deinem Willen durch ein wenig Hofieren, Witz und ein paar Taschenspielertricks unterordnen würde, obwohl alle anderen versagt haben? Dass du die Macht der *Tirisfalen* vor deinen eigenen Karren spannen könntest? Das ist doch nicht dein Ernst, Nielas Aran. Du hast schon so viel von deinem Potenzial verschwendet, sag mir jetzt nicht, dass das Leben am königlichen Hof dich völlig korrumpiert hat. Lass mir ein wenig Respekt vor dir."

„Aber wenn du nicht beeindruckt warst", sagte Nielas, während er versuchte den Worten Sinn zu entlocken, „wenn du mich nicht wolltest, warum hast du dann …?"

Aegwynn gab ihm die Antwort. „Ich kam nach Sturmwind, um das Einzige zu finden, für das ich nicht selbst sorgen kann: einen geeigneten Vater für meinen Erben. Ja, Nielas Aran, du kannst den anderen Magiern des Ordens mitteilen, dass du mit der großen und mächtigen Wächterin geschlafen hast. Aber du wirst ihnen leider auch sagen müssen, dass du mir die Möglichkeit verschafft hast, meine Macht weiterzugeben, ohne dass der Orden Kontrolle darüber haben wird."

„Das habe ich getan?" Das Ergebnis seines Tuns wurde ihm nun langsam klar. „Ja, das habe ich dann wohl. Doch es würde dem Orden nicht gefallen …"

„… manipuliert zu werden? Zum Narren gehalten zu werden?", fragte Aegwynn. „Nein, das wird ihnen nicht gefallen. Aber sie werden nichts gegen dich unternehmen, weil sie fürchten müssen, dass ich vielleicht doch ein romantisches Interesse an dir habe. Und das zum Trost: Von all den

Magiern, Zauberern, Schamanen warst du der mit dem größten Potenzial. Dein Samen wird mein Kind schützen und stärken und es zum Gefäß für meine Macht machen. Und nach seiner Geburt wirst du es hier sogar erziehen, weil ich weiß, dass es meinem Pfad folgen wird. Der Orden wird sich die Gelegenheit, es vielleicht doch beeinflussen zu können, nicht entgehen lassen."

Nielas Aran schüttelte den Kopf. „Aber ich …" Er brach ab. „Aber du hast …" Er zögerte erneut. Als er schließlich sprach, leuchtete ein Feuer in seinen Augen, und da war Stahl in seiner Stimme. „Leb wohl, Magna Aegwynn."

„Auf Wiedersehen, Nielas Aran", sagte Aegwynn. „Es war … angenehm."

Mit diesen Worten drehte sie sich um und verließ das Zimmer.

Nielas Aran, Hauptbeschwörer des Throns von Azeroth, Konspirator im Orden von Tirisfal und Vater des zukünftigen Wächters Medivh, setzte sich an den perfekt gedeckten Tisch. Er nahm eine goldene Gabel und drehte sie langsam zwischen den Fingern. Dann seufzte er und ließ sie zu Boden fallen.

Die Vision verging, bevor die Gabel auf dem Marmorboden ankam, aber Khadgar hörte ein anderes Geräusch, das eines Stiefels, der über kalten Stein glitt. Das Knistern einer Robe. Er war nicht allein.

Khadgar fuhr herum, erhaschte aber nur noch den Schimmer eines schwarzen Umhangs.

Der Abgesandte spionierte ihn aus?

Es war schon schlimm genug, dass Medivh ihn jedes Mal

wegschickte, wenn er mit dem Fremden sprach – jetzt schien dieser bereits die Herrschaft über die Burg übernommen zu haben …

Khadgar sprang auf und lief auf den Eingang zu. Als er die Tür erreichte, war der Abgesandte bereits verschwunden, aber er hörte, wie Stoff über Steintreppen glitt. Er bewegte sich nach unten zu den Gastquartieren.

Khadgar stieg ebenfalls die Stufen hinab. Sie waren so gefährlich, dass der Fremde sich am äußeren Rand bewegen würde, dort wo die Auftrittfläche am breitesten war. Der junge Magier war die Stufen jedoch schon so oft auf und ab gelaufen, dass er sich innen halten konnte und so mehrere Stufen zugleich nahm.

Auf halbem Weg zu den Gastquartieren entdeckte Khadgar den Schatten des Fremden an der Außenwand. Als er das Stockwerk der Gästeunterkünfte erreichte, sah er den Umhang der Gestalt, die durch einen Torbogen auf die Tür zu den Quartieren zulief. Wenn der Abgesandte die Quartiere erreichte, hatte Khadgar seine Chance vertan. Er überwand die letzten vier Stufen mit einem einzigen Sprung, hastete weiter und packte die verhüllte Gestalt am Arm.

Seine Hand schloss sich um Stoff und harte Muskeln. Er drehte die Gestalt zur Wand. „Den Magus dürfte Eure Spionage interessieren …“, begann er, aber die Worte erstarben in seiner Kehle, als die Gestalt ihre Deckung aufgab.

Die Abgesandte trug eine Reisejacke aus Leder mit hohen Stiefeln, eine schwarze Hose und eine ebenso schwarze Seidenbluse. Ihre Muskeln waren fest, und Khadgar zweifelte nicht daran, dass sie den ganzen Weg geritten war. Doch ihre Haut war grün, und als die Kapuze nach hinten fiel, erschien darunter ein Ork-Gesicht mit gewaltigen Kiefern und langen Fängen. Grüne Ohren ragten aus schwarzem Haar hervor.

„Ork!“, schrie Khadgar und reagierte instinktiv. Er hob die Hand, sprach ein Wort der Macht und sammelte die Kraft, um einen Blitz aus reiner Energie durch sein Gegenüber hindurch zu treiben.

Er hatte keine Chance. Kaum hatte er den Mund geöffnet, als die Ork-Frau auch schon mit einem Tritt reagierte, ihr Bein auf Brusthöhe brachte. Ihr Knie schlug Khadgars ausgestreckte Hand zur Seite. Ihr Stiefel traf seine Wange. Er taumelte.

Khadgar stolperte rückwärts und schmeckte Blut – anscheinend hatte er sich selbst in die Wange gebissen. Er hob erneut die Hand, um einen Blitz zu schleudern, aber die Ork war immer noch zu schnell, schneller als die Krieger in Rüstungen, gegen die er in der Vergangenheit gekämpft hatte. Sie überwand die Entfernung zu ihm mit einem einzigen Schritt. Ihr Faustschlag trieb ihm die Luft aus den Lungen und machte jede Konzentration zunichte.

Der junge Magier zischte, ließ es mit Magie bewenden und wählte einen direkteren Weg. Noch benommen vom Schlag drehte er sich zur Seite, griff nach dem Arm der Gegnerin und zerrte daran. Einen Moment zeichnete sich Überraschung auf dem Ork-Gesicht ab, doch dann setzte sie ihre Füße fest auf den Boden und zog Khadgar auf *sich* zu.

Khadgar roch Gewürze, als er auf sie zugerissen wurde,

dann warf sie ihn auch schon in den Gang. Er rutschte über den Steinboden, schlug gegen die Wand und kam schließlich vor den Füßen einer zweiten Person zur Ruhe.

Als er aufsah, erkannte er den Verwalter, der den Blick leicht besorgt erwiderte.

„Moroes!“, schrie Khadgar. „Verschwindet! Holt den Magus! Wir haben einen Ork im Turm!“

Moroes bewegte sich nicht, sondern sah die Ork-Frau aus seinen trüben hellen Augen an. „Seid Ihr in Ordnung, Abgesandte?“

Die Frau verzog ihre grünen Lippen zu einem Lächeln und hüllte sich wieder vollständig in den Umhang. „Es ging mir nie besser. Ich brauchte ein wenig Abwechslung. Der Kleine war so freundlich, dafür zu sorgen.“

„Moroes!“, stieß der junge Magier hervor. „Diese Frau ist …“

„Die Abgesandte. Ein Gast des Magus“, antwortete Moroes. Trocken fügte er hinzu: „Ich sollte dich holen. Der Magus möchte dich sehen.“

Khadgar stemmte sich auf die Beine und sah die Abgesandte scharf an. „Wenn du den Magus siehst, wirst du ihm dann von deiner Spionage berichten?“

„Er will nicht sie sehen“, korrigierte ihn Moroes. „Er will dich sehen, Lehrling.“

„Sie ist eine Ork!“, rief Khadgar lauter und schärfer, als er es eigentlich wollte.

„Eine Halb-Ork“, erwiderte Medivh. Er beugte sich über seine Werkbank und fuchtelte mit einem goldenen Gerät, einem Astrolabium, herum. „Ich gehe davon aus, dass es in ihrer Heimat Menschen oder Fast-Menschen gibt – oder gegeben hat. Reich mir mal die Zange, Lehrling.“

„Sie haben versucht Euch umzubringen!“, empörte sich Khadgar.

„Du meinst die Orks? Es stimmt, das haben einige versucht“, sagte Medivh ruhig. „*Einige* Orks haben versucht mich zu töten. Und versucht dich zu töten. Garona gehörte nicht zu dieser Gruppe. Das glaube ich zumindest. Sie ist hier als Repräsentantin ihres Volkes. Zumindest eines Teils ihres Volkes.“

Garona. Also hat die Hexe einen Namen, dachte Khadgar. Laut sagte er: „Wir wurden von Orks angegriffen. Ich hatte Visionen von Ork-Angriffen. Ich habe die Nachrichten aus ganz Azeroth gelesen, die von Überfällen und Angriffen der Orks sprechen. Immer wieder hört man von der Brutalität und Grausamkeit der Orks. Es scheint jeden Tag mehr von ihnen zu geben. Das ist ein gefährliches und bestialisches Volk!“

„Sie hat dich mit Leichtigkeit besiegt, richtig?“, fragte Medivh und blickte von seiner Arbeit auf.

Obwohl er es nicht wollte, berührte Khadgar seinen Mundwinkel, an dem das Blut bereits getrocknet war. „Damit hat es nichts zu tun.“

„Natürlich nicht“, antwortete Medivh. „Und womit hat es etwas zu tun?“

„Sie ist eine Ork. Sie ist gefährlich. Und Ihr habt ihr freien Zugang zum Turm gestattet.“

Medivh knurrte. In seiner Stimme war plötzlich eisige

Schärfe. „Sie ist eine Halb-Ork. Sie ist ungefähr so gefährlich wie du, wenn man die Situation und ihre Absichten bedenkt. Und sie ist mein Gast und sollte mit dem ihr zustehenden Respekt behandelt werden. Das erwarte ich von dir."

Khadgar schwieg einen Moment, bevor er einen neuen Ansatz versuchte. „Sie ist die Abgesandte?"

„Ja."

„Von wem wurde sie entsandt?"

„Von einem oder mehreren der Clans, die momentan den Schwarzen Morast bewohnen", sagte Medivh. „Ich weiß noch nicht, welche. So weit sind wir noch nicht gekommen."

Khadgar blinzelte überrascht. „Ihr habt sie in unseren Turm gelassen, obwohl sie keine offizielle Funktion bekleidet?"

Medivh legte die Zange zur Seite und seufzte müde. „Sie hat sich mir als Repräsentantin einiger Clans vorgestellt, die momentan Azeroth unsicher machen. Wenn wir diese Angelegenheit ohne Feuer und Schwert klären wollen, dann muss jemand anfangen zu reden. Warum also nicht hier? Und nebenbei bemerkt ist dies mein Turm, nicht unserer. Du bist mein Schüler, mein Lehrling und bist hier, weil es mir so gefällt. Und als mein Schüler und Lehrling erwarte ich von dir ein vorurteilsfreies Verhalten."

Es herrschte Stille, als Khadgar über diese Worte nachdachte. „Also – wen repräsentiert sie? Einige, alle oder keinen Ork?"

„Momentan repräsentiert sie nur sich selbst", sagte Medivh und seufzte irritiert. „Nicht alle Menschen glauben an die gleichen Dinge. Es gibt keinen Grund, warum das bei den Orks anders sein sollte. Meine Frage an dich lautet: Wenn man deine natürliche Neugier bedenkt, warum versuchst du nicht bereits so viele Informationen wie möglich aus ihr herauszuholen, anstatt mir zu sagen, was ich zu tun habe? Oder bezweifelst du, dass ich mit einem einzigen Halb-Ork fertig werde?"

Khadgar schwieg. Sein Verhalten und seine Unfähigkeit, die Dinge aus mehr als nur einer Perspektive zu betrachten, waren ihm peinlich. Zweifelte er an Medivh? War es möglich, dass der Magus sich in einer Weise verhielt, die gegen seinen Orden gerichtet war? Die Frage brannte in ihm, wurde noch angefacht durch Lothars Worte, durch die Vision des Dämons und die Intrigen des Ordens. Er wollte den älteren Mann warnen, aber jedes Wort schien auf ihn selbst zurückzufallen.

„Ich mache mir manchmal Sorgen um Euch", sagte er schließlich.

„Und ich mache mir manchmal Sorgen um dich", erwiderte der ältere Magier wie geistesabwesend. „Ich mache mir in letzter Zeit um vieles Sorgen."

Khadgar wagte einen letzten Versuch. „Herr, ich glaube, dass Garona eine Spionin ist. Ich glaube, dass sie nur hier ist, um möglichst viele Informationen zu sammeln, die sie später gegen Euch verwenden wird."

Medivh lehnte sich zurück und lächelte den jungen Mann verschmitzt an. „Wer im Glashaus sitzt, sollte nicht mit Steinen werfen, junger Freund. Oder hast du die Liste vergessen, die deine eigenen Herren von den Kirin Tor dir mitgegeben haben? Wie viele Informationen solltest du aus mir herausholen, als du damals nach Karazhan kamst?“

Khadgars Ohren waren knallrot, als er überhastet das Zimmer verließ.

ELF

GARONA

Er kehrte in seine (nun ja, Medivhs) Bibliothek zurück, wo Garona bereits seine Notizen durchging. Eine plötzliche Wut stieg in ihm auf, aber die Schmerzen von ihren Hieben und Medivhs mahnende Worte sorgten dafür, dass er sich beherrschte.

„Was tust du da?“, fragte er scharf.

Garonas Finger tanzten über das Papier. „Herumschnüffeln würdest du das wohl nennen. Spionieren?“ Sie sah auf. „Eigentlich versuche ich nur zu verstehen, was du hier machst. Die Papiere lagen offen herum. Ich hoffe, es stört dich nicht.“

Und wie es mich stört, dachte Khadgar, sagte jedoch: „Meister Medivh hat mich gebeten, dich in allem zu unterstützen, aber es würde ihm wohl kaum gefallen, wenn ich in diesem Zusammenhang zulasse, dass du dich durch einen unvorsichtigen Zauber selbst in die Luft jagst.“

Garonas Gesicht blieb regungslos, aber Khadgar bemerkte, dass sie die Finger von den Papieren zurückzog. „Ich bin an Magie nicht interessiert.“

„Berühmte letzte Worte“, versetzte Khadgar. „Kann ich dir bei irgendetwas helfen, oder schnüffelst du nur allgemein herum, um zu sehen, was du vielleicht aufschnappen kannst?“

„Ich habe gehört, du hast ein Buch über die Könige von Azeroth“, sagte sie. „Ich würde es gerne lesen.“

„Du kannst lesen?“, fragte Khadgar. Es klang gemeiner, als er es beabsichtigt hatte. „Tut mir Leid, ich wollte ...“

„Ja, überraschenderweise *kann* ich das“, erwiderte Garona schnippisch. „Ich habe über die Jahre hinweg viele Fähigkeiten erworben.“

Khadgar presste die Lippen zusammen. „Zweite Reihe, viertes Regal. Es ist ein rot eingebundenes Buch mit goldenem Rand.“

Garona verschwand zwischen den Stapeln, und Khadgar nutzte die Zeit, um seine Notizen vom Tisch zu nehmen. Er musste sie an einem anderen Ort aufbewahren, so lange die Ork sich frei im Turm bewegte. Zum Glück handelte es sich um keine Korrespondenz des Ordens. Sogar Medivh hätte wohl getobt, wenn er ihr das „Lied von Aegwynn“ zugänglich gemacht hätte.

Seine Blicke fanden die Sektion, in der die Schriftrolle aufbewahrt wurde. Von hier aus schien sie unverändert zu sein. Es war nicht vordringlich, aber er sollte sie wohl ebenfalls an einen anderen Ort bringen.

Garona kehrte mit einem gewaltigen Buch in der Hand zurück und hob fragend eine ihrer buschigen Augenbrauen.

„Ja, das ist es“, sagte der Schüler.

„Die menschliche Sprache ist ein wenig ... ausschweifend“, kommentierte sie die Dicke des Werkes und deponierte es auf dem freien Platz, wo eben noch die Notizen gelegen hatten.

„Nur weil wir so viel zu sagen haben“, erwiderte Khadgar und versuchte zu lächeln. Er fragte sich, ob Orks wohl auch Bücher besaßen, eigene Bücher. Lasen sie überhaupt? Sie hatten Schamanen, aber bedeutete das zwangsläufig, dass sie auch über echtes Wissen verfügten?

„Ich hoffe, ich war eben im Gang nicht zu heftig mit dir.“ Ihr Tonfall war verbindlich, und Kadhgar war sicher, dass sie es lieber gesehen hätte, wenn er einen Zahn ausgespuckt hätte. Aber vielleicht hielt man bei den Orks so etwas schon für eine ausreichende Entschuldigung.

„Kein Problem“, sagte er. „Ich brauchte die Abwechslung.“

Garona setzte sich und schlug das Buch auf. Khadgar bemerkte, dass sie beim Lesen die Lippen bewegte und im hinteren Teil des Buchs begonnen hatte, bei der Herrschaft von König Llane.

Jetzt, da er etwas Ruhe hatte, fiel ihm auf, dass sie nicht wie die anderen Orks aussah, gegen die er gekämpft hatte. Sie war schlank und muskulös, nicht so wie die verwachsenen grobschlächtigen Bestien, die er im Lager gesehen hatte. Ihre Haut war glatt, beinahe wie die eines Menschen, und zeigte ein helleres Grün als die jadefarbene Haut normaler Orks. Ihre Zähne waren etwas kleiner, ihre Augen ein wenig größer und ausdrucksvoller als die harten roten Augen von männlichen Ork-Kriegern. Er fragte sich, wie viele dieser Unterschiede von ihrer menschlichen Seite stammen mochten, und wie viele einfach Zeichen ihrer Weiblichkeit waren. Er dachte darüber nach, ob er bereits gegen weibliche Orks gekämpft hatte – es war ihm zumindest nicht aufgefallen, und zu Zeiten der Kämpfe hatte er kein Bedürfnis verspürt, es herauszufinden.

Ohne die grüne Haut, das entstellte, mit Fangzähnen versehene Gesicht und die feindselige überlegene Haltung, hätte man sie fast schon attraktiv nennen können. Doch sie saß in *seiner* Bibliothek und ging *seine* Bücher durch (nun ja, Medivhs Bibliothek und Medivhs Bücher, aber der Magus hatte sie ihm *anvertraut*).

„Du bist also die Abgesandte", sagte er schließlich. Er schlug einen entspannten Tonfall an. „Man hat mir gesagt, du würdest eintreffen."

Die Halb-Ork nickte und konzentrierte sich auf die geschriebenen Worte, die vor ihr ausgebreitet waren.

„Wen genau repräsentierst du eigentlich?"

Garona sah auf, und Khadgar erkannte an ihrem Blick, dass er ihr auf die Nerven ging. Er fühlte sich gut dabei, fragte sich aber gleichzeitig, wo die Frau wohl die Grenze ziehen würde. Er wollte nicht zu hart oder zu schnell vorgehen, sonst würde er sich nur weitere Schläge und eine Standpauke des Magus einhandeln.

Dieses Mal wollte er zumindest etwas über die Schlacht erfahren. Er sagte: „Ich meine, wenn du die Abgesandte bist, muss dir doch jemand Befehle geben, du musst jemandem Bericht erstatten. Wenn repräsentierst du?"

„Ich bin sicher, dein Meister würde es dir sagen, wenn du ihn fragst", erwiderte Garona glatt, aber ihr Blick blieb hart.

„Ich bin sicher, das würde er", log Khadgar. „Wenn ich die Unverschämtheit besitzen würde, ihn zu fragen. Also frage ich stattdessen dich. Wen repräsentierst du? Welche Befugnisse hast du? Bist du hier, um zu verhandeln, um etwas zu fordern … oder was?"

Garona schloss das Buch (Khadgar empfand es wie einen Sieg, dass er sie von ihrer Aufgabe abgelenkt hatte) und sagte: „Denken alle Menschen gleich?"

„Es wäre langweilig, wenn wir das täten", sagte Khadgar.

„Ich meine, sind alle einer Meinung? Stimmen die Menschen immer dem zu, was ihre Herren oder Vorgesetzten wollen?", fragte Garona. Die Härte in ihrem Blick schwächte ein wenig ab.

„Wohl kaum", sagte Khadgar. „Das ist einer der Gründe, warum es so viele Bücher gibt. Jeder hat eine Meinung. Und das sind nur die Meinungen derer, die des Schreibens mächtig sind."

„Dann wirst du verstehen, dass es unter den Orks auch Meinungsverschiedenheiten gibt", sagte Garona. „Die Horde besteht aus vielen Clans, und alle haben eigene Häuptlinge und Kriegsherren. Alle Orks gehören einem Clan an. Die meisten Orks sind ihrem Clan und ihrem Häuptling ergeben."

„Was für Clans sind das?", fragte Khadgar. „Wie werden sie genannt?"

„Stormreaver ist einer von ihnen", sagte die Halb-Ork. „Blackrock, Twilight's Hammer, Bleeding Hollow. Das sind die größten."

„Klingt alles sehr kriegerisch", sagte Khadgar.

„Die Heimat der Ork-Völker ist wild“, sagte Garona. „Es überleben nur die, die stark und gut organisiert sind. Sie sind nur das, wozu ihre Wurzeln sie gemacht haben.“

Khadgar dachte an das vertrocknete Land mit dem roten Himmel, das er in der Vision gesehen hatte. Das war also die Heimat der Orks. Eine Einöde in einer anderen Dimension. Aber wie kamen sie hierher? Doch das fragte er nicht.

„Zu welchem Clan gehörst du?“

Garona schnaufte. Es klang wie das Niesen einer Bulldogge. „Ich habe keinen Clan.“

„Du sagtest doch, alle deine Leute gehören einem Clan an.“

„Ich sagte, alle *Orks*“, erwiderte Garona. Als Khadgar sie verwirrt ansah, hob sie ihre Hand. „Schau sie dir an. Was siehst du?“

„Deine Hand“, sagte Khadgar.

„Die eines Menschen oder die eines Orks?“

„Ork“, sagte Khadgar. Für ihn war das offensichtlich. Grüne Haut, scharfe, gelbliche Nägel, Knöchel, die ein wenig zu groß für einen Menschen waren.

„Ein Ork würde das für eine menschliche Hand halten. Sie ist zu schlank, um wirklich nützlich zu sein, hat zu wenig Muskeln, um eine Axt zu halten oder einen Schädel vernünftig einzuschlagen – zu blass, zu schwach und zu hässlich.“ Garona ließ ihre Hand sinken und sah den jungen Magier von unten an. „Du siehst die Teile von mir, die orkisch sind. Meine orkischen Vorgesetzten und alle anderen Orks sehen die Teile, die menschlich sind. Ich bin beides und doch nichts, und beide Seiten halten mich für ein minderwertiges Wesen.“

Khadgar öffnete den Mund und wollte widersprechen, entschied sich dann aber dagegen und schwieg. Er hatte schließlich auch die Ork-Frau angegriffen, die er im Gang gesehen hatte – und nicht den Menschen in ihr gesehen, der Medivhs Gast war. Er nickte und sagte: „Es muss schwierig sein, ohne Clanzugehörigkeit zu leben."

„Ich habe daraus meinen Vorteil gezogen", sagte Garona. „Ich kann mich freier zwischen den Clans bewegen. Da ich ein Zwitter-Wesen bin, glaubt niemand, dass ich ständig auf Vorteile für meinen eigenen Clan aus bin. Niemand mag mich, deshalb habe ich keine Vorlieben. Einige Häuptlinge finden das beruhigend. Das macht mich zu einem besseren Verhandlungsführer – und ja, auch zu einem besseren Spion. Es ist besser, keinem Herrn zu dienen als mehreren."

Khadgar dachte daran, wie scharf Medivh seine Verbindungen zu den Kirin Tor kritisiert hatte, sagte jedoch: „Und welchen Clan repräsentierst du momentan?"

Garona lächelte trocken und zeigte ihre Fangzähne. „Würde dir der Name Gizblah, der Mächtige etwas sagen? Oder vielleicht hat mich Morgax, der Graue oder Hikapik, der Blutige geschickt. Würden dir diese etwas sagen?"

„Vielleicht", sagte Khadgar.

„Nein", sagte Garona, „weil ich diese Namen gerade erfunden habe. Und der Name der Gruppe, die mich geschickt hat, würde dir jetzt auch noch nichts sagen. Genauso bedeutet die Freundschaft, die den alten Mann mit einem gewissen König Llane verbindet, unseren Häuptlingen nichts – und der Name Lothar ist nur ein Fluch, der von den Lippen menschlicher Bauern kommt, wenn wir ihnen begegnen. Bevor es zu einem Frieden oder echten Verhandlungen kommen kann, müssen wir mehr über euch erfahren."

„Weshalb du hier bist."

Garona seufzte tief. „Weshalb ich bete, dass du mich so lange in Ruhe lässt, dass ich herausfinden kann, worüber der alte Mann redet, wenn wir uns unterhalten."

Khadgar schwieg einen Moment lang. Garona öffnete das Buch erneut und blätterte die Seiten bis zu der Stelle durch, an der sie unterbrochen worden war.

„Natürlich beruht das auf Gegenseitigkeit", sagte Khadgar, und Garona schloss das Buch mit einem theatralischen Seufzer. „Ich meine, dass wir auch mehr über die Orks erfahren müssen, wenn wir mehr als nur gegen sie kämpfen wollen. Wenn ihr ernsthaft den Frieden wollt."

Garona starrte Khadgar an, und für einen Moment befürchtete der junge Magier, die Halb-Ork würde über den Tisch springen und ihn erwürgen. Stattdessen stellte sie ihre Ohren auf und sagte: „Moment, was ist das?"

Khadgar fühlte es, bevor er es hörte. Eine plötzliche Veränderung in der Luft, als habe man irgendwo im Turm ein Fenster geöffnet. Eine leichte Brise wirbelte den Staub im Gang auf. Eine warme Welle glitt durch den Turm.

Khadgar sagte: „Da ist etwas …"

Garona erwiderte: „Ich habe es gehört …"

Und dann hörte es auch Khadgar, das Geräusch eiserner Klauen, die über Stein schabten. Er spürte, wie die Luft um ihn herum wärmer wurde und sich die Haare in seinem Nacken aufstellten.

Und die große Bestie trat in die Bibliothek.

Sie bestand aus Feuer und Schatten. Ihre Haut war dunkel, Flammen waren darin zu sehen. Aus ihrem wolfsartigen Gesicht ragten geschwungene Hörner hervor, die wie poliertes Elfenbein glänzten. Sie sah aus wie ein Zweibeiner, ging jedoch auf allen vieren. Die langen Klauen kratzten über den Boden.

„Was ist …?“, zischte Garona.

„Dämon“, sagte Khadgar mit erstickter Stimme. Er erhob sich und wich vom Tisch zurück.

„Dein Diener sagte, es gäbe hier Visionen. Geister. Ist das einer?“ Garona stand ebenfalls auf.

Khadgar wollte erklären, dass es sich um keine Vision handelte, weil man darin komplett in eine andere Umgebung versetzt wurde, aber er schüttelte nur den Kopf.

Die Bestie stand auf der Türschwelle und hob die Nase. Flammen schlugen aus ihren Augen. War die Bestie blind, orientierte sie sich nur am Geruch? Witterte sie etwas Fremdes in der Luft, einen Geruch, den sie nicht erwartet hatte?

Khadgar versuchte die Energien in seinem Geist zu sammeln, aber sein Herz hämmerte, und seine Gedanken waren leer. Die Bestie schnüffelte weiter, bis sie den beiden gegenüberstand.

„Geh in den hohen Turm“, sagte Khadgar ruhig. „Wir müssen Medivh warnen.“

Aus den Augenwinkeln sah er, wie Garona nickte, während sich ihre Blicke weiter auf die Bestie richteten. Ein Schweißtropfen lief über ihren langen Hals nach unten. Sie drehte sich leicht zur Seite.

Die Bewegung reichte aus. Alles geschah gleichzeitig. Die

Bestie spannte sich an und sprang ins Zimmer. Khadgar reagierte, zog die Energien in sich hinein, hob seine Hand und stieß einen Energieblitz in die Brust der Kreatur. Die Energie bohrte sich in den Körper der Bestie und trat an ihrem Rücken wieder aus. Brennendes Fleisch flog in alle Richtungen, aber das hielt sie nicht auf.

Sie landete auf dem Tisch, ihre Klauen gruben sich in das harte Holz, dann sprang sie erneut, dieses Mal auf Khadgar zu. Der junge Magier erstarrte für eine Sekunde, aber diese Sekunde reichte dem Dämon, um die Entfernung zwischen ihnen zu überbrücken.

Etwas griff nach Khadgar und zog ihn fort. Er roch Zimt und hörte einen tiefen Fluch, als er aus dem Weg des angreifenden Dämons gerissen wurde. Die Bestie flog durch die Luft, wo eben noch der Schüler gestanden hatte, und brüllte wütend. Eine klaffende Wunde erschien in ihrer linken Seite. Brennendes Blut schoss daraus hervor.

Garona entließ Khadgar aus ihrem Griff (es war ein schwacher, menschlicher Griff, der ihm trotzdem die Luft aus den Lungen presste). In ihrer Hand sah der Schüler ein Messer, dessen lange Klinge nach dem ersten Stich rot gefärbt war. Khadgar fragte sich, wo sie die Waffe während ihres Streits versteckt gehalten hatte.

Die Bestie landete, fuhr herum und versuchte mit ausgestreckten Pranken einen zweiten, ungeschickten Angriff. Augen und Maul waren voller Flammen. Khadgar duckte sich und kam mit einem schweren roten Buch – *Die Erbfolge von Azeroths Königen* – wieder nach oben. Er schleuderte es der Bestie ins Gesicht und duckte sich erneut. Das Ungetüm flog an ihm vorbei und landete neben der Tür. Es stieß einen erstickt klingenden Würgelaut aus und schüttelte seinen massigen Kopf, um das Buch loszuwerden, das sich zwischen seinen Hörnern verkantet hatte. Khadgar bemerkte das Blut, das über die rechte Seite der Bestie lief. Garona hatte ein zweites Mal zugestochen.

„Hol Medivh!“, schrie Khadgar. „Ich locke ihn von der Tür weg.“

„Und was ist, wenn der Dämon mich will?“, fragte Garona, und zum ersten Mal bemerkte Khadgar Furcht in ihrer Stimme.

„Er will dich nicht“, sagte er grimmig. „Er tötet Magier.“

„Aber du …“

„Geh!“, rief Khadgar.

Er wich nach links aus, und wie er befürchtet hatte, folgte ihm die Bestie. Garona lief jedoch nicht zur Tür, sondern wich nach rechts aus und kletterte auf das hintere Bücherregal.

„Hol Medivh!“, schrie Khadgar, während er den Gang zwischen zwei Regalen entlang lief.

„Dafür ist nicht genug Zeit“, antwortete Garona, die immer noch nach oben kletterte. „Versuch ihn zwischen den Regalen aufzuhalten.“

Khadgar drehte sich am Ende des Gangs um. Der Dämon war bereits über den Tisch gesprungen und bewegte sich jetzt ebenfalls zwischen den Regalen voller historischer und geographischer Bücher. In den Schatten leuchteten die flammenden Augen der Bestie bösartiger als je zuvor. Beißender Rauch drang aus ihren verletzten Flanken.

Khadgar bemühte sich um Konzentration, kämpfte seine Furcht nieder und schoss einen mystischen Pfeil ab. Ein Blitz oder eine Feuerkugel wären vielleicht effektiver gewesen, aber die Bestie stand mitten zwischen den Büchern.

Der Pfeil traf den Dämon ins Gesicht. Er taumelte einen Schritt zurück, knurrte und kroch wieder vorwärts.

Khadgar wiederholte den Vorgang wie ein Ritual – Konzentration sammeln, Furcht bekämpfen, Hand heben und das Wort aussprechen. Ein zweiter Pfeil prallte von den Elfenbeinhörnern ab und schoss nach oben. Die Bestie zögerte nur für einen Moment. Ihre Schnauze schien sich in einem verstörenden, flammenden Grinsen zu verziehen.

Ein drittes Mal beschwor Khadgar die Macht des magischen Pfeils, doch die Bestie war bereits nah, und als der Pfeil an ihrem Gesicht vorbeischoss, erhellte er nur den überlegenen Ausdruck darin, sonst nichts. Khadgar roch saures, brennendes Fleisch und hörte ein tiefes Klicken in der Kehle der Bestie – Gelächter?

„Mach dich bereit!“, rief Garona von irgendwo rechts oben.

„Was treibst du da …?“, begann Khadgar und wich bereits zurück.

„Lauf!“, schrie sie und stieß sich mit den Füßen ab. Die Halb-Ork war bis an die Spitze der Bücherregale geklettert und drückte sie jetzt auseinander, brachte sie zu Fall wie gewaltige Dominosteine. Es krachte donnergleich, als die Regale zusammenstießen, Bücher zu Boden rutschten und das Holz alles zerquetschte, was sich in seinem Weg befand.

Das letzte Bücherregal prallte gegen die Wand und zersplitterte. Garona rutschte daran herab und blieb mit gezücktem Messer stehen. Sie versuchte etwas durch die Staubwolken zu erkennen.

„Khadgar?", fragte sie.

„Hier", sagte der Lehrling, der sich gegen die Wand gepresst hatte. Neben ihm ragten Eisenstangen hervor, die die Galerie über ihm stützten. Selbst für einen Menschen war sein Gesicht bleich.

„Haben wir den Dämon erwischt?", fragte sie. Sie duckte sich, erwartete immer noch einen Angriff.

Khadgar zeigte auf einen Punkt, der eben noch das Ende der Regale gebildet hatte. Der gesamte Boden war mit Holzteilen und zerfetzten Büchern bedeckt. Aus den Trümmern ragte ein muskulöser Arm hervor, der aus schwachen Flammen und verzogenen Schatten bestand. Die eisernen Klauen hatten sich durch Rost bereits rot gefärbt, und warmes Blut floss über den Boden. Die ausgestreckte Pranke befand sich nur einen Schritt von Khadgar entfernt.

„Erwischt", sagte Garona und ließ das Messer wieder unter ihrer Bluse verschwinden.

„Du hättest auf mich hören sollen", sagte Khadgar und hustete sich den Staub aus der Kehle. „Du hättest Medivh holen sollen."

„Der Dämon hätte dich zerfetzt, bevor ich auch nur zwei Schritte zurückgelegt hätte", entgegnete die Halb-Ork. „Und wer hätte das dem alten Mann erklärt?"

Khadgar nickte und blickte auf, als ihm ein Gedanke kam. „Meinst du, der Magus hat das hier gehört?"

Garona nickte. „Er sollte bereits auf dem Weg hierher

sein. Wir haben genügend Lärm gemacht, um die Toten zu wecken."

„Und was ist …" Khadgar steuerte bereits die Tür der Bibliothek an. „… wenn es mehr als einen Dämon gibt? Komm! Rasch!"

Ohne nachzudenken zog Garona erneut ihre Waffe und folgte dem Menschen aus dem Raum.

Als sie Medivh erreichten, saß er in seinem Labor an der gleichen Werkbank, an der Khadgar ihn vor nicht mehr als einer Stunde angetroffen hatte. Das goldene Instrument, mit dem er beschäftigt war, lag in verbogenen Stücken vor ihm. Ein Eisenhammer ruhte auf einer Seite der Bank.

Medivh sah auf, als Khadgar ins Zimmer stürzte, dicht gefolgt von Garona. Der Lehrling fragte sich, ob der Magus die Ereignisse verschlafen hatte.

„Meister! Es ist ein Dämon im Turm!", stieß Khadgar hervor.

„Schon wieder ein Dämon?", fragte Medivh müde und rieb sich ein Auge. „Beim ersten Mal war es ebenfalls ein Dämon; beim letzten Mal war es ein Ork."

„Euer Schüler hat Recht", sagte Garona. „Ich war mit ihm in der Bibliothek, als der Dämon angriff. Er war groß, bestialisch und verschlagen. Er bestand aus Feuer und Dunkelheit, und seine Wunden brannten und rauchten."

„Es war vermutlich nur eine weitere Vision", wiegelte Medivh ab und widmete sich wieder seiner Arbeit. Er hob eines der demolierten Teile auf und betrachtete es, als habe er es noch nie zuvor gesehen. „Visionen kommen hier häufig vor. Ich glaube, Moroes hat Euch davor gewarnt, Gesandte."

„Es war keine Vision, Meister", rief Khadgar. „Es war ein Dämon wie jener, den Ihr in der Stormwind-Burg bekämpft habt. Etwas hat die Schutzzauber durchdrungen und uns angegriffen."

Medivhs graue Brauen hoben sich misstrauisch. „Etwas soll schon wieder meine Schutzzauber durchdrungen haben? Lächerlich." Er schloss die Augen und zeichnete ein Symbol in die Luft. „Nein, alles in Ordnung. Alle Schutzzauber funktionieren. Ihr seid hier. Köchin ist in der Küche und Moroes im Gang vor der Bibliothek."

Khadgar und Garona tauschten einen Blick. „Dann solltet Ihr sofort mitkommen, Meister."

„So, sollte ich das?", fragte Medivh. „Aber ich habe andere Dinge, um die ich mich kümmern muss."

„Bitte seht es euch an", sagte Khadgar.

„Wir glauben, dass die Bestie tot ist", sagte Garona, „aber wir wollen das Leben Eurer Diener nicht wegen einer bloßen Annahme riskieren."

Medivh warf einen Blick auf das zerschlagene Gerät, schüttelte den Kopf und legte es zurück. Es schien ihn zu irritieren. „Wie Ihr es wünscht. Schüler sollten nicht so viel Ärger machen."

Als sie die Bibliothek erreichten, stand Moroes bereits mit dem Besen in der Hand da und betrachtete die Schäden. Er wirkte etwas verloren, als die beiden Menschen und die Halb-Ork eintraten.

„Glückwunsch", sagte Medivh. Er war mehr als schlecht

gelaunt. „Du hast mehr zerstört als bei deiner Ankunft im Argen lag. Da hatte ich wenigstens noch Regale. Und wo ist dieser angebliche Dämon?“

Khadgar ging zu der Stelle, wo die Dämonenhand emporgeragt hatte, sah jedoch nur noch die Trümmer der Regale. Sogar das Blut war verschwunden.

„Er war hier“, sagte Garona. Sie wirkte so überrascht wie Khadgar. „Er hat uns angegriffen.“ Sie tastete nach der Ecke des Regals und versuchte es aufzurichten, doch die massive Eiche war selbst für sie zu schwer. Nach kurzem Bemühen gab sie auf. „Wir haben ihn beide gesehen.“

„Ihr habt eine Vision gesehen“, machte Medivh deutlich. „Hat Moroes euch nicht gewarnt?“

„Jau“, bestätigte Moroes. „Das habe ich.“ Er tippte gegen die Seiten seiner Scheuklappen, um seine Aussage zu bekräftigen.

„Meister, er hat uns angegriffen“, beharrte Khadgar. „Wir haben ihm mit unseren Sprüchen Schaden zugefügt. Die Abgesandte hat ihn zweimal verwundet.“

„Hmm“, brummte der Magier. „Wahrscheinlich habt ihr einfach nur überreagiert, als ihr ihn saht und habt die größten Schäden selbst angerichtet. Stammen die frischen Kratzer auf dem Tisch von dem Dämon?“

„Er hatte eiserne Klauen“, sagte Khadgar.

„Vielleicht stammen sie aber auch von den magischen Pfeilen, die hier herumflogen wie Ballons auf einem Straßenfest.“ Medivh schüttelte den Kopf.

„Mein Messer stieß in etwas Hartes, Ledriges“, sagte Garona.

„Mit Sicherheit eines der gebundenen Bücher", sagte der Magus. „Hätte es einen Dämon gegeben, läge sein Körper noch hier. Außer jemand hat ihn weggeräumt. Moroes, hast du einen Dämon in deinem Müllsack?"

„Ich glaube nicht", sagte der Verwalter, „aber ich kann nachsehen."

„Schon gut, aber lass deine Werkzeuge für die beiden hier zurück." Er wandte sich an den jungen Magier und die Halb-Ork. „Ich erwarte, dass ihr miteinander auskommt. Im Lichte dieser Angelegenheit halte ich es für richtig, wenn ihr die Bibliothek aufräumt. Mein *Vertrauen*, du hast deinem Namen keine Ehre gemacht. Das musst du wiedergutmachen."

Garona ließ nicht locker. „Aber ich habe gesehen ..."

„Ihr habt ein Phantom gesehen", unterbrach Medivh sie mit zusammengezogenen Augenbrauen und autoritärer Stimme. „Ihr habt etwas von einem anderen Ort gesehen. Es hätte Euch nichts getan. Das tun sie nie. Euer Freund hier", er zeigte auf Khadgar, „neigt dazu, Dämonen zu sehen, wo es keine gibt. Das bereitet mir ein wenig Sorge. Vielleicht könnt Ihr versuchen während des Aufräumens nicht schon wieder welche zu sehen? Bis dahin möchte ich nicht gestört werden!"

Und mit diesen Worten verließ er das Zimmer. Moroes legte den Besen auf den Boden und folgte ihm.

Khadgar betrachtete die Verwüstung in der Bibliothek. Es würde mehr als nur ein Besen nötig sein, sie zu beheben. Regale waren umgeworfen und zerbrochen worden. Bücher lagen überall verstreut. Einige Einbände waren abgerissen, die Rücken eingedrückt. War es tatsächlich nur eine zeitverzögerte Vision gewesen?

„Wir wurden von keiner Illusion getäuscht“, sagte Garona missgelaunt.

„Ich weiß“, erwiderte Khadgar.

„Wieso versteht er das dann nicht?“, fragte die Halb-Ork.

„Das eben weiß ich nicht“, sagte der Schüler. „Und die Suche nach einer Antwort darauf bereitet mir ziemliches Bauchweh.“

ZWÖLF

LEBEN IN ZEITEN DES KRIEGES

Nach nur wenigen Tagen war die Ordnung in der Bibliothek wieder hergestellt. Die meisten der verstreuten Bücher hatten wenigstens in der Nähe ihres angestammten Platzes gelegen und die seltenen, magischen oder weggeschlossenen Bücher standen ohnehin auf der Galerie und waren von dem Chaos unbetroffen geblieben. Die Reparatur einiger Regale benötigte jedoch Zeit, weshalb Garona und Khadgar die unbenutzten Ställe in eine Schreinerei umwandelten und versuchten, die zertrümmerten Regale auszubessern oder Ersatz zu schaffen.

Nach der Verwüstung blieb der Dämon verschwunden. Seine Klauenabdrücke waren auf dem Tisch zu sehen, und die Seiten von *Die Erbfolge von Azeroths Königen* waren zerknittert und zerrissen, als seien sie zwischen gewaltige Kiefer geraten. Aber es gab keine Leiche, kein Blut, keine Überreste, die man vor Medivhs Füße werfen konnte.

„Vielleicht wurde der Dämon gerettet“, schlug Garona vor.

„Er war ziemlich tot, als wir ihn zurückließen", antwortete Khadgar und versuchte sich daran zu erinnern, ob er die Gedichtbände über oder unter den romantischen Epen eingeordnet hatte.

„Jemand hat den Körper entfernt", sagte Garona. „Die gleiche Person, die ihn in den Turm brachte, hat ihn wieder herausgeholt."

„Ebenso wie das Blut?", fragte Khadgar.

„Ebenso wie das Blut", wiederholte die Halb-Ork. „Vielleicht war es ein ausgesprochen ordnungsliebender Dämon."

„Magie funktioniert so nicht", sagte Khadgar.

„Vielleicht nicht deine Magie, nicht die, die du erlernt hast", sagte Garona. „Andere Leute könnten eine andere Art von Magie beherrschen. Die alten Schamanen der Orks kannten eine Form von Magie, die Kriegszauberer, die Sprüche schleudern, kennen eine andere. Vielleicht handelt es sich um einen Spruch, von dem du noch nie gehört hast."

„Nein", sagte Khadgar scharf. „Es hätte eine Spur hinterlassen, den Hauch des praktizierenden Magiers. Eine Restenergie, die ich spüren könnte, selbst wenn sie nicht zu identifizieren wäre. Die einzigen Zauberer, die es hier im Turm gibt, sind der Magus und ich. Das weiß ich durch meine eigenen Kräfte. Und ich habe die Schutzzauber überprüft. Medivh hatte Recht – alle funktionieren. Niemand dürfte in der Lage sein, auf magischem oder anderem Wege in den Turm vorzudringen."

Garona hob die Schultern. „Aber in diesem Turm geschehen auch seltsame Dinge, nicht wahr? Könnten die alten Gesetze hier vielleicht außer Kraft gesetzt sein?"

Jetzt hob Khadgar die Schultern. „Wenn das stimmt, haben wir größere Probleme, als ich dachte."

Khadgars Beziehung zu der Halb-Ork hatte sich im Verlauf der Reparaturarbeiten verbessert, und wenn er ihr den Rücken zudrehte oder sie irgendwo zwischen den Regalen stand, klang ihre Stimme beinahe menschlich. Trotzdem verriet sie immer noch nicht, wen sie repräsentierte, und Khadgar behielt sie weiterhin im Auge. Er achtete darauf, welche Bücher sie las und welche Fragen sie stellte.

Er versuchte auch auf die Nachrichten zu achten, die sie verschickte oder erhielt, und ging so weit, die Gastquartiere mit Beobachtungszaubern zu versehen. Diese sollten ihm verraten, ob die Halb-Ork das Zimmer verlassen oder eine Nachricht abgeschickt hatte. Falls sie dies getan hatte, waren ihre Methoden so perfekt, dass seine Sprüche es nicht bemerkten. Das machte ihn nur noch nervöser. Wenn sie mit dem Wissen, das sie erworben hatte, irgendetwas anfangen wollte, so behielt sie es völlig für sich.

Garona blieb ihrem Versprechen treu und teilte mit Khadgar ihr Wissen über die Orks. Der junge Magier erfuhr, wie die Orks regiert wurden (durch Stärke und Kriegskunst) und in welche Clans sie sich aufteilten. Wenn die Abgesandte in Fahrt geriet, brachte sie ihre Meinung über die unterschiedlichen Clans deutlich zum Ausdruck. Ihre Häuptlinge hielt sie häufig für einfältige Narren, die sich nur für die nächste Schlacht interessierten. Aus ihren Beschreibungen der vielfältigen Clans, aus denen sich die Horde zusammensetzte, erfuhr Khadgar, dass die Hierarchien sich ständig änderten und nicht konstant blieben.

Ein großer Teil der Horde gehörte zum konservativen Bleeding-Hollow-Clan. Das war eine mächtige Gruppe, die auf zahlreiche Eroberungen zurückblicken konnte, doch ihr in die Jahre gekommener Anführer Kilrogg Deadeye schreckte seit einiger Zeit davor zurück, Leben im Kampf zu opfern. Garona erklärte, dass ältere Orks häufig pragmatischer wurden, eine Eigenschaft, die jüngere gerne mit Feigheit verwechselten. Kilrogg hatte bereits drei Söhne und zwei Enkel getötet, weil diese glaubten, sie könnten den Clan besser führen als er.

Der Clan, den man Blackrock nannte, schien ebenfalls einen großen Teil der Horde zu stellen. Sein Anführer war Blackhand, der diese Position nur deshalb einnahm, weil er jeden umbrachte, der noch hätte Anspruch darauf erheben können. Ein Teil des Blackrock-Clans hatte sich abgespalten; jeder Angehörige dieser Splittergruppe hatte sich einen Zahn ausgeschlagen und sich fortan als Black Tooth Grin betitelt. Charmant, wie Khadgar fand.

Es gab noch andere Clans: Twilight's Hammer, der die Zerstörung liebte, und Burning Blade, der keinen Anführer hatte, sondern aus einer anarchistischen Meute bestand, die im Chaos der Horde lebte. Und es gab kleinere Clans wie die Stormreavers, die von einem Kriegermagier geführt wurden. Khadgar vermutete, dass Garona mit einem der Stormreaver in Verbindung stand, allerdings nur deshalb, weil sie sich über die Stormreaver weniger beschwerte als über alle anderen.

Khadgar machte sich so viele Notizen, wie er konnte, und stellte sie als Berichte für Lothar zusammen. Immer mehr

Nachrichten trafen aus allen Teilen Azeroths ein, und es wirkte jetzt so, als dränge die Horde aus dem Schwarzen Morast nach allen Himmelsrichtungen. Die Orks, die man noch vor einem Jahr nur für Gerüchte gehalten hatte, waren jetzt überall präsent, und die Burg Stormwind mobilisierte ihre Kräfte, um sich der Bedrohung zu stellen. Khadgar hielt die schlechter werdenden Nachrichten von Garona fern, berichtete jedoch Lothar alle Details, die er erfuhr, bis hin zu Clan-Rivalitäten und den Lieblingsfarben der Clans (der Blackrock-Clan hatte zum Beispiel eine seltsame Vorliebe für Rot).

Khadgar wollte seine Entdeckungen auch Medivh mitteilen, doch der Magus war erstaunlich desinteressiert. Auch die Unterhaltungen, die der Magus mit Garona führte, wurden seltener, und mehrmals bemerkte Khadgar, dass Medivh den Turm verlassen hatte, ohne ihn darüber zu informieren. Auch wenn er anwesend war, wirkte Medivh fern. Mehr als einmal hatte Khadgar gesehen, wie er in einem seiner Sessel im Observatorium saß und in die azerothanische Nacht hinausstarrte. Er wirkte launischer, widersprach schneller und hörte weniger zu als früher.

Seine seltsame Stimmung blieb auch anderen nicht verborgen. Moroes sah Khadgar mit leidendem Blick an, wenn er die Gemächer seines Herrn verließ. Und selbst Garona sprach ihn darauf an, als sie die Karten der bekannten Welt betrachteten (die in Stormwind angefertigt wurden und sich deshalb bei Diskussionen über Lordaeron als völlig unzureichend erwiesen).

„Ist er immer so?“, fragte sie.

Khadgar antwortete stoisch. „Er hat viele Launen."

„Ja, aber als ich ihm das erste Mal begegnete, wirkte er lebendig, engagiert und freundlich. Jetzt wirkt er eher …"

„Geistesabwesend?"

„Konfus", sagte Garona und zog abwertend die Lippen nach unten.

Khadgar konnte nicht widersprechen. Später am gleichen Abend überbrachte er dem Magus eine Reihe übersetzter Nachrichten mit Purpursiegel, in denen dieser um Hilfe gegen die Orks gebeten wurde.

„Die Orks sind keine Dämonen", sagte Medivh. „Sie sind aus Fleisch und Blut und somit die Angelegenheit von Kriegern, nicht von Magiern."

„Diese Botschaften sind schlimm", sagte Khadgar. „Das Land rund um den Schwarzen Morast wird verlassen, und Flüchtlinge strömen nach Stormwind und in die anderen Städte Azeroths. Die Streitkräfte reichen nicht aus."

„Und so hoffen sie, dass der Wächter zu ihrer Rettung eilt. Schlimm genug, dass ich die Wachtürme am Twisting Nether hüten muss, um Ausschau nach Dämonen zu halten und all die Fehler zu korrigieren, die Anfänger begangen haben. Jetzt soll ich sie auch schon vor anderen Nationen retten? Wird man mich als nächstes bitten, Azeroth in einem Handelsstreit mit Lordaeron zu unterstützen? Solche Angelegenheiten sollten uns nicht interessieren."

„Ohne Eure Hilfe wird es bald vielleicht kein Azeroth mehr geben. Lothar ist …"

„Lothar ist ein Narr", murmelte Medivh. „Eine alte Henne, die überall Gefahren wittert. Und Llane ist nicht besser. Er sieht nicht, was seine Mauern zum Einsturz bringen könnte. Und der Orden, all diese mächtigen Magier haben so lange untereinander gestritten und gekämpft, dass sie keine Kraft mehr gegen einen neuen Gegner haben. Nein, mein Vertrauen, das ist nur eine nebensächliche Angelegenheit. Selbst wenn die Orks in Azeroth siegen sollten, werden *sie* einen Wächter brauchen, und ich werde für sie da sein."

„Meister, das ist …"

„Ein Sakrileg? Blasphemie? Verrat?" Der Magus seufzte und strich sich über den Nasenrücken. „Vielleicht. Aber ich bin ein Mann, der vor seiner Zeit gealtert ist, und ich habe einen hohen Preis für meine ungewollte Macht bezahlt. Erlaube mir, mich gegen die Regeln aufzulehnen, die mein Leben beherrschen. Geh jetzt. Am Morgen werde ich mir deine anderen Klagelieder anhören."

Als Khadgar die Tür schloss, hörte er Medivh sagen: „Ich habe es satt, mich um alles zu kümmern. Wann habe ich endlich einmal Zeit für mich selbst?"

„Die Orks haben Stormwind angegriffen", sagte Khadgar. Drei Wochen waren vergangen. Er legte die Nachricht auf den Tisch zwischen sich und Garona.

Die Halb-Ork starrte auf den Umschlag mit dem roten Siegel, als wäre es eine giftige Schlange. „Es tut mir Leid", sagte sie schließlich. „Sie machen prinzipiell keine Gefangenen."

„Die Ork-Streitkräfte konnten dieses Mal zurückgeschlagen werden", sagte Khadgar. „Llanes Truppen haben sie zurückgeworfen, bevor sie die Tore erreichen konnten. Den

Beschreibungen nach waren es Kilroggs Bleeding Hollow und der Twilight's-Hammer-Clan. Es schien so gut wie keine Koordination zwischen den Hauptstreitkräften zu geben."

Garona gab wieder ihr Bulldoggen-Niesen von sich und sagte: „Twilight's Hammer sollte man nie bei einem Belagerungsangriff einsetzen. Kilrogg wollte einen Rivalen dezimieren und hat Stormwind als seinen Amboss benutzt."

„Also kämpfen und streiten sie selbst während eines Angriffs noch miteinander", sagte Khadgar. Er fragte sich, ob die Berichte, die er Lothar geschickt hatte, eine Rolle beim erfolgreichen Abwehren des Angriffs gespielt haben mochten.

Garona hob die Schultern. „So wie die Menschen." Sie zeigte auf die Bücher, die sich auf dem Tisch stapelten. „In deinen Geschichten werden die brutalsten Taten gerechtfertigt. Massaker, Überfälle und Morde werden angeblich wegen Ehre, Adel oder Abstammung geduldet. Die Horde ist wenigstens ehrlich in ihrer Gier nach Macht." Sie dachte einen Moment lang nach. „Ich glaube, ich hätte ihnen nicht helfen können."

„Den Orks oder Stormwind?", fragte Khadgar.

„Beiden", sagte Garona. „Ich habe nichts von einem Angriff auf Stormwind gewusst, falls du das andeuten willst. Allerdings hätte sich jeder mit ein klein wenig Verstand denken können, dass die Orks so bald wie möglich das größte sich bietende Ziel angreifen würden. Das weißt du aus unseren Unterhaltungen. Du weißt auch, dass sie sich zurückziehen, neu gruppieren, ein paar Anführer töten und mit Verstärkung zurückkehren werden."

„Das denke ich mir", sagte Khadgar.

Garona fügte hinzu: „Und du hast dem Champion von Stormwind bereits einen Brief mit entsprechendem Inhalt geschickt."

Khadgar versuchte sein Gesicht ausdruckslos zu halten, aber die Ork-Abgesandte lächelte trocken. „Ja, das hast du."

Khadgar wurde rot, beharrte aber auf seinem Argument. „Die Frage, die ich habe, ist eine andere. Warum hast du *deinen* Herren keinen Bericht geschickt?"

Die grüne Frau lehnte sich in ihrem Stuhl zurück. „Wer sagt, dass ich es nicht getan habe?"

„Ich sage das", sagte Khadgar. „Es sei denn du bist ein besserer Magier als ich."

Ein leichtes Zucken in Garonas Mundwinkel verriet sie. „Du hast dich überhaupt noch nicht gemeldet, oder?", fragte Khadgar.

Garona schwieg für einen Moment, und Stille senkte sich über die Bibliothek. Schließlich sagte sie: „Wir können uns darauf einigen, dass ich ein Problem mit einer nicht eindeutig geklärten Loyalität habe."

„Ich dachte, du gehörst zu niemandem", sagte Khadgar.

Garona ignorierte ihn. „Ich wurde hierher geschickt … hierher befohlen von einem Kriegsmagier namens Gul'dan. Zauberer. Herr der Stormreaver. Sehr einflussreich in der Horde. Sehr interessiert an den Magiern deiner Welt."

„Und die Orks greifen die größten Ziele am liebsten zuerst an. Medivh", sagte Khadgar.

„Gul'dan sagt, Medivh sei etwas Besonderes. Welche geheime Erleuchtung oder Meditation ihm diese Erkenntnis vermittelt hat, weiß ich nicht." Garona wich Khadgars Blick aus. „Ich habe Medivh mehrmals draußen getroffen, bevor ich zustimmte, als Abgesandte in den Turm zu kommen. Ich sollte einige Informationen sammeln, zurückkehren und Gul'dan alles verraten, was ich über Medivhs Stärken erfahren hätte. Du hattest also von Anfang an Recht – ich kam als Spionin."

Khadgar setzte sich. „Du bist nicht die Erste", sagte er. „Warum hast du dich nicht gemeldet?"

Garona schwieg einen Moment. „Medivh …", begann sie und brach ab. „Medivh …" Eine weitere Pause. „Er hat alles sofort durchschaut und mir trotzdem gesagt, was ich wissen wollte. Das Meiste zumindest."

„Ich weiß", sagte Khadgar. „So habe ich ihn auch erlebt."

Garona nickte. „Zuerst dachte ich, er sei einfach nur arrogant und von seiner Macht überzeugt, so wie einige Ork-Häuptlinge, die ich kenne. Aber da war noch etwas anderes. Er gab mir dieses Wissen, als habe er gewusst, dass es mich verändern – und dass ich sein Vertrauen nicht missbrauchen würde."

„Vertrauen", sagte Khadgar. „Das ist für Medivh sehr wichtig. Er scheint es auszustrahlen, und wenn man neben ihm steht, glaubt man, dass er weiß, was er tut."

„Genau", sagte Garona. „Und Orks werden von Macht angezogen. Ich dachte, ich könnte Gul'dan vorgaukeln, man habe mich gefangen genommen, und ich hätte keine Möglichkeit gehabt, eine Nachricht zu verschicken. Ich erfuhr also mehr, und schließlich …"

„… wolltest du nicht, dass ihm etwas passiert", beendete Khadgar den Satz für sie.

„Wie Moroes sagen würde: *jau*“, erklärte Garona. „Er schenkt mir viel Vertrauen und dir ebenfalls. Nachdem ich Zeuge deiner Vision wurde, erzählte ich ihm davon. Ich dachte, das hätte vielleicht den Dämon angelockt. Er sagte, er wisse davon und sei nicht verärgert. Du wärest von Natur aus neugierig, und das wäre dein Vorteil. Er steht zu seinen Leuten.“

„Und so jemanden konntest du nicht verletzen“, sagte Khadgar.

„Jau. Durch ihn fühlte ich mich menschlich. Und ich habe mich schon sehr lange nicht mehr menschlich gefühlt. Der alte Mann, Magus Medivh, scheint einen Traum zu haben, in dem es um mehr geht als um eine Macht, die eine andere in den Dimensionen bekämpft. Mit seiner Macht könnte er uns alle vernichten, doch das tut er nicht. Er muss an etwas Besseres glauben, und ich möchte ebenfalls an diesen Traum glauben.“

Beide schwiegen eine Weile. Irgendwo im Turm schlurften Moroes oder Köchin durch die Gänge.

„Und seit kurzem …“ Garona stockte. „Hat er sich je zuvor so benommen?“

Sie klang wie Lothar, fragte, ohne zu viel von ihrer Sorge zu verraten. Khadgar schüttelte den Kopf. „Er war schon immer exzentrisch. Aber ich habe ihn noch nie so deprimiert erlebt.“

„Er brütet vor sich hin“, fügte Garona hinzu. „Bis jetzt dachte ich, er stünde auf der Seite des Königreichs von Azeroth. Aber wenn Stormwind selbst angegriffen wird und er nicht eingreift …“

„Das könnte an seiner Ausbildung liegen“, sagte Khadgar. Er wählte seine Worte vorsichtig. Trotz Garonas momentaner Einstellung wollte er die Existenz des Ordens nicht enthüllen. „Er muss die Dinge sehr weitblickend betrachten. Das trennt ihn manchmal von den anderen.“

„Deshalb nimmt er wohl auch Streuner auf“, sagte Garona. Sie schwieg erneut und fügte dann hinzu: „Es tut mir nicht Leid, dass Stormwind die Angreifer zurückgeworfen hat. So etwas zerstört man nicht von außen. Man muss innen etwas zerstören, um die Mauern zu schwächen.“

„Ich bin froh, dass du kein General bist“, sagte Khadgar.

„Häuptling“, korrigierte ihn Garona. „Als ob ich dazu je Gelegenheit bekäme.“

„Da ist eine andere Sache …“, sagte Khadgar und unterbrach sich.

Garona neigte ihren massigen grünen Schädel. „Du klingst wie jemand, der um einen Gefallen bitten will.“

„Ich habe dich nie nach Truppenstärken und Standorten gefragt …“

„Du meinst, du hast mich nie zu offensichtlich auszuhorchen versucht.“

„Aber“, fuhr Khadgar ungerührt fort, „sie waren überrascht über die enorme Zahl von Ork-Kriegern, die ihnen gegenüberstanden. Sie schlugen sie zurück, hätten aber nicht gedacht, dass sich in den Sümpfen des Schwarzen Morasts so viele Gegner verbergen können. Sogar jetzt machen sie sich noch Sorgen um die Truppen, die sich im Marschland verstecken.“

„Ich weiß nichts über die Truppenverteilung“, sagte Garona. „Schließlich war ich die ganze Zeit hier, um dich auszuspionieren, richtig?“

„Das stimmt“, sagte Khadgar. „Aber du hast auch von deinem Heimatland gesprochen. Wie seid ihr von dort zu uns gekommen. War es ein Zauberspruch?“

Garona blieb einen Moment ruhig sitzen, als müsse sie eine Entscheidung fällen. Khadgar erwartete einen abweisenden Kommentar oder einen Themawechsel oder eine Gegenfrage. Stattdessen sagte sie: „Wir nennen unsere Welt Draenor. Es ist eine grausame Welt voller Einöden, Wüsten und verdorrter Vegetation. Beinahe unbewohnbar und ewig stürmisch …“

„Und sie hat einen roten Himmel“, fügte Khadgar hinzu.

Garona sah den jungen Magier an. „Hast du mit anderen Orks gesprochen, vielleicht mit Gefangenen? Ich wusste nicht, dass Menschen Orks gefangen nehmen.“

„Nein, es war eine Vision“, sagte Khadgar. Die Erinnerung schien ein halbes Leben alt zu sein. „So ähnlich wie jene, die du sahst, als wir uns zum ersten Mal trafen. Ich hatte nie zuvor Orks gesehen. Ich kann mich erinnern, dass es unglaublich viele waren.“

Garona schnaufte wieder wie eine Bulldogge. „Deine Visionen haben vermutlich mehr gezeigt, als du verrätst, auf jeden Fall haben sie dir ein gutes Bild verschafft. Orks bekommen sehr viele Junge, aber die meisten sterben, bevor sie das Kriegeralter erreichen. Es war ein hartes Leben, und nur die Starken, Mächtigen oder Klugen überlebten. Ich gehörte zur dritten Gruppe, aber ich war beinahe eine Ausgestoßene und lebte am Rand des Clans. Das waren übrigens die Stormreaver, zumindest zu dem Zeitpunkt, als der Befehl gegeben wurde."

„Welcher Befehl?"

„Man befahl jedem Krieger und jedem gesunden Ork, jedem Arbeiter und Schwertträger seine Waffen, Werkzeuge und Wertsachen zu packen und zur Hellfire-Insel zu ziehen. Dort hatten Gul'dan und andere mächtige Magier ein Portal erschaffen, das die Grenze zwischen den Welten öffnete."

Garona leckte über einen Fangzahn und erinnerte sich. „Das Portal bestand aus Steinen, die einen Riss im Universum einrahmten. In diesem Riss sah man die Farben der Dunkelheit, die wie Öl auf der Oberfläche eines vergifteten Sees schwammen. Ich hatte den Eindruck, dass mächtigere Hände die Haut zwischen den Welten eingerissen hatten, und dass unsere Magier den Riss einfach nur benutzten. Selbst die härtesten Krieger fürchteten sich vor dem Bereich zwischen den Steinen, aber die Häuptlinge und Unterhäuptlinge hielten mitreißende Reden über das, was uns auf der anderen Seite erwarten würde. Eine reiche Welt. Eine großzügige Welt. Eine Welt voller verweichlichter Wesen, die sich leicht beherrschen lassen würden. All das versprachen sie.

Einige wehrten sich trotzdem. Ein paar von ihnen wurden getötet, die andere zwang man mit Äxten im Rücken zurück in die Reihen der Krieger. Ich wurde gemeinsam mit einer großen Gruppe von Arbeitern durch das Portal gestoßen."

Garona schwieg einen Moment. „Man nennt es das Wirbelnde Dunkel, und es war sofort vorbei und dauerte doch ewig. Ich fiel unendlich lange, und als ich in das seltsame Licht trat, lag eine verrückte neue Welt vor mir."

Khadgar sagte: „Nach dem versprochenen Paradies dürfte der Schwarze Morast eine herbe Enttäuschung gewesen sein.“

Garona schüttelte den Kopf. „Es war schockierend. Ich erinnere mich daran, wie ich vor dem feindlichen blauen Himmel zurückwich. Und das Land war voller Pflanzen, so weit das Auge reichte. Einige kamen damit nicht zurecht und wurden verrückt. Viele traten den Burning Blades bei, den Chaos-Orks, die sich unter einem flammend roten Banner sammeln.“

Garona strich sich über das breite Kinn. „Ich hatte Angst, aber ich überlebte. Und ich entdeckte, dass meine Herkunft als Halb-Ork mir einen instinktiven Zugang zu Menschen ermöglicht. Ich gehörte zu einer Bande, die Medivh angriff. Er brachte alle um, ließ nur mich am Leben und schickte mich mit einer Botschaft zu Zauberer Gul’dan. Nach einer Weile schickte mich Gul’dan als seinen Spion zurück, aber ich bemerkte, dass es mir … schwer fiel, den alten Mann zu hintergehen.“

„Du weißt nicht, wem deine Loyalität gehört“, kommentierte Khadgar.

„Aber um deine Frage zu beantworten“, sagte Garona. „Nein, ich weiß nicht, wie viele Clans durch das Dunkle Portal auf Draenor getreten sind. Und ich weiß nicht, wie lange es dauert, bis sie sich erholt haben. Und ich weiß nicht, woher das Portal wirklich stammt. Aber du kannst es herausfinden.“

Khadgar blinzelte. „Ich?“

„Deine Visionen“, sagte Garona. „Du scheinst in der Lage

zu sein, die Geister selbst aus fernster Vergangenheit zu beschwören. Als ich dich traf, hattest du eine Vision von Medivhs Mutter. War das Stormwind, wo wir uns aufhielten?"

„Ja", sagte Khadgar. „Und deshalb denke ich immer noch, dass der Dämon in der Bibliothek real war. Es gab keinen Hintergrund."

Garona ignorierte seine Bemerkung. „Aber du kannst diese Visionen herbeirufen. Du kannst den Moment herbeirufen, in dem der Riss entstand. Du kannst herausfinden, wer die Orks nach Azeroth gebracht hat."

„Ja", sagte Khadgar. „Und ich wette, es handelt sich um den gleichen Magier, der die Dämonen losgelassen hat. Es würde Sinn ergeben, wenn die beiden zusammenhingen." Er sah Garona an. „An diese unbeantwortete Frage hätte ich jetzt gar nicht gedacht."

„Ich kümmere mich gern um die Fragen", sagte Garona mit hintergründigem Lächeln, „wenn du für die Antworten sorgst."

Wieder der leere Speisesaal. Der pflichtbewusste Moroes hatte die alten Beschwörungssymbole weggewischt, und Khadgar musste mit zerstoßenem Rosenquarz und Amethyst einen neuen Kreis formen. Garona steckte brennende Fackeln in die Wandhalter und stellte sich dann zu ihm in das Rund.

„Ich muss dich warnen", sagte er zu der Halb-Ork. „Das funktioniert vielleicht nicht."

„Du schaffst es schon", antwortete Garona. „Ich habe gesehen, dass du es kannst."

„Ich werde irgendwas sehen“, sagte Khadgar. „Ich weiß nur nicht, was.“

Er vollführte die notwendigen Handbewegungen und sprach die dazugehörigen Worte. Da Garona zusah, wollte er keinen Fehler machen. Schließlich entließ er die gesammelte mystische Energie aus dem Käfig seines Geistes und rief: „Zeig mir den Ursprung des Risses zwischen Draenor und Azeroth!“

Der Druck, der auf ihm lastete, das Gewicht der Luft, veränderte sich. Es war eine warme Nacht, aber der nächtliche Himmel vor dem Fenster (denn es gab jetzt ein Fenster in diesem Zimmer) war tiefrot – die Farbe von altem getrocknetem Blut. Nur wenige Sterne waren zu sehen.

Es war das Quartier von jemandem, vermutlich von einem Ork-Anführer. Einige Felle lagen auf dem Boden, und da war ein breites Podest, das als Bett diente. Eine offene Feuerstelle befand sich in der Mitte des Raums. Waffen hingen an Steinwänden, und es gab einige Schränke. Einer war geöffnet. Darin standen konservierte *Dinge*, von denen einiges Menschen oder menschenähnlichen Wesen gehört haben mochte.

Die Gestalt auf dem Bett warf sich von einer Seite auf die andere und setzte sich plötzlich auf, so als sei sie aus einem Alptraum erwacht. Sie starrte in die Dunkelheit, und ihr brutales, narbiges Gesicht war klar zu sehen. Selbst für Ork-Verhältnisse war dieses Wesen hässlich.

Garona stieß die Luft aus. „Gul'dan.“

Khadgar nickte. „Er sollte dich nicht sehen können.“

Das also war der Zauberer, der Garona zur Spionin gemacht hatte. Er wirkte ungefähr so vertrauenswürdig wie eine verbogene Goldmünze, war in Felle gehüllt und sagte: „Ich kann dich noch immer sehen, obwohl ich glaube, wach zu sein. Vielleicht träume ich, dass ich wach bin. Tritt vor, Traumwesen.“

Garona packte Khadgars Schulter, und er spürte, wie sich ihre scharfen Fingernägel in sein Fleisch bohrten. Aber Gul’dan sprach nicht zu ihnen. Stattdessen trat ein anderer Beobachter vor.

Er war groß und breitschultrig, größer als die anderen drei. Er war durchscheinend, als ob er ebenfalls nicht dorthin gehören würde. Sein Gesicht lag unter einer Kapuze verborgen, und seine Stimme klang dünn und entfernt. Obwohl das einzige Licht von der Feuerstelle kam, warf die Gestalt zwei Schatten – einen direkt hinter den Flammen und einen anderen zur Seite hin, so als würde er von einer zweiten Quelle angeleuchtet.

„Gul’dan“, sagte die Gestalt. „Ich will dein Volk. Ich will deine Armeen. Ich will deine Macht zu meiner Unterstützung.“

„Ich habe meine Schutzgeister gerufen, Kreatur“, sagte Gul’dan, und Khadgar bemerkte ein Zittern in der Stimme des Orks. „Ich habe meine Magier gerufen, und sie haben vor dir kapituliert. Ich habe meinen mystischen Meister gerufen, und es ist ihm nicht gelungen, dich aufzuhalten. Du verfolgst mich in meinen Träumen, und jetzt kommst du, eine Traumkreatur, sogar in meine Welt. Was und wer bist du wirklich?“

„Du fürchtest mich“, sagte die große Gestalt, und beim Klang ihrer Stimme lief Khadgar ein kalter Schauer über den Rücken, „weil du mich nicht verstehst. Sieh meine Welt und lerne sie kennen. Danach wirst du dich nie mehr fürchten müssen.“

Mit diesen Worten formte die große, verhüllte Gestalt eine Kugel in der Luft, die so leicht und klar wie eine Seifenblase war. Sie schwebte, hatte einen Durchmesser von einem Fuß, und im Inneren sah man ein Land mit blauem Himmel und grünen Feldern.

Die verhüllte Gestalt zeigte ihm Azeroth.

Eine zweite Blase folgte und dann eine weitere und dann eine vierte. Sonnendurchflutete Felder im Sommer. Die Sümpfe des Schwarzen Morasts. Die Eisfelder des Nordens. Die leuchtenden Türme der Burg Stormwind.

Und eine Blase, die einen einsamen Turm inmitten von Hügeln zeigte, der von Mondlicht übergossen wurde.

Und es gab eine weitere Blase, die nur kurz zu sehen war. Sie zeigte eine dunkle Szene tief unter dem Meer. Sie wirkte wie ein flüchtiger Gedanke, der sofort wieder schwand. Trotzdem fühlte Khadgar Macht. Da war ein Grab unter dem Meer, eine Gruft, die Macht wie Herzschläge aussandte. Es war für einen Moment zu sehen, dann nicht mehr.

„Sammle deine Streitkräfte“, sagte die verhüllte Gestalt. „Sammle deine Armeen und Krieger und Arbeiter und Verbündeten, und bereite sie auf eine Reise durch das Wirbelnde Dunkel vor. Bereite sie gut vor, denn dies alles wird dir gehören, wenn du erfolgreich bist.“

Khadgar schüttelte den Kopf. Die Stimme irritierte ihn mit Vertrautheit. Dann begriff er, wem sie gehörte, und sein Herz flatterte.

Gul'dan hockte am Boden und hatte die Hände vor dem Körper gefaltet. „Das werde ich tun, denn deine Macht ist groß. Aber wer bist du wirklich, und wie werden wir diese Welt erreichen?"

Die Gestalt hob die Hände an die Kapuze, und Khadgar schüttelte den Kopf. Er wollte das nicht sehen. Er wusste es, aber er wollte es trotzdem nicht sehen.

Ein faltiges Gesicht. Graue Augenbrauen. Grüne Augen, in denen verborgenes Wissen und etwas Gefährliches schimmerte. Neben ihm stieß Garona die Luft aus.

„Ich bin der Wächter", sagte Medivh zu dem Ork-Magier. „Ich werde dir den Weg ebnen. Ich werde den Kreis zerschlagen und frei sein."

DREIZEHN

DER ZWEITE SCHATTEN

„Nein!“, schrie Khadgar, und die Vision erlosch augenblicklich. Allein standen sie im Speisesaal in der Mitte eines Kreises aus zerstoßenem Rosenquarz und Amethyst.

In seinen Ohren rauschte es, und die Ränder seines Gesichtsfelds waren verschwommen. Er war in die Knie gegangen, hatte aber nicht gemerkt, dass er sich überhaupt bewegte. Garonas Stimme neben ihm klang leise, beinahe erstickt.

„Medivh“, sagte sie ruhig. „Der alte Mann. Das kann nicht sein.“

„Das kann sein“, sagte Khadgar. Sein Magen fühlte sich an, als sei er voll mit wimmelnden Schlangen. Seine Gedanken rasten, und obwohl er es verneinen wollte, wusste er, in welche Richtung sie drängten.

„Nein“, sagte Garona grimmig. „Das muss ein Irrtum sein. Eine falsche Vision. Wir haben nach einer Sache gesucht – und eine andere gefunden. Du hast gesagt, dass das schon mal passiert ist.“

„Nicht so“, sagte Khadgar. „Wir sehen vielleicht nicht immer, was wir wollen, aber wir sehen immer die Wahrheit.“

„Vielleicht war es nur eine Warnung“, sagte die Halb-Ork.

„Es ergibt Sinn“, sagte Khadgar, und seine Stimme klang belegt, bedauernd. „Denk doch mal nach. Deshalb funktionierten die Schutzzauber nach dem Angriff noch. Er war bereits innerhalb der Zauber und hat den Dämon von dort aus beschworen.“

„Aber die Gestalt wirkte nicht wie er“, sagte Garona. „Vielleicht war es eine Illusion, ein magischer Betrug. Das passte nicht zu ihm.“

„Er war es“, sagte der Lehrling und erhob sich. „Ich kenne die Stimme des Meisters. Ich kenne das Gesicht des Meisters. All seine Angewohnheiten und Stimmungen.“

„Aber es war, als habe sich etwas anderes dieses Gesicht übergestülpt“, sagte Garona. „Etwas Falsches. Als wäre er nur Kleidung oder eine Rüstung, die von jemandem getragen wird.“

Khadgar sah die Halb-Ork an. Ihre Stimme zitterte, und ihre Augen schwammen in Tränen. Sie wollte es nicht glauben. Sie konnte es einfach nicht glauben.

Khadgar wollte es ebenfalls nicht wahrhaben. Er nickte langsam. „Es könnte ein Trick sein. Vielleicht ist er es doch selbst und versucht den Ork zu überlisten, dazu zu bringen, in diese Welt zu kommen. Vielleicht eine Vision der Zukunft.“

Jetzt schüttelte Garona den Kopf. „Nein. Das war Gul’dan. Er ist bereits hier. Er hat uns durch das Portal gebracht. Das war in der Vergangenheit, das war ihr erstes Treffen. Aber wieso will Medivh die Orks nach Azeroth bringen?“

„Es erklärt jedenfalls, warum er nichts gegen sie unternimmt“, sagte Khadgar. Er schüttelte den Kopf und versuchte die Gedanken loszuwerden, die sich dort festgesetzt hatten. So viele Dinge ergaben jetzt Sinn. Die seltsamen Abwesenheiten. Das fehlende Interesse an der stärker werdenden Ork-Präsenz. Sogar die Anwesenheit der Halb-Ork in der Burg.

Er betrachtete Garona und fragte sich, wie sehr sie in die Angelegenheit verstrickt war. Die Neuigkeiten schienen sie zu schockieren, aber gehörte sie dennoch zu den Verschwörern, oder war sie nur eine Figur in dem dunklen Spiel, das Medivh zu spielen schien.

„Wir müssen das herausfinden“, sagte er einfach. „Wir müssen herausfinden, weshalb er dort war. Was er dort gemacht hat. Er ist der Wächter – wir sollten ihn nicht wegen einer einzigen Vision verurteilen.“

Garona nickte langsam. „Also fragen wir ihn, aber wie?“

Khadgar öffnete den Mund, um zu antworten, aber eine andere Stimme hallte durch den Raum.

„Was soll dieser Lärm?“, fragte Medivh und bog um die Ecke des Speisesaals.

Khadgars Kehle wurde eng und trocken.

Der Magus stand im Türrahmen, und Khadgar sah ihn an, suchte nach etwas in seinem Gang, seinem Aussehen, seiner Stimme. Irgendetwas, das ihn verriet. Aber da war nichts. Es war Medivh.

„Was macht ihr Kinder denn hier?“, fragte der Magus mit zusammengezogenen Augenbrauen.

Khadgar suche nach einer Antwort, aber Garona kam ihm

zuvor. „Der Lehrling wollte mir einen Zauberspruch zeigen, an dem er gearbeitet hat.“ Ihre Stimme klang unsicher.

Medivh grunzte. „Wieder eine deiner Visionen, mein Vertrauen? Sie sind hier schon schlimm genug, ohne dass du die Vergangenheit beschwörst. Komm sofort da raus, wir haben zu tun. Und Ihr ebenfalls, Abgesandte.“

Seine Stimme war gemäßigt, voller Verständnis, aber auch fest. Die Stimme eines weisen Mentors. Khadgar trat einen Schritt vor, aber Garona griff nach seinem Arm.

„Schatten“, zischte sie.

Khadgar blinzelte und sah den Magier noch einmal an. Sein Gesicht zeigte jetzt Ungeduld und Ablehnung. Seine Schultern waren immer noch breit, und er hielt sich trotz des Drucks, der auf ihm lastete, aufrecht. Er trug eine Robe, die Khadgar schon häufiger an ihm bemerkt hatte.

Und hinter ihm befanden sich zwei Schatten. Einer, der direkt von der Fackel wegzeigte und ein anderer, ebenso dunkler, der in einem seltsamen Winkel fiel.

Khadgar zögerte. Medivhs Ärger war jetzt deutlicher. Ein Sturm braute sich auf seinen Zügen zusammen. „Was ist, mein Vertrauen?“

„Wir sollten unsere Unordnung wegräumen“, sagte Khadgar und versuchte, unbekümmert zu klingen. „Moroes soll nicht unnötig Arbeit mit uns haben. Wir kommen dann nach.“

„Das gehört nicht zu den Pflichten eines Schülers“, sagte Medivh. „Komm jetzt sofort her.“

Niemand bewegte sich. Garona raunte: „Wieso kommt er nicht ins Zimmer?“

Gute Frage, dachte Khadgar. Laut sagte er: „Eine Frage, Meister?"

„Was denn noch?", knurrte der Meisterzauberer.

„Warum habt Ihr Gul'dan in seinen Träumen besucht?" Khadgar fühlte, wie seine Kehle erneut eng wurde. „Wieso habt Ihr den Orks gezeigt, wie sie in unsere Welt gelangen können?"

Medivhs Blick wandte sich an Garona. „Ich wusste nicht, dass Gul'dan dir von mir erzählt hat. Ich habe ihn nicht für so dumm oder geschwätzig gehalten."

Garona machte einen Schritt zurück, doch dieses Mal hielt Khadgar sie fest. „Ich habe bis eben nichts davon gewusst", sagte sie.

Medivh grunzte. „Es spielt keine Rolle. Kommt jetzt her. Beide."

„Wieso habt Ihr den Orks den Weg hierher gezeigt?", wiederholte Khadgar.

„Du hast mir nicht zu widersprechen!", zischte der Magier.

„Wieso habt Ihr die Orks nach Azeroth gebracht?", fragte Khadgar, er bettelte jetzt beinahe.

„Das geht dich nichts an, Kind. Du kommst her, und zwar jetzt!" Das Gesicht des Magus war rot und verzerrt.

„Bei allem Respekt, Herr"; sagte Khadgar. Seine Worte waren wie Dolchstöße. „Das werde ich nicht tun."

Medivh brüllte vor Wut. „Kind, ich werde dich …" Noch während er sprach, betrat er das Zimmer.

Funken sprühten empor und hüllten den älteren Magier ein. Der Magus taumelte einen Schritt zurück, hob die Hände und murmelte einen Fluch.

„Was …?“, begann Garona.

„Ein Schutz, mit dem beschworene Dämonen unter Kontrolle gehalten werden. Der Magus kann ihn nicht durchdringen“, erklärte Khadgar.

„Aber wenn er nur Dämonen aufhält, warum dann auch …? Außer …“ Garona stockte erneut und sah Khadgar an. „Nein“, sagte sie. „Kann die Beschwörung ihn zurückhalten?“

Khadgar dachte an das Stroh, dass man im Turm von Stormwind dort am Boden über die Schutzzauber gelegt hatte und an die Energie, die im Türrahmen aufgeflammt war. Er schüttelte den Kopf.

Dann brüllte er den Magus an: „Hast du das Gleiche mit Huglar und Hugarin gemacht? Und mit Guzbah? Und mit den anderen? Hatten sie das Geheimnis entdeckt?“

„Sie waren noch weiter von der Wahrheit weg als du“, sagte der Magier durch zusammengebissene Zähne. „Aber ich musste vorsichtig sein. Ich habe dir deine Neugier wegen deiner Jugend verziehen.“ Er knurrte, während die Schutzzauber ihn weiterhin zurückhielten. „Ich dachte, dass Loyalität noch etwas in dieser Welt zählen würde.“

Die Schutzzauber flammten auf, als Medivh sich in sie bewegte, und Khadgar sah, wie sie sich unter seinen ausgestreckten Händen dehnten. Die Funken schienen Medivhs Bart in Brand zu setzen, und Rauch stieg wie Hörner aus seiner Stirn auf.

Und dann setzte Khadgars Herz einen Schlag aus, als er begriff, dass er ein zweites Bild sah, das sich über den Anblick seines Meisters schob. Das Bild, das zu dem zweiten Schatten gehörte.

„Er dringt hindurch!“, sagte Garona.

Khadgar biss die Zähne zusammen. „Früher oder später. Er setzt gewaltige Energien frei, um den Kreis zu durchbrechen.“

„Kann er das?“, fragte die Halb-Ork.

„Er ist der Wächter von Tirisfal“, sagte Khadgar. „Er kann machen, was er will. Es kostet ihn nur Zeit.“

„Können wir hinaus?“, fragte Garona. In ihrer Stimme schwang Panik.

„Der einzige Weg führt an ihm vorbei.“

Garona sah sich um. „Dann sprenge eine Wand. Erschaffe eine zweite Tür.“

Khadgar sah die Steinwand des Turms abschätzend an und schüttelte dann den Kopf.

„Dann tu *irgendwas!“*

„Ich versuche es“, sagte Khadgar. Vor ihnen wurde Medivh größer. Blitze umspielten seine aus dem Rauch aufragende Gestalt.

Er wurde ruhig und sammelte die magischen Energien in seinem Geist. Dann machte er die gleiche Handbewegung wie schon einige Minuten zuvor und sprach die Worte, die Sterblichen verborgen blieben, und als er die Energien zu einer einzelnen Lichtkugel geformt hatte, ließ er sie los.

„Bring mir eine Vision“, verlangte Khadgar, „von einem, der die Bestie bereits bekämpft hat.“

Es gab einen kurzen desorientierten Moment, und Khadgar dachte, der Zauberspruch sei fehlgeschlagen und habe ihn ins Observatorium an der Spitze des Turms gebracht.

Doch dann erkannte er, dass es Nacht war. Eine wütende Frauenstimme zerriss die Stille.

„Wie kannst du es wagen, deine eigene Mutter zu schlagen!“, schrie Aegwynn. Ihr Gesicht war wutverzerrt.

Aegwynn stand auf der einen Seite des Observatoriums, Medivh auf der anderen. Es war der Medivh, den er kannte – groß, stolz und sichtlich besorgt. Weder Aegwynn noch er kümmerten sich um Khadgar und Garona. Plötzlich bemerkte Khadgar, dass der gegenwärtige Medivh ebenfalls anwesend war und funkensprühend an der Wand stand. Die beiden Gestalten aus der Vergangenheit bemerkten auch ihn nicht, aber der gegenwärtige Medivh beobachtete die Szene, die sich vor ihm abspielte.

„Mutter, ich dachte, du seiest hysterisch“, sagte der vergangene Medivh.

„Und ein mystischer Blitz sollte das ändern?“, zischte die ehemalige Wächterin.

Khadgar bemerkte, dass sie jetzt viel älter war. Ihr vormals blondes Haar war weiß, und ihre Augen und ihr Mund waren von Falten umgeben. Trotzdem wirkte sie noch ebenso beeindruckend wie früher.

„Beantworte meine Frage“, sagte sie.

„Mutter, du betrachtest die Dinge von der falschen Seite“, sagte der vergangene Medivh.

„Antworte“, verlangte Aegwynn streng. „Wieso hast du die Orks nach Azeroth gebracht?“

„Kein Wunder, dass er verärgert war, als du ihn gefragt hast“, sagte Garona. Khadgar legte den Finger an seine Lippen und beobachtete den gegenwärtigen Medivh. Er stemmte sich nicht mehr gegen die Schutzzauber, und sein Gesicht hatte jede Regung verloren.

„Mutter?“, fragte der vergangene Medivh. Seine Miene wirkte verständnislos.

„Du hast keine Antwort, nicht wahr?“, sagte Aegwynn. „Du spielst nur ein kleines Spiel. Das ist eine Herausforderung, mit der sich Llane und Lothar amüsieren sollen, aber die Macht der Tirisfalen ist kein Spiel, Kind. Mehr und mehr Orks kommen zu uns, und schon jetzt werden Karawanen in der Nähe des Schwarzen Morasts überfallen. Jeder Anfänger könnte sie bis zu deinem Portal zurückverfolgen, aber nur deine Mutter kann die Macht schmecken, die es erschuf. Noch einmal meine Frage, Kind: Welche Rechtfertigung hast du dafür?“

Khadgar duckte sich unter den peitschenden Worten und erwartete, dass der jüngere Medivh aus dem Zimmer fliehen würde. Doch der überraschte ihn, als er laut zu lachen begann.

„Amüsiert dich die Ablehnung deiner Mutter, Kind?“, fragte Aegwynn streng.

„Nein“, sagte Medivh mit einem raubtierhaften Grinsen. „Die Dummheit meiner Mutter amüsiert mich.“

Khadgar blickte zur anderen Seite des Zimmers und sah, wie der gegenwärtige Medivh unter diesen Worten zusammenzuckte.

„Wie kannst du es wagen?“, schrie Aegwynn und hob die Hand. Eine weißleuchtende Kugel schoss aus ihrer Hand und flog auf den vergangenen Medivh zu. Der Magus hob eine Hand und lenkte sie mit Leichtigkeit ab.

„Ich wage es, Mutter“, sagte das Bild aus der Vergangenheit. „Und ich habe die nötige Macht. Die Macht, die du mir bei meiner Geburt verliehst. Eine Macht, die ich weder gewollt noch erbeten habe.“

Der vergangene Medivh gestikulierte knapp, und ein Blitz fuhr seiner Mutter entgegen. Khadgar bemerkte, dass sie beide Hände benötigte, um ihn abzuwehren, und trotzdem noch zurückstolperte.

„Aber wieso hast du die Orks nach Azeroth gebracht?“, zischte die ältere Frau. „Das ergibt keinen Sinn. Du gefährdest die gesamte Bevölkerung – wofür?“

„Um den Kreis zu durchbrechen, natürlich“, sagte der vergangene Medivh. „Um das starre Universum zu zerstören, das du für mich errichtet hast. Alles hat darin seinen Platz, sogar dein Kind. Wenn du schon nicht ewig die Wächterin sein kannst, dann willst du zumindest einen Nachfolger, den du selbst geboren und ausgebildet hast – und der deinen Regeln genauso sicher folgt wie die anderen Figuren in deinem Spiel.“

Der gegenwärtige Medivh war auf die Knie gesunken und beobachtete das Schauspiel. Seine Lippen formten die Worte, die sein vergangenes Ich sprach.

Garona zupfte an Khadgars Ärmel, und er nickte. Gemeinsam verließen sie das Innere des Schutzkreises und bewegten sich durch den Raum. Sie wollten sich an der gegenwärtigen Inkarnation des Magus vorbeischleichen.

„Aber das Risiko, Kind …“, sagte Aegwynn.

„Risiko?“, erwiderte Medivh. „Für wen besteht ein Risiko? Für mich nicht, nicht so lange ich über die Macht der Tirisfalen verfüge. Für den Rest des Ordens? Dort interessiert man sich mehr für interne Intrigen als für Dämonen. Für das Land der Menschen? Sie sind fett und glücklich, werden vor Gefahren geschützt, von denen sie nichts ahnen. Besteht für irgendeine wichtige Person tatsächlich ein Risiko?"

„Du spielst mit Kräften, die stärker sind als du, Sohn", sagte Aegwynn. Khadgar und Garona waren fast bis zur Tür vorgedrungen. Der gegenwärtige Medivh beobachtete gefesselt die Vision.

„Oh, natürlich", sagte der vergangene Magus mit bösem Lächeln. „Wenn ich der Meinung bin, ich könnte solche Kräfte beherrschen, ist das die Sünde des Stolzes. So ähnlich, als würde man glauben, gegen einen Dämonenherrscher antreten und siegen zu können."

Sie waren jetzt hinter Medivh, und Garona griff nach dem Messer unter ihrer Bluse. Khadgar hielt ihre Hand fest und schüttelte den Kopf. Sie schlichen sich an Medivh vorbei. Tränen glitzerten in den Augenwinkeln des alten Mannes.

„Was passiert, wenn diese Orks siegen?", fragte Aegwynn. „Sie beten dunkle Götter und Schatten an. Wieso willst du ihnen Azeroth geben?"

„Wenn sie siegen", sagte der vergangene Medivh, „werden sie mich zu ihrem Herrscher machen. Im Gegensatz zu dir und dem Rest dieser traurigen Welt respektieren sie Stärke. Und dank deiner Fürsorge bin ich das mächtigste Wesen auf dieser Welt. Ich werde die Ketten zerschmettern, die du und andere mir angelegt haben, und ich werde herrschen."

Es wurde ruhig in der Vision. Khadgar und Garona blieben stehen und hielten den Atem an. Würde der gegenwärtige Medivh sie in der Stille bemerken?

Seine Aufmerksamkeit konzentrierte sich auf Aegwynn in der Vergangenheit. „Du bist nicht mein Sohn“, sagte sie.

Der gegenwärtige Medivh vergrub das Gesicht in den Händen. Seine vergangene Version sagte: „Nein. Ich bin nie dein Sohn gewesen. Zumindest niemals ganz.“

Und der vergangene Medivh begann zu lachen. Es war ein tiefes donnerndes Lachen, das Khadgar schon einmal in der Eiswüste gehört hatte, als die beiden zuletzt gekämpft hatten.

Aegwynn wirkte schockiert. „Sargeras?“, stieß sie hervor, als sie die Stimme erkannte. „Ich habe dich getötet!“

„Du hast einen Körper getötet, Hexe. Du hast nur meine körperliche Abbildung vernichtet“, knurrte der Medivh aus der Vergangenheit. Khadgar konnte jetzt das zweite Wesen sehen, diesen anderen Schatten, der ihn auffraß. Ein Wesen aus Schatten und Feuer, mit einem Bart aus Flammen und Hörnern aus Ebenholz. „Du hast den Körper getötet und tief unter dem Ozean eingesperrt. Aber ich habe ihn geopfert, um eine größere Belohnung zu erlangen.“

Gegen ihren Willen legte Aegwynn eine Hand auf ihren Bauch.

„Ja, geliebte Mutter“, sagte der vergangene Medivh. Die Flammen leckten über seinen Bart, die Hörner bildeten sich aus dem Rauch auf seiner Stirn heraus. Es war Medivh – aber auch Sargeras. „Ich habe mich in deinem Bauch versteckt und in den Zellen deines ungeborenen Kinds gewartet. Ein Krebs, ein Geburtsfehler, ein Makel, mit dem du nie gerechnet hättest. Es war unmöglich, dich zu töten oder zu verführen. Also machte ich mich zu deinem Erben."

Aegwynn schrie einen Fluch und riss die Hände empor. Ihr Ärger schloss sich um Worte, die nicht für menschliche Stimmen gedacht waren. Ein Blitz aus regenbogenfarbener Energie traf das Medivh/Sargeras-Wesen mitten in die Brust.

Das Phantom aus der Vergangenheit taumelte einen Schritt zurück, dann zwei. Erst dann hob es eine Hand und fing die Energie ab, die auf es einströmte. Das Zimmer roch nach verschmortem Fleisch. Sargeras/Medivh knurrte und spuckte. Er schrie seinen eigenen Zauberspruch und schleuderte Aegwynn damit quer durch den Raum.

„Ich kann dich nicht töten, Mutter", zischte das Dämonenwesen. „Ein Teil von mir verhindert das. Aber ich werde dich zerbrechen. Zerbrechen und verbannen, und wenn du geheilt bist und zurückkehrst, wirst du in ein Land kommen, das mir gehört. Dieses Land und der Orden von Tirisfal!"

In der Gegenwart schrie Medivh wie eine verlorene Seele. Er bat den Himmel um eine Vergebung, die er niemals erhalten hatte.

„Das ist unser Stichwort", sagte Garona und zog an Khadgars Kleidung. „Lass uns verschwinden, so lange wir noch können."

Khadgar zögerte einen Moment, dann folgte er ihr zur Treppe.

Sie rannten drei Stufen auf einmal nehmend hinab und wären beinahe mit Moroes zusammengestoßen.

„Aufgeregt", bemerkte er ruhig. „Probleme?"

Garona lief an dem Verwalter vorbei, aber Khadgar ergriff ihn an der Schulter. „Der Meister ist verrückt geworden."

„Verrückter als sonst?", erwiderte Moroes.

„Das ist kein Witz", sagte Khadgar, dann blitzten seine Augen auf. „Habt Ihr die Pfeife, um Greife zu holen?"

Der Diener hob eine mit Runen verzierte Metallpfeife. „Soll ich einen …"

„Ich mach das schon", sagte Khadgar, nahm ihm die Pfeife aus der Hand und lief hinter Garona her. „Er will vor allem uns erwischen, aber Ihr solltet auch verschwinden. Nehmt Köchin und flieht so schnell Ihr könnt."

Und damit rannte Khadgar weiter.

„Fliehen?", fragte der Verwalter und sah Khadgar nach. Er grunzte. „Wo sollte ich denn hingehen?"

VIERZEHN

FLUCHT

Sie legten mehrere Meilen zurück, bevor der Greif sich zu sträuben begann. Nur ein einziges Tier hatte auf Khadgars Pfeife reagiert. Es war nervös geworden, als sich Garona ihm näherte. Nur durch reine Willenskraft gelang es dem jungen Magier den Greif dazu zu bringen, die Gegenwart der Halb-Ork zu tolerieren. Selbst hinter den Hügeln konnten sie Medivh noch schreien und fluchen hören. Sie lenkten den Greif in Richtung Stormwind, und Khadgar grub die Fersen in seine Flanken.

Sie kamen gut voran, aber jetzt schüttelte sich der Greif unter ihnen, zerrte an den Zügeln und versuchte in die Berge zurückzukehren. Khadgar stemmte sich gegen den Greif, um ihn auf Kurs zu halten, aber das Tier wurde immer nervöser.

„Was ist mit ihm?“, fragte Garona über Khadgars Schulter hinweg.

„Medivh ruft ihn zurück“, sagte er. „Er will heim nach Karazhan.“

Khadgar kämpfte mit den Zügeln, benutzte sogar die Pfeife, musste sich aber schließlich geschlagen geben. Er ließ den Greif auf einer tiefen öden Ebene landen und rutschte von seinem Rücken, nachdem zuvor Garona abgestiegen war. Er hatte den Boden gerade erst berührt, als der Greif auch schon wieder abhob. Er schlug seine schweren Schwingen gegen den dunklen Himmel und folgte dem Ruf seines Herrn.

„Glaubst du, er wird uns folgen?“, fragte Garona.

„Ich weiß es nicht“, sagte Khadgar. „Aber ich will nicht mehr hier sein, wenn er es tut. Wir müssen nach Stormwind.“

Sie schlugen sich für den Rest des Abends und der Nacht durch, bis sie einen Pfad fanden, der ungefähr in Richtung Stormwind lief. Niemand folgte ihnen, und es gab auch keine seltsamen Lichter am Himmel, deshalb ruhten sie sich kurz vor Morgengrauen aus und schliefen unter einem Baum.

Auch den ganzen nächsten Tag begegnete ihnen niemand. Sie sahen Häuser, die bis auf die Grundmauern niedergebrannt waren und frisch aufgeworfene Erde, wo man Familien begraben hatte. Umgeworfene und zerschmetterte Kutschen lagen herum, und ab und zu sah man Kreise voller Aschehaufen. Garona erklärte, dass die Orks so ihre Toten bestatteten, nachdem sie die Leichen ausgeraubt hatten.

Sie sahen nur tote Tiere – aufgeschlitzte Schweine bei einem zerstörten Bauernhaus, die skelettierten Überreste eines Pferds, von dem man alles außer dem Kopf vertilgt hatte. Stumm zogen sie von einer verbrannten Farm zur nächsten.

„Deine Leute waren gründlich“, sagte Khadgar irgendwann.

„Sie legen Wert auf solche Dinge", erwiderte Garona grimmig.

„Wert?" Khadgar sah sich um. „Legen sie Wert auf Zerstörung? Auf Vernichtung? Keine menschliche Armee würde alles auf ihrem Weg niederbrennen oder Tiere grundlos töten."

Garona nickte. „Das ist die Taktik der Orks. Man lässt nichts zurück, was der Feind sofort wieder einsetzen könnte, sei es Nahrung, Unterkunft oder Wertsachen. Man verbrennt alles. Die Grenzen der Ork-Clans sind oft verwüstete Gebiete, weil ein Clan dem anderen die Ressourcen wegzunehmen versucht."

Khadgar schüttelte den Kopf. „Das sind keine Ressourcen", sagte er wütend, „das sind Leben. Dieses Land war mal grün und fruchtbar, mit Feldern und Wäldern. Jetzt ist es eine Einöde. Sieh es dir an! Wie soll es je Frieden zwischen Menschen und Orks geben?"

Garona erwiderte nichts. Den ganzen Tag lang zogen sie stumm weiter und lagerten in den Überresten eines Gasthauses. Sie schliefen in getrennten Zimmern, er in den Trümmern des Schankraums, sie weiter hinten in der Küche. Er schlug nicht vor zusammenzubleiben, sie ebenfalls nicht.

Khadgar wurde vom Knurren seines Magens geweckt. Sie waren ohne Vorräte aus dem Turm geflohen, und außer einigen Beeren und Nüssen hatten sie seit mehr als einem Tag nichts mehr gegessen.

Der junge Magier erhob sich mit knackenden Gelenken von dem regenfeuchten Stroh, das ihm als Lager gedient hatte. Er hatte seit seiner Ankunft in Karazhan nicht mehr im Freien geschlafen und fühlte sich unwohl. Die Furcht des vergangenen Tages hatte ihn verlassen, und er fragte sich, wie die nächsten Schritte aussehen sollten.

Ihr Ziel war Stormwind, aber wie sollte er jemanden wie Garona in die Stadt bekommen? Vielleicht konnte er sie irgendwie tarnen, falls sie überhaupt mitkommen *wollte*. Jetzt, da sie nicht mehr im Turm festsaß, war es vielleicht besser, wenn sie zu Gul'dan und dem Stormreaver-Clan zurückkehrte.

Etwas bewegte sich hinter der zertrümmerten Wand des Gebäudes. Vielleicht war es Garona. Sie musste so hungrig wie Khadgar sein. Sie hatte sich nicht beschwert, aber die Spuren der Orks wiesen darauf hin, dass sie große Nahrungsmengen benötigten, um sich in Form zu halten.

Khadgar stand auf, schüttelte die Müdigkeit aus seinen Gedanken und lehnte sich aus dem Fenster, um zu fragen, ob es noch etwas zu essen in der Küche gab …

… und sah sich einer gewaltigen doppelseitigen Axt gegenüber, deren eine Klinge auf seinen Hals gerichtet war.

Am anderen Ende der Axt befand sich das jadegrüne Gesicht eines Orks. Eines echten Orks. Khadgar war bis zu diesem Moment nicht klar gewesen, wie sehr er sich an Garonas Gesicht gewöhnt hatte. Dieses gewaltige Kinn hier und die wulstigen Brauen wirkten schockierend.

Der Ork knurrte. „Wasmachsdehie?“

Khadgar hob langsam die Hände, während sein Geist magische Energie sammelte. Ein einfacher Zauberspruch würde reichen, um die Kreatur zur Seite zu werfen und mit Garona zu fliehen.

Außer Garona hat sie hierher gebracht, dachte er plötzlich.

Er zögerte, und das war sein Fehler. Er hörte eine Bewegung hinter sich, konnte sich aber nicht mehr umdrehen, als etwas Großes und Schweres in seinen Nacken schlug.

Er war nicht lange bewusstlos, aber die Zeit hatte einem halben Dutzend Orks gereicht, um sich im Raum zu verteilen. Sie durchsuchten die Trümmer mit ihren Äxten. Sie trugen grüne Armbinden, gehörten also zum Bleeding-Hollow-Clan, wie seine Erinnerung ihm verriet. Er bewegte sich, und der erste Ork – jener mit der doppelseitigen Axt – wandte sich ihm wieder zu.

„Wosdenzeuch?", sagte der Ork. „Wohasdesversteck?"

„Was?" Khadgar fragte sich, ob die Stimme des Orks oder seine eigenen Ohren die Sprache so undeutlich machten.

„Dein Zeug", sagte der Ork langsamer. „Deine Ausrüstung. Du hast nichts. Wo hast du alles versteckt?"

Khadgar antwortete, ohne nachzudenken. „Kein Zeug. Habe es verloren. Kein Zeug."

Der Ork schnaufte. „Dann stirbst du", knurrte er und hob die Axt.

„Nein!", schrie Garona aus dem zerstörten Türrahmen. Sie sah aus, als hätte sie keine gute Nacht hinter sich, aber an ihrem Gürtel hingen mehrere Hasen. Sie war auf der Jagd gewesen. Khadgar schämte sich wegen seiner Verdächtigungen.

„Hau ab, Halbblut", knurrte der Ork. „Das geht dich nichts an."

„Du bringst mein Eigentum um, das geht mich absolut etwas an", erwiderte Garona.

Eigentum?, dachte Khadgar, schwieg jedoch.

„Eintum“, nuschelte der Ork. „Wer bissn du, dass de Eintum has?“

„Ich bin Garona Halforcen“, knurrte die Frau. Ihr Gesicht war wutverzerrt. „Ich diene Gul'dan, Kriegszauberer des Stormreaver-Clans. Beschädige mein Eigentum, und du musst dich dem stellen.“

Der Ork schnaufte, artikulierte plötzlich wieder deutlicher. „Stormreaver? Pah! Man sagt, sie seien ein schwacher Clan, die sich von ihrem Kriegszauberer herumkommandieren lassen.“

Garona sah ihn mit stahlhartem Blick an. „Ich habe gehört, dass Bleeding Hollow den Twilight-Hollow-Clan beim Angriff nicht unterstützt hat, und dass beide Clans zurückgeworfen wurden. Ich habe gehört, dass ihr von Menschen in einem fairen Kampf geschlagen wurdet. Ist das wahr?“

„Tut nix zur Sache“, erwiderte der Bleeding-Hollow-Ork und verfiel wieder in seinen Slang. „Se hattn Pferde.“

„Vielleicht kann ich …“, setzte Khadgar an und wollte sich aufrichten.

„Runter, Sklave!“, brüllte Garona und stieß ihn hart zurück. „Du sprichst nur, wenn du gefragt wirst!“

Der Ork nutzte die Gelegenheit, um einen Schritt nach vorne zu machen, aber als Garona ihren Satz beendet hatte, fuhr sie herum und richtete einen langen Dolch auf den Bauch des Ork. Die anderen wichen vor dem bevorstehenden Kampf zurück.

„Zweifelst du mein Besitzrecht an?“, knurrte Garona mit Feuer in den Augen. Ihre Muskeln waren angespannt, drückten die Klinge gegen die Lederrüstung.

Einen Moment lang herrschte Stille. Der Bleeding-Hollow-Ork sah zuerst Garona, dann den am Boden liegenden Khadgar und schließlich wieder Garona an. Er schnaufte und sagte: „Besorg dir erst mal was, das den Kampf lohnen würde, Halbblut."

Mit diesen Worten wich der Ork-Anführer zurück. Die anderen entspannten sich und verließen den in Trümmern liegenden Schankraum.

Einer seiner Untergebenen fragte auf dem Weg nach draußen: „Für was braucht se denn en Menschensklaven?"

Der Ork-Anführer antwortete etwas, das Khadgar nicht verstand. Der Untergebene rief zurück: „Is ja widerlich!"

Khadgar wollte aufstehen, aber Garona befahl ihm mit einer Handbewegung, unten zu bleiben. Ungewollt zuckte Khadgar zusammen.

Garona ging zu einem der glaslosen Fenster, sah einen Moment nach draußen und kehrte dann zu der Wand zurück, an der Khadgar lehnte.

„Ich glaube, sie sind weg", sagte sie. „Ich hatte befürchtet, sie würden vielleicht zurückkehren, um sich zu rächen. Ihr Anführer wird heute Nacht bestimmt von seinen Untergebenen herausgefordert."

Khadgar berührte die geschwollene Seite seines Gesichts. „Mir geht es gut, danke der Nachfrage."

Garona schüttelte den Kopf. „Du närrisches Bleichgesicht! Wenn ich dich nicht niedergeschlagen hätte, hätte der Anführer dich sofort umgebracht – und dann mich angegriffen, weil ich dich nicht unter Kontrolle hatte."

Khadgar seufzte tief. „Es tut mir Leid, du hast Recht."

„Und ob ich Recht habe“, sagte Garona. „Sie haben dich nur am Leben gelassen, weil sie dachten, du hättest etwas Wertvolles im Gasthaus versteckt. Sie hielten dich nicht für blöd genug, ohne Ausrüstung durch ein Kriegsgebiet zu ziehen.“

„Musstest du denn so *hart* zuschlagen?“, fragte Khadgar.

„Um sie zu überzeugen? Ja. Und es hat mir Spaß gemacht.“ Sie warf ihm die Hasen zu. „Hier, häute die und bring Wasser zum Kochen. Es gibt noch ein paar Kessel in der Küche.“

„Ich bin nicht dein Sklave“, entgegnete Khadgar aufgebracht, „auch wenn deine Freunde das glauben mögen.“

Garona grinste. „Natürlich nicht. Aber ich habe das Frühstück gefangen. Also wirst du es zubereiten.“

Das Frühstück bestand aus einem herzhaften Eintopf, der sich aus Hase und Kartoffeln zusammensetzte, mit Kräutern aus dem Küchengarten und mit Pilzen gewürzt, die Garona in der Wildnis gefunden hatte. Khadgar untersuchte die Pilze, um sicherzustellen, dass auch tatsächlich alle genießbar waren. Sie waren es.

„Orks benutzen ihre Jungen, um das Essen zu testen“, ließ Garona wissen. „Wenn sie überleben, ist es gut für die ganze Gemeinschaft.“

Sie kehrten zurück auf die Straße nach Stormwind. In den Wäldern war es merkwürdig still, und sie fanden nur Spuren des Krieges.

Gegen Mittag trafen sie erneut auf die Bleeding-Hollow-Orks. Sie lagen mit dem Gesicht nach unten auf einer Lichtung rund um einen zerstörten Wachturm. Etwas Großes, Schweres und Scharfes hatte ihre Rüstungen aufgerissen. Einigen fehlten die Köpfe.

Garona durchsuchte die Toten und nahm Brauchbares an sich. Khadgar betrachtete den Horizont.

Garona rief herüber: „Willst du nicht helfen?“

„Gleich“, sagte Khadgar. „Ich möchte nur sichergehen, dass der Mörder unserer Freunde nicht mehr hier ist.“

Garona betrachtete den Waldrand und dann den Himmel. Außer tiefhängenden Wolken war nichts zu sehen.

„Und?“, sagte sie. „Ich höre nichts.“

„Das haben die Orks wahrscheinlich auch nicht, bis es zu spät war“, sagte Khadgar und trat neben den Körper des Ork-Anführers. „Sie wurden im Laufen in den Rücken getroffen. Der Angreifer war größer als sie.“ Er zeigte auf Hufspuren im Staub. „Die stammen von schweren Kriegspferden. Kavallerie. Menschliche Kavallerie.“

Garona nickte. „Zumindest sind wir also in der Nähe von Menschen. Nimm dir, was du brauchst. Wir können ihre Rationen gut gebrauchen. Sie schmecken nicht, sind aber nahrhaft. Und nimm dir eine Waffe, wenigstens ein Messer.“

Khadgar sah Garona an. „Ich habe nachgedacht.“

Garona lachte. „Ich frage mich, wie viele menschliche Katastrophen mit diesem Satz begonnen haben.“

„Wir sind in Reichweite der Stormwind-Patrouillen“, sagte Khadgar. „Ich glaube nicht, dass Medivh uns folgt, zumindest nicht auf direktem Weg. Wir sollten uns vielleicht aufteilen.“

„Daran habe ich auch schon gedacht“, sagte Garona, während sie die Taschen eines Orks durchwühlte und einen Umhang und ein in Stoff gewickeltes Päckchen hervorzog. Sie öffnete das Päckchen und fand einen Feuerstein, Stahl und einen Behälter mit öliger Flüssigkeit. „Zum Feuermachen", erklärte sie. „Orks lieben Feuer, und damit geht es schnell."

„Also glaubst du, wir sollten uns trennen?", fragte Khadgar.

„Nein", erwiderte Garona. „Ich sagte, ich habe darüber nachgedacht. Das Problem ist nur, dass niemand dieses Gebiet hier beherrscht, weder Mensch noch Ork. Vielleicht triffst du nach fünfzig Metern auf eine weitere Patrouille des Bleeding-Hollow-Clans, oder ich werde von deinen Kavalleriefreunden angegriffen. Zusammen haben wir eine größere Überlebenschance. Der eine ist der Sklave des anderen.

„Gefangener", sagte Khadgar. „Menschen halten keine Sklaven."

„Natürlich tut ihr das", sagte Garona. „Ihr nennt sie nur anders. Also sollten wir zusammen bleiben."

„Ist das alles?", sagte Khadgar.

„Fast", sagte Garona. „Außerdem habe ich Gul'dan seit einiger Zeit nicht mehr informiert. Wenn wir ihm begegnen, werde ich erklären, dass ich in Karazhan gefangen gehalten wurde, und dass es nicht weise von ihm war, seine Anhängerin in eine Falle zu schicken."

„Meinst du, er wird das glauben?", fragte Khadgar.

„Ich bin mir nicht sicher", sagte Garona. „Auch deshalb sollten wir zusammen bleiben."

„Du könntest großen Einfluss erlangen mit dem, was du erfahren hast", sagte Khadgar.

Garona nickte. „Ja, zumindest falls mir niemand den Schädel einschlägt, bevor ich davon berichten kann. Im Moment versuche ich es lieber mit den Bleichgesichtern. Jetzt müssen wir nur noch eines tun.“

„Und das wäre?“

„Ich muss die Leichen zusammentragen und mit Holz und Sträuchern bedecken. Wir können die Sachen liegen lassen, die wir nicht brauchen, aber wir müssen die Körper verbrennen. Das ist das Mindeste, was wir tun können.“

Khadgar runzelte die Stirn. „Wenn die Kavallerie noch in der Nähe ist, wird der Rauch sie anlocken.“

„Ich weiß“, sagte Garona und betrachtete die Überreste der Patrouille. „Aber es ist richtig so. Wenn du menschliche Soldaten tot nach einem Angriff auffändest, würdest du sie nicht auch begraben?“

Khadgar kniff die Lippen zusammen, sagte jedoch nichts. Stattdessen nahm er einen der Orks und zerrte ihn auf die Überreste des Wachturms zu. Innerhalb einer Stunde hatten sie die Leichen zusammengetragen und angezündet.

„Jetzt sollten wir gehen“, sagte Khadgar, während Garona den Rauch betrachtete.

„Es wird die Reiter anlocken“, sagte Garona.

„Ja“, sagte Khadgar. „Und es wird ihnen auch eine Botschaft schicken, nämlich, dass Orks hier sind, die sich sicher genug fühlen, um die Leichen ihrer Gefallenen zu verbrennen. Ich möchte lieber alles in Ruhe erklären können, als plötzlich vor einem angreifenden Kriegspferd zu stehen.“

Garona nickte. Sie warfen sich die gestohlenen Umhänge über die Körper und verließen den brennenden Wachturm.

Garona behielt Recht, die Ork-Version einer Feldration war eine unangenehme Mischung aus gehärtetem Sirup, Nüssen und etwas, das Khadgar für gekochte Ratte hielt. Aber wenigstens füllte es den Magen, und sie kamen gut voran.

Zwei Tage vergingen, und das Land öffnete sich, wurde zu weiten Feldern, die voller Getreide standen. Auch hier war der Krieg nicht spurlos vorbeigezogen. Die Ställe waren leer und die Häuser verfallen. Sie fanden mehrere Spuren von Ork-Bestattungen und etliche Lager, die auf Flüchtlinge und Patrouillen hinwiesen.

So weit es ging hielten sie sich in Büschen und im Wald verborgen. Im offenen Gelände war es zwar leichter, Fremde zu sehen, aber auch sie selbst wären schneller entdeckt worden. Als eine kleine Armee von Orks vorbeizog, versteckten sie sich in einem fast unversehrten Bauernhaus.

Khadgar beobachtete die Orks. Es gab Infanterie, Kavallerie, die auf großen Wölfen ritt, und Katapulte, die mit Drachenköpfen und Totenschädeln verziert waren. Neben ihm beobachtete Garona die Prozession und sagte: „Narren."

Khadgar sah sie fragend an.

„Sie fallen viel zu sehr auf", erklärte sie. „Wir können sie sehen, also auch die Bleichgesichter. Diese Bande *hat* kein Ziel. Sie zieht einfach nur durch das Land auf der *Suche* nach einem. Sie wollen ehrenhaft im Kampf sterben." Sie schüttelte den Kopf.

„Du hältst nicht viel von deinem Volk", sagte Khadgar.

„Im Moment halte ich wenig von allen Völkern", sagte Garona. „Für die Orks bin ich nichts, die Menschen wollen mich umbringen … und der einzige Mensch, dem ich je vertraut habe, entpuppte sich als Dämon."

„Ich bin auch noch da", sagte Khadgar und versuchte nicht verletzt zu klingen.

Garona verzog das Gesicht. „Ja, da bist auch noch du. Du hast Recht, du bist ein Mensch, und ich vertraue dir. Aber ich dachte wirklich, dass Medivh etwas ausrichten würde. Er war mächtig, wichtig und wollte verhandeln. Ohne Vorurteile. Aber ich habe mich selbst betrogen. Er ist nur ein weiterer Wahnsinniger. Vielleicht ist es mein Schicksal, für Wahnsinnige zu arbeiten. Wie nannte es Medivh? Das unverzeihlich starre Universum?"

„Deine Rolle", sagte Khadgar, „wählt niemand außer dir selbst. Das wollte auch Medivh immer."

„Glaubst du, er war bei Verstand, als er das sagte?", fragte die Halb-Ork.

Khadgar hob die Schultern. „War er je bei Verstand? Ich glaube schon. Und ich spüre, dass du das auch glauben möchtest."

„Jau", murmelte Garona. „Alles war so einfach, als ich für Gul'dan arbeitete. Ich war seine Augen und Ohren. Jetzt weiß ich nicht mehr, wer Recht hat und wer Unrecht. Zu welchem Volk gehöre ich? Zu keinem? Wenigstens musst du dir keine Gedanken darüber machen, wem gegenüber du dich loyal verhältst."

Khadgar sagte nichts, blickte nur hinaus in die Abenddämmerung. Irgendwo hinter dem Horizont musste die Ork-Armee auf etwas gestoßen sein. Er sah das Leuchten einer falschen Dämmerung in dieser Richtung und die Lichtblitze, die von tiefhängenden Wolken reflektiert wurden. Die Echos der Kriegstrommeln klangen wie ferner Donner.

Zwei weitere Tage vergingen. Sie schritten über verlassene Orte und Marktplätze. Die meisten Gebäude waren noch intakt, aber leerstehend. Es gab Hinweise darauf, dass sie bis vor kurzem bewohnt gewesen waren, aber jetzt lebten dort nur noch Geister und Erinnerungen.

Khadgar brach in ein Geschäft ein. Die Regale waren zwar leer, aber im Herd gab es noch genügend Feuerholz, und im Keller lagerten Kartoffeln und Zwiebeln. Nach den eisernen Rationen der Orks war alles andere eine Verbesserung.

Khadgar machte ein Feuer, während Garona Wasser aus einem nahe gelegenen Brunnen holte. Khadgar dachte über seine nächsten Schritte nach. Medivh war eine Gefahr, vielleicht sogar eine größere als die Orks. Konnte man noch mit ihm reden, ihn davon überzeugen, das Portal zu schließen, oder war es dafür bereits zu spät?

Selbst die Erkenntnis, dass es ein Portal gab, war schon eine gute Neuigkeit. Denn wenn die Menschen es fanden, konnten sie es schließen und den Orks die Verstärkung aus Draenor abschneiden. Dann wären sie auf dieser Welt gestrandet.

Lärm von draußen riss den Lehrling aus seinen Gedanken. Er hörte Metall aufeinanderschlagen und menschliche Stimmen brüllen.

„Garona …“, murmelte Khadgar und eilte zur Tür.

Er fand sie neben dem Brunnen. Eine Patrouille von zehn Infanteristen, die ihre Schwerter gezogen hatten und die blaue Uniform von Azeroth trugen, war bei ihr. Einer der

Soldaten hielt seinen blutenden Arm, aber zwei andere hatten Garona gepackt. Ihr Dolch mit der langen Klinge lag am Boden. Als Khadgar um die Ecke bog, schlug der Sergeant ihr mit dem Eisenhandschuh ins Gesicht.

„Wo sind die anderen?“, knurrte er. Aus dem Mund der Halb-Ork rann dunkles Blut.

„Lass sie in Ruhe!“, rief Khadgar. Ohne nachzudenken sammelte er die Energien in seinem Geist und wob sie in einen kurzen Zauberspruch.

Ein helles Licht entstand um Garonas Kopf, eine winzige Sonne, die die Menschen überraschte. Die beiden Männer, die Garona festgehalten hatten, ließen sie los, und sie sackte zu Boden. Der Sergeant hob die Hand, um seine Augen zu schützen, und der Rest der Patrouille war so überrumpelt, dass Khadgar ungehindert zu Garona gelangen konnte.

„Wurde überrascht“, murmelte Garona durch ihre aufgeplatzte Lippe. „Bin gleich wieder bereit.“

„Bleib unten“, sagte Khadgar sanft. Den blinzelnden Sergeant bellte er an: „Kommandierst du diese Bande?“

Die meisten Männer hatten sich erholt und die Schwerter gezogen. Die beiden neben Garona waren ein Stück zurückgewichen, beobachteten ausschließlich sie, nicht Khadgar.

Der Sergeant sah ihn an. „Was fällt dir ein, dich in die Belange der Armee einzumischen? Schafft ihn aus dem Weg, Männer!“

„Halt!“, sagte Khadgar scharf, und die Soldaten, die seinen Zauberspruch erlebt hatten, machten nur einen einzigen Schritt nach vorne. „Ich bin Khadgar, Schüler von Medivh, dem Magus, dem Freund und Verbündeten eures Königs

Llane. Ich muss mit ihm sprechen. Bringt uns sofort nach Stormwind."

Der Sergeant grinste nur. „Natürlich, und ich bin Lord Lothar. Medivh nimmt keine Schüler auf. Sogar ich weiß das. Und wer ist deine kleine Freundin hier?"

„Sie ist …" Khadgar zögerte einen Moment. „Sie ist meine Gefangene. Ich bringe sie zum Verhör nach Stormwind."

„Wie bitte?", grunzte der Sergeant. „Wir haben deine Gefangene hier draußen bewaffnet angetroffen, und du warst nirgendwo zu sehen. Deine Gefangene ist wohl entkommen. Schade, dass Orks eher sterben als dass sie sich ergeben würden."

„Fass sie nicht an!", rief Khadgar. Er hob seine Hand. Flammen tanzten über seine Fingerspitzen.

„Du spielst mit deinem Leben", knurrte der Sergeant. In einiger Entfernung hörte Khadgar das Geräusch schwerer Hufe. Verstärkung?

„Ihr macht einen großen Fehler, Herr", sagte Khadgar höflicher.

„Halte dich da raus, Junge", befahl der Sergeant. „Schnappt euch die Ork. Bringt sie um, wenn sie sich wehrt."

Die Soldaten taten einen weiteren Schritt nach vorne. Die beiden neben Garona bückten sich und griffen nach ihr. Sie versuchte auszuweichen, und einer trat mit seinem Stiefel nach ihr.

Khadgar schluckte die Tränen hinunter und schickte dem Sergeant seinen Zauber entgegen. Die Flammenkugel schlug gegen sein Knie. Der Sergeant schrie auf und sackte zu Boden.

„Hört auf damit!“, zischte Khadgar.

„Bringt sie um!“, schrie der Sergeant. Seine Augen waren vor Schmerz weit aufgerissen. „Bringt sie beide um!“

„Halt!“, rief eine dunkle Stimme, die von einem Helm gedämpft wurde. Die Reiter waren auf dem Marktplatz eingetroffen. Es waren rund zwanzig, und Khadgars Hoffnungen schwanden. Selbst Garona würde mit ihnen nicht fertig werden. Ihr Anführer war in voller Rüstung, sein Gesicht hinter dem Helm nicht zu erkennen.

Der junge Zauberlehrling trat vor. „Herr“, sagte er. „Haltet diese Männer zurück. Ich bin ein Schüler von Magus Medivh.“

„Ich weiß, wer du bist“, sagte der Kommandant. „Haltet ein“, befahl er. „Bewacht die Ork, aber lasst sie in Ruhe.“

Khadgar schluckte und fuhr fort: „Ich habe eine Gefangene und wichtige Informationen für König Llane. Ich muss sofort Lord Lothar sprechen.“

Der Kommandant klappte sein Visier hoch. „Das sollst du, mein Junge“, sagte Lord Lothar. „Das sollst du.“

FÜNFZEHN

UNTER KARAZHAN

Die Unterhaltung auf Burg Stormwind war nicht gut verlaufen, und nun kreisten sie auf einem Greifen um Medivhs Turm. Unter ihnen wirkte Karazhan in der Abenddämmerung leer und gewaltig. Kein Licht war in den Fenstern zu sehen, und auch das Observatorium in der Spitze des Turms war dunkel. Unter einem mondlosen Himmel wirkten selbst die hellen Steine des Turms schwarz und abweisend.

Am Abend zuvor war es in den Privatgemächern des Königs zu einer hitzigen Diskussion gekommen. Khadgar und Garona waren beteiligt, obwohl die Halb-Ork in Gegenwart Seiner Majestät Lothar ihr Messer abgeben musste. Der Champion des Königs war ebenfalls anwesend und außerdem eine Gruppe von Beratern und Höflingen, die sich um König Llane scharte. Khadgar witterte keinen einzigen Zauberer in der Versammlung und schloss daraus, dass diejenigen, die Medivhs Wüten überlebt hatten, entweder auf dem Schlachtfeld kämpften oder in Sicherheit gebracht worden waren.

Der König war nicht mehr der junge Mann, den er in seinen Visionen gesehen hatte. Er war erwachsen geworden. Seine breiten Schultern und scharf geschnittenen Gesichtszüge beugten sich nur langsam den Veränderungen, die das mittlere Lebensalter mit sich brachte. Von allen Anwesenden war er am festlichsten gekleidet und seine blauen Gewänder ließen ihn aus der Gruppe herausragen. Neben seinem Stuhl lag ein großer Helm mit weißen Flügeln, als erwarte er, jeden Moment auf das Schlachtfeld gerufen zu werden.

Khadgar fragte sich, ob Llane nicht genau diesen Ruf herbeisehnte. Das hätte zu dem starrsinnigen Jugendlichen aus der Troll-Vision gepasst. Ein direkter Kampf auf offenem Feld, wo der Sieg seiner Truppen niemals wirklich in Zweifel stand.

Er fragte sich, wie viel von dieser Sicherheit aus der Überzeugung kam, dass der Magus schon beizeiten eingreifen würde. Tatsächlich schienen beide Dinge zusammenzugehören: Der Magus würde Stormwind immer unterstützen, und Stormwind würde aufgrund der Unterstützung des Magus niemals fallen.

Die Heiler hatten sich um Garonas aufgerissene Lippe gekümmert, aber ihre Laune konnten sie nicht verbessern. Khadgar zuckte einige Male zusammen, wenn sie undiplomatisch ihre Ork-Meinung, den Geisteszustand des Meistermagiers betreffend, darlegte, über die Bleichgesichter im Allgemeinen und Llanes Truppen im Besonderen lamentierte.

„Die Orks sind unerschütterlich", sagte sie. „Sie werden nicht aufgeben. Sie werden zurückkommen."

„Sie sind nicht auf Pfeilentfernung an die Mauern herangekommen", konterte Llane. Khadgar hatte den Eindruck, dass Seine Majestät eher amüsiert als besorgt über Garonas undiplomatische Warnungen und ihr direktes Auftreten war.

„Sie sind nicht auf Pfeilentfernung an die Mauern herangekommen", wiederholte Garona. „Dieses Mal. Nächstes Mal werden sie es tun. Und das übernächste Mal werden sie über die Mauern kommen. Ich glaube nicht, dass Ihr die Orks ernst genug nehmt, *Sire*."

„Du kannst sicher sein, ich nehme sie sehr ernst", versetzte Llane. „Aber ich bin mir auch der Stärke von Stormwind bewusst. Seiner Mauern, seiner Armeen, seiner Verbündeten und seiner Entschlossenheit. Wenn du dies sehen könntest, würde dich die Macht der Orks vielleicht auch nicht mehr so beeindrucken."

Llane war sich ebenso sicher, was den Magus anging. Khadgar legte alles vor den Ratgebern dar und wurde dabei von Garona unterstützt. Die Visionen aus der Vergangenheit, das ungewöhnliche Verhalten, die Visionen, die keine waren, sondern Hinweise auf Sargeras' Anwesenheit in Karazhan … Und er sprach über Medivhs Rolle beim Angriff auf Azeroth.

„Wenn ich eine Silbermünze für jeden Mann bekommen hätte, der behauptete, Medivh sei wahnsinnig, wäre ich noch reicher als ich es ohnehin schon bin", sagte Llane. „Er hat einen Plan, junger Mann. So einfach ist das. Er hat sich schon oft in irgendein irrsinniges Unterfangen gestürzt, und Lothar hat sich jedes Mal die allergrößten Sorgen gemacht. Doch stets hatte er am Ende Recht. Das letzte Mal, als er hier war, hat er sich doch auf die Jagd nach diesem Dämon gemacht und ihn nach ein paar Stunden zurückgebracht. Würde jemand, der von einem Dämon besessen ist, einen seiner eigenen Leute köpfen?"

„Wenn er damit seine Unschuld vortäuschen könnte, warum nicht?", antwortete Garona. „Niemand hat gesehen, wie er den Dämon mitten in der Stadt tötete. Vielleicht hat er ihn beschworen, getötet und dann als Sündenbock präsentiert."

„Haltlose Spekulation", knurrte der König. „Ich glaube euch, dass ihr all das gesehen habt. Auch diese Visionen aus der Vergangenheit. Aber ich denke, dass der Magus verschlagen wie ein Fuchs und dass all das Teil eines großen Plans ist. Er spricht doch immer von Plänen und großen Zyklen."

„Bei allem Respekt", sagte Khadgar. „Der Magus hat vielleicht einen Plan, aber die Frage ist, ob Stormwind und Azeroth darin einen Platz haben."

So ging es den ganzen Abend. König Llane hatte klare Ansichten zu allen Streitpunkten. Er war der Meinung, dass Azeroth die Ork-Horden mit seinen Verbündeten vernichten oder zurück in ihre Heimatwelt treiben würde; dass Medivh einen Plan verfolgte, den niemand außer ihm verstand; und dass Stormwind jedem Angriff widerstehen würde, so lange „entschlossene Männer auf den Mauern stehen und auf dem Thron sitzen".

Lothar schwieg meistens, stellte nur ab und zu eine Frage und schüttelte den Kopf, wenn Khadgar oder Garona ihm unverblümt antworteten. Schließlich sprach er.

„Llane, lass dich nicht von deinen Überzeugungen blenden“, sagte er. „Wenn wir uns nicht auf Magus Medivh als Verbündeten verlassen können, sind wir geschwächt. Wenn wir die Orks unterschätzen, sind wir verloren. Hör dir an, was sie zu sagen haben.“

„Ich höre sie an“, sagte Llane. „Aber ich höre nicht nur mit meinen Ohren, sondern auch mit meinem Herzen. Wir haben viele Jahre mit dem jungen Medivh verbracht, vor und nach seinem Schlaf. Er erinnert sich an seine Freunde. Und wenn er seinen Plan enthüllt, wirst sogar du erkennen, was für ein getreuer Freund der Magus ist.“

Der König stand auf, entließ sie alle und versprach, genau über alle Angelegenheiten nachzudenken. Garona fluchte leise vor sich hin, und Lothar gab ihnen Zimmer ohne Fenster und mit Wachen vor den Türen, um auf Nummer Sicher zu gehen.

Khadgar versuchte zu schlafen, aber er war so frustriert, dass er einen Großteil der Nacht auf und ab ging. Schließlich, als die Erschöpfung ihn gerade in den Schlaf gezwungen hatte, klopfte es an der Tür.

Es war Lothar in voller Rüstung. Er trug eine Uniform über dem Arm. „Du schläfst wie ein Stein, oder?“ Er reichte ihm lächelnd eine Uniform. „Zieh das an und triff uns in fünfzehn Minuten in der Turmspitze. Beeil dich, Junge.“

Khadgar zog die Kleidung an, die aus einer Hose, schweren Stiefeln, einer blauen Jacke mit dem Löwen von Azeroth darauf und einem Langschwert bestand. Er wollte das Schwert zuerst nicht mitnehmen, band es sich dann aber doch über den Rücken. Vielleicht konnte es ihm noch nützlich sein.

Sechs Greife hockten auf den Türmen und schüttelten aufgeregt die großen Schwingen. Lothar war dort und Garona ebenfalls. Sie trug die gleiche Kleidung wie er und war ebenfalls mit einem Schwert bewaffnet.

„Sag kein Wort", zischte sie.

„Der Löwe von Azeroth steht dir sehr gut", sagte er. „Er passt zu deinen Augen."

Garona schnaufte. „Lothar sagte das Gleiche. Er hat versucht mich damit zu überzeugen, dass du ebenfalls diese Kleidung trägst. Und er sagte, er wolle sicherstellen, dass niemand von den anderen auf mich schießt, weil er mich für einen Gegner hält."

„Anderen?", fragte Khadgar und sah sich um. Im Morgenlicht waren die anderen Greife gut zu erkennen. Das Licht der aufgehenden Sonne färbte ihre Flügel rosa. Er hatte nicht gewusst, dass es so viele dressierte Greife auf der Welt gab, geschweige denn in Stormwind. Lothar musste mit den Zwergen gesprochen haben. Die Luft war kühl und scharf wie ein Dolchstoß.

Lothar kam zu ihnen und rückte Khadgars Schwert zurecht, damit er auf dem Greif sitzen konnte.

„Seine Majestät", knurrte Lothar, „hat einen unerschütterlichen Glauben an die Stärke der Menschen von Azeroth und an die Dicke der Mauern von Stormwind. Es ist gut, dass er auch Leute um sich hat, die sich kümmern, wenn er einmal falsch liegt."

„Damit meint Ihr wohl uns", sagte Khadgar grimmig.

„Damit meine ich uns", erwiderte Lothar. Er sah Khadgar scharf an und fügte hinzu: „Ich hatte dich gefragt, wie es ihm geht, du erinnerst dich."

„Ja“, antwortete Khadgar. „Und ich sagte Euch die Wahrheit, oder das, was ich dafür hielt. Ich war loyal.“

„Ich verstehe“, sagte Lothar. „Und ich bin ihm auch loyal. Ich will nur, dass du die Wahrheit sagst. Aber ich will auch, dass du tust, was getan werden muss, wenn es so weit kommen sollte.“

Khadgar nickte. „Ihr glaubt mir doch, oder?“

Lothar nickte grimmig. „Vor langer Zeit, als ich in deinem Alter war, pflegte ich Medivh. Er lag damals im Koma, in diesem langen, tiefen Schlaf, der ihm so viel von seiner Jugend nahm. Ich hielt es damals für einen Traum, aber ich könnte schwören, dass mir gegenüber ein anderer Mann saß und den Magus betrachtete. Er sah aus, als bestünde er aus Messing. Über seinen Augen saßen große Hörner, und sein Bart bestand aus Feuer.“

„Sargeras“, sagte Khadgar.

Lothar stieß den Atem aus. „Ich dachte, ich wäre eingeschlafen und hätte geträumt, dachte, dass er es nicht wirklich sein könnte. Weißt du, auch ich war ihm loyal ergeben. Aber ich habe nie vergessen, was ich sah. Und als die Jahre vergingen, begann ich zu begreifen, dass ich einen Zipfel der Wahrheit gesehen hatte, und dass es vielleicht so weit kommen würde, wie es nun gekommen ist. Vielleicht können wir Medivh noch retten, aber vielleicht sitzt die Dunkelheit bereits zu tief. Dann müssen wir etwas Furchtbares, Schreckliches und absolut Notwendiges tun. Die Frage ist, ob du dazu bereit und in der Lage bist?“

Khadgar dachte einen Moment lang nach und nickte dann. Sein Magen fühlte sich wie ein Klumpen Eis an. Lothar hob die Hand. Auf sein Kommando hin erhoben sich die Greife in die Luft, während hinter ihnen die Sonne aufging und ihre Schwingen golden färbte.

Das kalte Gefühl in Khadgars Magen ließ auf dem ganzen langen Flug nach Karazhan nicht nach. Garona ritt hinter ihm, aber sie schwiegen beide, während der Boden unter ihnen vorbeizog.

Das Land veränderte sich unter ihren Schwingen. Aus den großen Feldern wurden verbrannte Flächen, von zerstörten Gebäuden unterbrochen. Wälder waren gefällt worden, um die Kriegsmaschinerie anzutreiben. Das hatte große Narben in die Landschaft gerissen. Offene Krater gähnten, die Erde war verwundet und aufgeworfen worden, um an das Erz zu gelangen. Rauchschwaden stiegen auf und zogen über den Horizont, aber ob sie von Schlachtfeldern oder von Schmieden stammten, konnte Khadgar nicht sagen. Sie flogen durch den Tag, und die Sonne sank langsam am Horizont.

Karazhan stieg wie ein dunkler Schatten in der Mitte eines Kraters auf. Er zog die letzten Strahlen des Tages an sich und gab nichts davon wieder her. Kein Licht war im Turm oder in einem der Fenster zu sehen. Die Fackeln, die brannten, ohne ihre Substanz zu verzehren, waren gelöscht worden. Khadgar fragte sich, ob Medivh entkommen war.

Lothar zwang seinen Greif nach unten, und Khadgar folgte, glitt vom Rücken des geflügelten Tiers. Er hatte kaum wieder Boden unter den Füßen, als sich der Greif auch schon erneut in die Lüfte erhob. Er stieß ein Kreischen aus und wandte sich nach Norden.

Der Champion von Azeroth war bereits an der Treppe angekommen. Seine breiten Schultern waren angespannt, seine kräftige Gestalt bewegte sich mit der lautlosen Eleganz einer Raubkatze. Seine Klinge war gezogen. Garona schlich ebenfalls vor und zog ihren langen Dolch unter der Bluse hervor. Die schwere Klinge aus Stormwind schlug gegen Khadgars Hüfte, und neben den anderen beiden fühlte er sich wie ein ungeschicktes Ding aus Stein. Hinter ihm landeten die anderen Greife und setzten ihre Krieger ab.

Das Observatorium war leer, das Arbeitszimmer des Meistermagiers hingegen zwar verlassen, aber nicht völlig ausgeräumt. Überall lagen Werkzeuge herum, und die Überreste des zertrümmerten Astrolabiums ruhten auf dem Kaminsims. Wenn der Turm wirklich verlassen wurde, war dies überstürzt erfolgt.

Oder aber … er war *nicht* verlassen worden.

Fackeln wurden entzündet, und die Gruppe stieg die endlos scheinende Treppe hinab. Lothar, Garona und Khadgar übernahmen die Führung. Einst waren Lothar diese Mauern vertraut, ein Zuhause und die Treppen eine tägliche Herausforderung gewesen. Doch nun waren die Fackeln an den Wänden mit ihren eisblauen Flammen gelöscht worden, und der sich bewegende Fackelschein der Eindringlinge warf dunkle Schatten über die Mauern und verlieh ihnen ein fremdes, beinahe alptraumhaftes Aussehen. Das Gemäuer selbst schien böse geworden zu sein, und Khadgar erwartete hinter jedem dunklen Eingang einen tödlichen Angriff.

Doch es passierte nichts. Die Galerien waren leer, die Speisesäle verlassen, die Gastquartiere zwar möbliert, aber unbewohnt. Khadgar untersuchte seine eigene Unterkunft. Nichts war verändert worden.

Das Licht der Fackeln warf seltsame Schatten über die Eisenstangen der Regale in der Bibliothek. Die Bücher waren unberührt, und selbst Khadgars letzte Notizen lagen immer noch auf dem Tisch. Hielt Medivh so wenig von seiner Bibliothek, dass er kein einziges Buch mitgenommen hatte?

Khadgar entdeckte einige Papierfetzen und ging zu dem Regal, in dem die epischen Gedichte untergebracht waren. Die Überreste einer zerrissenen Schriftrolle lagen dazwischen. Khadgar nahm einen größeren Fetzen, las einige Worte und nickte.

„Was ist das?“, fragte Lothar. Er schien zu erwarten, dass die Bücher jeden Moment zum Leben erwachten und ihn angriffen.

„Das Lied von Aegwynn“, sagte Khadgar. „Ein episches Gedicht über seine Mutter.“

Lothar grunzte verstehend, aber Khadgar dachte nach. Medivh war hier gewesen, nachdem sie den Turm verlassen hatten. Wieso hatte er die Schriftrolle zerstört? Waren es die dunklen Erinnerungen an den Streit mit seiner Mutter? Waren es Rachegelüste nach Aegwynns Sieg über Sargeras? Oder symbolisierte die Zerstörung der Schriftrolle, des Schlüssels, den der Wächter von Tirisfal verwendet hatte, seine Ablehnung und den letzten Betrug an dieser Gruppe?

Khadgar riskierte einen einfachen Zauberspruch – mit dem man magische Präsenz feststellen konnte –, fand jedoch nichts außer den normalen Reaktionen, die durch die magischen Bücher entstanden. Wenn Medivh hier einen Spruch gewoben hatte, war er so gut getarnt, dass er Khadgars Forschen entging.

Lothar bemerkte, dass der junge Magier Zeichen in die Luft malte, und als er endete, sagte er: „Du solltest deine Kraft aufsparen, bis wir ihn gefunden haben."

Khadgar schüttelte den Kopf und fragte sich, ob sie den Magus überhaupt je finden würden.

Stattdessen entdeckten sie Moroes im untersten Stockwerk in der Nähe des Eingangs zu Küche und Vorratskammer. Er war mitten im Gang zusammengebrochen. Blut war neben ihm in einem Viertelkreis geronnen. Seine Augen waren weit geöffnet, aber sein Gesicht wirkte gefasst. Selbst der Tod schien den Verwalter nicht überrascht zu haben.

Garona ging in die Küche und kehrte kurz darauf wieder zurück. Ihr Gesicht war blasser als sonst, und in einer Hand hielt sie eine zerbrochene rosafarbene Brille. Khadgar nickte.

Die Leichen steigerten die Nervosität der Soldaten, und sie traten vorsichtig durch das Tor in den Burghof. Medivh war nirgendwo zu sehen, und es gab nur wenige Hinweise darauf, dass er hier vorbeigekommen war.

„Hat er einen zweiten Unterschlupf?", fragte Lothar. „Einen Ort, an dem er sich verstecken kann?"

„Er war häufig weg", sagte Khadgar. „Manchmal tauchte er nach tagelanger Abwesenheit ohne jede Erklärung wieder auf."

Etwas bewegte sich entlang des Balkons über dem Eingangstor. Es war nur ein leichtes Zittern der Luft. Khadgar starrte lange auf diesen Punkt, aber das Phänomen kehrte nicht zurück.

„Vielleicht ist er zu den Orks gegangen, um sie anzuführen“, schlug der Champion vor.

Garona schüttelte den Kopf. „Sie würden nie einen menschlichen Anführer akzeptieren.“

„Er kann sich doch nicht in Luft aufgelöst haben!“, polterte Lothar los. Zu den Soldaten sagte er: „Macht euch bereit. Wir kehren um.“

Garona ignorierte den Champion und sagte: „Das hat er nicht. Zurück in den Turm.“

Sie ging durch die Gruppe der Soldaten, als wäre sie ein Boot, das die Wellen teilt. Sie verschwand im Inneren des Turms. Lothar sah Khadgar an, doch dieser hob nur die Schultern und folgte der Frau, die zur Hälfte Ork war.

Moroes hatte sich nicht bewegt, lag immer noch in seinem Blut bei der Wand. Garona berührte die Wand, als wolle sie etwas daran erfühlen. Sie runzelte die Stirn, fluchte und schlug gegen die Mauer, die sehr massiv klang.

„Sie muss hier sein“, sagte sie.

„Was muss hier sein?“, fragte Khadgar.

„Eine Tür“, sagte die Halb-Ork.

„Es gab hier nie eine Tür“, sagte Khadgar.

„Wahrscheinlich gab es hier immer eine Tür“, widersprach Garona. „Du hast sie nur nie gesehen. Schau hin. Moroes ist hier gestorben.“ Sie trat mit dem Fuß neben der Wand auf. „Dann wurde sein Körper zur Seite bewegt, wodurch der Viertelkreis der Blutspur entstand. So haben wir ihn gefunden.“

Lothar grunzte zustimmend und begann ebenfalls mit den Händen über die Mauer zu streichen.

Khadgar betrachtete die scheinbar fugenlose Wand. Er war fünf- bis sechsmal pro Tag daran vorbeigegangen. Auf der anderen Seite hätte es nichts außer Stein und Mörtel geben dürfen. Und dennoch …

„Geht zur Seite“, sagte der junge Magier. „Lasst mich etwas ausprobieren.“

Der Champion und die Halb-Ork traten einen Schritt zurück, und Khadgar sammelte die Energien für einen Spruch. Er hatte ihn bereits bei verschlossenen Türen und Büchern angewendet, aber dies war das erste Mal, das er ihn bei einer Tür verwendete, die er nicht einmal wahrnehmen konnte. Er versuchte sich die Tür vorzustellen, wie groß sie sein musste, um Moroes’ Körper so zur Seite zu drücken, wie es geschehen war – wo ihre Scharniere lagen, wo der Rahmen und wo man die Schlösser angebracht hatte, um sie zu sichern.

Er stellte sich die Tür vor und warf dem unsichtbaren Rahmen ein wenig Magie entgegen, um das versteckte Schloss zu öffnen. Überrascht sah er, wie sich die Wand bewegte und ein senkrechter Spalt entstand. Er war kaum zu sehen, reichte aber, um die Tür erahnen zu lassen, die es einen Moment zuvor noch nicht gegeben hatte.

„Öffnet sie mit euren Schwertern“, knurrte Lothar, und die Soldaten machten sich an die Arbeit. Die steinerne Tür widerstand ihrem Ansturm einige Augenblicke, bis ein Mechanismus darin hörbar zerbrach und die Tür nach außen schwang. Sie streifte Moroes’ Leichnam und gab den Blick auf eine Treppe frei, die in die Tiefe führte.

„Er hat sich also nicht in Luft aufgelöst“, sagte Garona grimmig. „Er ist hier geblieben, nur an einem Ort, den niemand außer ihm kennt.“

Khadgar betrachtete den toten Moroes. „Fast niemand. Ich frage mich nur, was er sonst noch vor uns versteckt hat.“

Sie stiegen die Treppe hinunter, und Khadgar begann sich zunehmend unwohler zu fühlen. Die oberen Stockwerke wirkten einfach nur verlassen, aber hier unten herrschte eine Aura des Bösen. Die rau behauenen Mauern und der Boden waren feucht, und im Licht der Fackeln schien alles zu zucken wie lebendiges Fleisch.

Khadgar brauchte einen Moment, um zu begreifen, dass die Stufen zwar noch immer abwärts führten, aber die Richtung gewechselt hatten und jetzt auf der anderen Seite des Turms verliefen. Sie schienen ein Spiegelbild der oberen Treppe zu sein.

Tatsächlich setzte sich dieser Eindruck fort. Wo sich im Turm ein leerer Versammlungsraum befunden hatte, gab es hier einen Kerker mit unbenutzten Eisenketten. Der Raum, der oben als Speisesaal diente, war hier voller mystischer Kreise und Schutt. Die Luft schmeckte schwer und war drückend, genau wie im Turm von Stormwind, als Huglar und Hugarin getötet wurden. Hier war der Dämon beschworen worden, der sie ermordet hatte.

Als sie das Stockwerk erreichten, das der Bibliothek entsprach, fanden sie zwei mit Eisenriegeln verschlossene Türen. Die Stufen führten weiter nach unten, aber die Gruppe blieb vor der Tür stehen und betrachtete die rätselhaften Symbole, die tief in das Holz geritzt worden und mit bräunlichem Blut versehen waren. Es sah aus, als würde das Holz selbst bluten. Zwei große Eisenringe hingen an den Türen.

„Das ist dann also die Bibliothek“, sagte Khadgar.

Lothar nickte. Ihm waren die Ähnlichkeiten zwischen dem Turm und diesem Bereich ebenfalls aufgefallen. „Mal sehen, was sich im Inneren befindet, wenn alle Bücher oben sind.“

Garona sagte: „Sein Arbeitszimmer ist in der Spitze des Turms mit dem Observatorium. Wenn er sich wirklich hier irgendwo auffällt, müsste das also eher ganz da unten sein. Wir sollten weitergehen.“

Aber ihre Worte kamen zu spät. Khadgar berührte die Eisenringe, und Funken sprühten von seiner Handfläche zur Tür. Es war ein Hinweis auf eine magische Falle. Khadgar fluchte, als die Türflügel aufsprangen und den Blick auf die dunkel daliegende Bibliothek freigaben …

… die sich als *Zwinger* entpuppte. Sargeras hatte kein Bedürfnis nach Wissen, also hatte er das Zimmer seinen Haustieren überlassen. Die Kreaturen lebten in selbstgewählter Finsternis. Ätzender Rauch quoll in den Gang.

Es gab Augen im Inneren. Augen und brennende Tatzen und Körper, die aus Schatten und Feuer bestanden. Sie schlichen heran und knurrten.

Khadgar zeichnete Symbole in die Luft, bündelte die Energie in seinem Kopf und versuchte die Tür zu bewegen. Soldaten drückten gegen die großen Eisenringe, aber weder Magie noch Muskelkraft vermochten sie zu bewegen.

Die Bestien lachten fauchend und duckten sich zum Sprung.

Khadgar hob die Hände, um einen weiteren Spruch zu versuchen, aber Lothar schlug sie zur Seite.

„Das soll uns nur Zeit und Energie kosten", sagte er. „Wir sollen aufgehalten werden. Geh nach unten und suche Medivh."

„Aber sie sind …", begann Khadgar, doch dann sprang die erste Dämonenbestie vor.

Lothar machte zwei Schritte und traf die im Sprung befindliche Kreatur mit seinem Schwert. Er zog die Klinge nach oben, und die Runen, die tief in das Metall graviert waren, begannen gelb zu leuchten. Für eine Sekunde sah Khadgar Angst in den Augen der Dämonenbestie.

Und dann bohrte sich die Klinge auch schon tief in das Fleisch des Ungetüms. Lothars Klinge trat im Nacken der Kreatur aus und durchtrennte den vorderen Teil des Rumpfs. Einen Moment lang heulte die Bestie schmerzerfüllt, dann traf die Klinge den Kopf. Die qualmenden Überreste der Dämonenbestie fielen vor Lothars Füße. Sie weinten Feuer und bluteten Schatten.

„Geht!", donnerte der Champion. „Wir kümmern uns um den Rest und kommen dann nach."

Garona packte Khadgar und zog ihn die Treppe hinunter. Hinter ihnen zogen die Soldaten ihre Schwerter, und die Runen tanzten feurig, während sie von den Schatten tranken. Der junge Magier und die Halb-Ork gingen die gewundenen Stufen nach unten, während sie hinter sich die Schreie der Sterbenden – aus menschlichen und dämonischen Kehlen – hörten.

Sie stiegen tiefer in die Dunkelheit hinab. Garona hielt den Dolch in der einen, die Fackel in der anderen Hand. Khadgar bemerkte, dass die Wände leicht phosphoreszierend leuchteten. Es war eine rötliche Farbe, wie die einiger Nachtpilze tief in den Wäldern. Es wurde wärmer, und Schweiß lief über seine Stirn.

Als sie zu einem der Speisesäle kamen, hob sich Khadgars Magen plötzlich, und mit einem Mal waren sie an einem anderen Ort. Die Bewegung war plötzlich, wie die Böe eines Sommersturms.

Sie befanden sich in der Spitze eines der großen Türme von Stormwind. Um sie herum stand die Stadt in Flammen. Rauch stieg von allen Seiten auf und bildete eine schwarze Decke, hinter der die Sonne verschwand. Eine ähnliche Schwärze umgab die Stadtmauern, doch sie stammte von Ork-Truppen. Von ihrem Aussichtspunkt aus konnten Garona und Khadgar sehen, wie sich die Armeen wie Käfer auf dem Leichnam ausbreiteten, der einst Stormwinds Felder gewesen war. Jetzt gab es dort nur noch Belagerungstürme und bewaffnete Soldaten, deren farbige Banner einen schaurigen Regenbogen bildeten.

Die Wälder waren ebenfalls verschwunden, hatten sich in Katapulte verwandelt, die Feuer auf die Stadt regnen ließen. Die Unterstadt brannte bereits, und Khadgar beobachtete, wie eine Sektion der Außenmauer zusammenbrach und kleine, grün und blau gekleidete Puppen sich gegenseitig auf dem Geröll bekämpften.

„Wie sind wir …?“, begann Garona.

„Eine Vision“, sagte Khadgar knapp, fragte sich jedoch, ob das ein zufälliger Effekt des Turms war oder eine weitere gezielte Verzögerungstaktik des Magus.

„Ich habe den König gewarnt. Ich habe ihn gewarnt, aber

er wollte ja nicht auf mich hören“, murmelte sie. Zu Khadgar sagte sie: „Dies ist eine Vision aus der Zukunft, nicht wahr? Wie werden wir sie wieder los?“

Der junge Magier schüttelte den Kopf. „Wir werden sie nicht los, zumindest jetzt nicht. Früher kamen und gingen sie. Ein starker Schock reicht meistens aus, um sie zu beenden.“

En flammendes Trümmerstück, das Geschoss eines Katapults, flog am Turm vorbei. Khadgar spürte die Hitze, bevor es zu Boden fiel.

Garona sah sich um. „Wenigstens sind es nur Ork-Armeen“, sagte sie grimmig.

„Und das ist die gute Nachricht?“ Seine Augen tränten vom Rauch, der über den Turm wehte.

„Ja, denn es befinden sich offenbar keine Dämonen in der Ork-Armee“, erwiderte sie. „Wenn Medivh bei ihnen wäre, würde es viel schlimmer aussehen. Vielleicht konnten wir ihn überreden, uns zu helfen.“

„Ich sehe Medivh aber auch nicht bei unseren Truppen“, sagte Khadgar und dachte für einen Moment nicht daran, mit *wem* er sprach. „Ist er tot? Konnte er fliehen?“

„Wie weit sind wir in der Zukunft?“, fragte Garona.

Hinter sich hörten sie verschiedene Stimmen. Die beiden drehten sich um und erkannten, dass sie vor den königlichen Audienzräumen standen, die während des Angriffs als Planungszentrum dienten. Ein kleines Modell der Stadt stand auf dem Tisch, und man hatte Spielzeugsoldaten, die wie Menschen und Orks aussahen, um es herum verteilt. König Llane und seine Berater saßen am Tisch und brüteten über dem Schlachtengemälde, während ständig neue Berichte eintrafen.

„Die Mauer im Handelsdistrikt wurde durchbrochen."

„Weitere Brände in der Unterstadt!"

„Streitkräfte sammeln sich wieder am Haupttor. Sehen wie Zauberer aus."

Khadgar bemerkte, dass all die früheren Höflinge von grimmig blickenden Männern in blauen Uniformen ersetzt worden waren. Lothar war nicht am Tisch zu sehen, aber Khadgar hoffte, dass er sich an der Front aufhielt und den Krieg zum Feind trug.

Llane agierte mit einer Sicherheit, als würde die Stadt jeden Tag angegriffen. „Das vierte und fünfte Regiment soll die Mauer verstärken. Die Miliz soll Eimerketten bilden. Nehmt das Wasser aus den öffentlichen Bädern. Und wir brauchen zwei Einheiten Speerwerfer am Haupttor. Wenn die Orks angreifen, sollen sie zuschlagen. Dann werden sie den Angriff abbrechen müssen. Zwei Magier sollen sich aus der Straße der Goldschmiede zurückziehen. Sind sie dort fertig?"

„Der Angriff wurde abgewehrt", war die Antwort. „Die Magier sind erschöpft."

Llane nickte und sagte: „Dann sollen sie sich für eine Stunde ausruhen. Holt stattdessen die jüngeren Magier aus der Akademie. Schickt doppelt so viele, aber sagt ihnen, sie sollen vorsichtig sein. Borton, Eure Kräfte sollen sich an der Ostmauer sammeln. Dort würde ich als nächstes angreifen, wenn ich unser Feind wäre."

Llane versah jeden Kommandanten mit einer Aufgabe. Es

gab keinen Streit, keine Diskussionen und keine Vorschläge. Jeder Krieger nickte und ging. Schließlich blieben nur König Llane und das kleine Modell einer Stadt zurück, die vor seinem Fenster in Flammen aufging.

Der König beugte sich vor und stützte die Hände auf den Tisch. Sein Gesicht wirkte erschöpft und war alt geworden. Er sah auf und sagte: „Du kannst mir jetzt berichten."

Die Vorhänge glitten zur Seite, als Garona vortrat. Die Halb-Ork neben Khadgar stieß einen überraschten Laut aus.

Die zukünftige Garona trug ihre übliche schwarze Hose und ebenfalls schwarze Seidenbluse, jedoch auch einen Umhang mit dem Löwenkopf von Azeroth. Ihr Blick flackerte wild. Die gegenwärtige Garona ergriff Khadgars Arm. Er spürte, wie sich ihre Nägel in sein Fleisch gruben.

„Schlechte Nachrichten, *Sire*", sagte Garona und trat an den Tisch des Königs. „Die verschiedenen Clans arbeiten bei diesem Angriff zusammen und sammeln sich unter Blackhand, dem Zerstörer. Sie werden einander nicht hintergehen, bis Stormwind gefallen ist. Gul'dan bringt seine Magier nachts hierher. Bis dahin wird der Blackrock-Clan versuchen, die Ostmauer zu überwinden." Khadgar bemerkte das Zittern in der Stimme der Halb-Ork.

Llane seufzte tief und sagte: „Das habe ich erwartet und Gegenmaßnahmen ergriffen. Wir werden diesen Angriff wie alle anderen davor zurückschlagen. Und wir werden aushalten, bis die Verstärkung eintrifft. So lange entschlossene Männer auf den Mauern stehen und auf dem Thron sitzen, wird Stormwind nicht fallen."

Die zukünftige Garona nickte, und Khadgar sah, dass sich

Tränen in ihren Augenwinkeln gesammelt hatten. „Die Ork-Anführer stimmen Eurer Einschätzung zu“, sagte sie, und ihre Hand griff unter die schwarze Bluse.

Khadgar und die reale Garona schrien gleichzeitig auf, als die zukünftige Garona den langen Dolch herauszog und dem König in die linke Brustseite stieß. Sie bewegte sich mit einer Schnelligkeit und Eleganz, auf die König Llane nur mit einem verwirrten Gesichtsausdruck reagierte. Seine Augen wurden groß, und einen Moment lang wurde er von der Klinge noch aufrecht gehalten.

„Die Ork-Anführer stimmen Eurer Einschätzung zu“, sagte sie noch einmal, und die Tränen liefen jetzt ungehemmt über ihr breites Gesicht. „Und haben einen Killer angesetzt, um den entschlossenen Mann vom Thron zu entfernen. Jemanden, den Ihr nahe an Euch heranlassen würdet. Jemanden, den Ihr allein treffen würdet.“

Llane, der König von Azeroth, der Herr von Stormwind, der Verbündete von Kriegern und Zauberern, sank zu Boden.

„Es tut mir Leid“, sagte Garona.

„Nein!“, schrie die gegenwärtige Garona, als sie selbst zu Boden fiel. Plötzlich standen sie wieder in dem falschen Speisesaal. Die Trümmer von Stormwind waren verschwunden und mit ihnen die Leiche des Königs. Die Tränen der Halb-Ork fanden sich jetzt in den Augen der echten Garona.

„Ich werde ihn umbringen“, sagte sie leise. „Ich werde ihn umbringen. Er hat mich gut behandelt und zugehört, wenn ich gesprochen habe, und ich werde ihn töten. Nein!“

Khadgar kniete neben ihr nieder. „Schon gut. Das muss so

nicht kommen. Vielleicht passiert es nie. Es war eine Vision."

„Es ist wahr", sagte sie. „Ich sah es und wusste, dass es stimmt."

Khadgar schwieg für einen Moment und dachte an seine eigene Vision, in der er Garonas Volk unter einem blutroten Himmel bekämpft hatte. Er hatte ebenfalls gewusst, dass es die Wahrheit war, als er es schaute. „Wir müssen gehen", sagte er, aber Garona schüttelte nur den Kopf. „Nach all dem dachte ich, ich hätte einen Ort gefunden, an dem es besser ist als bei den Orks. Aber jetzt weiß ich, dass ich all das vernichten werde."

Khadgar warf einen Blick auf die Treppe. Er wusste nicht, wie sich Lothars Männer gegen die Dämonen schlugen oder was am Boden des unterirdischen Turms auf ihn wartete. Er presste die Lippen zusammen und holte tief Luft.

Dann schlug er Garona hart ins Gesicht.

Seine Handfläche blutete, weil er einen Fangzahn gestreift hatte, aber Garona reagierte sofort. Ihre tränenden Augen weiteten sich, und die Wut legte sich wie eine Maske über ihr Gesicht.

„Du Narr!", brüllte sie und stieß Khadgar nach hinten. „Tu das nie wieder! Hörst du! Beim nächsten Mal werde ich dich umbringen!"

Khadgar lag auf dem Rücken, die Halb-Ork kauerte über ihm. Er hatte noch nicht einmal bemerkt, dass sie den Dolch gezogen hatte, aber ihre Klinge drückte jetzt gegen seinen Hals.

„Das kannst du nicht", sagte er mit einem schwachen Lächeln. „Ich hatte meine eigene Vision über die Zukunft. Ich glaube auch, dass sie wahr ist. Wenn das stimmt, kannst du mich nicht töten. Das Gleiche gilt auch für dich."

Garona blinzelte und lehnte sich zurück. Sie hatte sich wieder unter Kontrolle. „Wenn ich den König töte …"

„… heißt das, dass du lebendig hier heraus kommst", sagte Khadgar. „Und ich auch."

„Und wenn wir uns irren?", fragte Garona. „Wenn die Vision eine Lüge ist?"

Khadgar kam auf die Beine. „Dann stirbst du in dem Wissen, dass du nicht – niemals! – den König von Azeroth töten wirst."

Garona blieb einen Moment sitzen und wog die Möglichkeiten gegeneinander ab. Schließlich sagte sie: „Hilf mir hoch. Wir müssen weiter."

Sie stiegen weiter nach unten, durchliefen das Spiegelbild der Turmstockwerke. Schließlich erreichten sie die Etage, in der sich Medivhs Observatorium und sein Arbeitszimmer hätten befinden sollen. Stattdessen endeten die Stufen jedoch auf einer roten Ebene. Sie schien aus dunklen reflektierenden Stücken hervorzufließen und aus Feuer zu bestehen. Khadgar sprang instinktiv zurück, aber der Boden wirkte fest, und die Hitze war zwar stark, aber nicht mörderisch.

In der Mitte der gewaltigen Höhle standen einige eiserne Möbelstücke. Eine Werkbank und ein Hocker, ein paar Stühle und mehrere Schränke. Das Arrangement wirkte seltsam vertraut, dennoch brauchte Khadgar einen Moment, bis er begriff, dass der Raum eine exakte Kopie von Medivhs Arbeitszimmer war.

Zwischen den eisernen Möbelstücken stand der breitschultrige Magus. Khadgar suchte nach einem Zeichen des Bösen auf seinem Gesicht und in seiner Körperhaltung, nach etwas, das ihm verriet, dass er nicht dem Medivh gegenüberstand, den er kannte und dem er vertraute, dem alten Mann, der seine Arbeit stets gefördert hatte. Etwas musste ihm doch verraten, dass er einen Betrüger vor sich hatte!

Es gab nichts. Dies war der einzige Medivh, den er je gekannt hatte.

„Hallo, mein Vertrauen", sagte der Magus, und als er lächelte, umspielten Flammen seinen Bart. „Hallo, Abgesandte. Ich habe euch beide erwartet."

SECHZEHN

DIE VERNICHTUNG EINES MAGIERS

„Das war gut durchdacht, das muss ich wohl zugeben", sagte der Magus, der Medivh war und auch wieder nicht. „Eine blendende Idee, mich mit den Schatten meiner Vergangenheit abzulenken, um mich an eurer Verfolgung zu hindern. Natürlich habe ich meine eigene Kraft gesammelt, während du deine sammeltest."

Khadgar sah Garona an und nickte. Die Halb-Ork ging ein paar Schritte nach rechts. Sie würden den alten Mann in die Zange nehmen, wenn es sein musste.

„Meister, was ist mit Euch geschehen?", fragte Khadgar und trat einen Schritt vor. Er wollte die Aufmerksamkeit des Magus auf sich ziehen.

Der ältere Magier lachte: „Mit mir geschehen? Nichts ist mit mir geschehen. Ich bin so. Ich war von Geburt an befleckt, beschmutzt vom Moment meiner Zeugung, ein Samen, der zu einer bitteren Frucht wuchs. Du hast den wahren Medivh nie gekannt."

„Magus, was auch immer geschehen ist, kann sicherlich

wieder ungeschehen gemacht werden", sagte Khadgar und ging langsam auf ihn zu. Garona befand sich zu seiner Rechten. Ihr Dolch war verschwunden – ihre Hände schienen leer zu sein.

„Wieso sollte ich es ungeschehen machen?", fragte Medivh böse lächelnd. „Alles läuft so, wie es geplant war. Die Orks werden die Menschen vernichten, und ich werde sie durch zauberkundige Häuptlinge wie Gul'dan beherrschen. Ich werde diese verwachsenen Kreaturen zu dem Sarg führen, in dem Sargeras' Körper liegt. Die Zauber schützen ihn vor Menschen und Dämonen, aber nicht vor Orks. Mein Körper wird befreit werden. Und dann kann ich diese alte Gestalt und diesen schwachen Geist ablegen und die Welt verbrennen, so wie sie es verdient."

Khadgar bewegte sich, während er sprach, nach links. „Du bist Sargeras."

„Ja und nein", sagte der Magus. „Ich bin es, denn als Aegwynn meinen Körper tötete, versteckte ich mich in ihr und infizierte ihre Zellen mit meiner dunklen Essenz. Als sie sich schließlich mit einem menschlichen Magier paarte, war ich bereits dort. Ich bin Medivhs dunkler Zwilling und gehe gänzlich in seinem Körper auf."

„Das ist monströs", sagte Khadgar.

Medivh grinste. „Der Unterschied zu Aegwynns eigenem Plan ist nicht groß. Sie pflanzte die Macht von *Tirisfalen* in das Kind. Kein Wunder, dass so wenig Platz für den kleinen Medivh blieb, wo doch der Dämon und das Licht um seine Seele kämpften. Als die Macht in ihm erwachte, brachte ich ihn für eine Weile zur Ruhe, um meine Pläne umzusetzen."

Khadgar ging weiter nach links und versuchte nicht auf Garona zu achten, die sich an den alten Magier heranschlich. Stattdessen sagte er: „Gibt es noch etwas von dem wahren Medivh in dir?“

„Ein wenig“, sagte Medivh. „Genug, um mit euch niederen Wesen umzugehen. Genug, um Könige und Zauberer zu täuschen. Medivh ist eine Maske. Ich habe genug von ihm an der Oberfläche übrig gelassen, dass er von anderen gesehen wird. Wenn ich seltsam oder gar verrückt erscheine, schieben sie es meiner Position und meiner Verantwortung zu und der Macht, die ich von meiner geliebten Mutter erhielt.“

Medivh grinste wie ein Raubtier. „Zuerst wollte mich Magna Aegwynn zu ihrem Werkzeug machen, dann die Dämonen zu ihrem. Sogar der Orden sah in mir nicht mehr als eine Waffe, die man gegen Dämonen einsetzen kann. Es ist also nicht überraschend, dass ich nichts anderes bin als die Summe meiner Teile.“

Garona stand jetzt mit gezücktem Dolch hinter dem Magus. Lautlos bewegte sie sich über den Boden. In ihren Augen waren keine Tränen mehr zu sehen, nur eine eiserne Entschlossenheit. Khadgar starrte weiter Medivh an, um sie nicht mit einem unbedachten Blick zu verraten.

„Du musst verstehen“, sagte der verrückte Zauberer, „dass ich nur Teil einer großen Maschine bin, die bereits läuft, seit der Brunnen der Ewigkeit zerschmettert wurde. Der eigentliche Medivh und ich sind uns nur über eine Sache einig: Dieser Kreis muss durchbrochen werden.“

Garona war nur noch einen Schritt entfernt. Ihr Dolch war erhoben. Sie überwand die letzte Distanz.

„Entschuldige mich“, sagte Medivh und schlug mit der Faust zu. Mystische Energien tanzten über die Knöchel des älteren Mannes. Er traf die Halb-Ork mitten ins Gesicht. Der Schlag ließ sie zurücktaumeln.

Khadgar stieß einen Fluch aus und hob die Hände, um einen Spruch zu weben. Etwas, um den Magier aus dem Konzept zu bringen, ihn abzulenken. Etwas Einfaches und Schnelles.

Medivh jedoch war schneller. Er drehte sich um und hob eine klauenartige Hand. Sofort spürte Khadgar, wie die Luft sich wie ein Umhang um ihn legte, seine Arme und Beine fesselte und ihm jede Bewegung unmöglich machte. Er schrie, aber seine Stimme klang gedämpft und schien aus weiter Ferne zu kommen.

Medivh hob seine andere Hand, und Schmerz schoss durch Khadgars Körper. Seine Gelenke schienen von glühenden Nadeln durchstoßen zu werden, dann wurde der Schmerz zu einem dumpfen Pochen. Seine Brust wurde eng und sein Fleisch trocken; es schien über seine Knochen zu kriechen. Es fühlte sich an, als würde die Flüssigkeit aus seinem Körper gezogen, bis nichts mehr blieb außer einer verdorrten Hülle. Und mit der Flüssigkeit verschwand auch seine Magie. Sein Körper verlor die Fähigkeit, Zaubersprüche zu weben und die Energien zu sammeln. Er fühlte sich wie ein Gefäß, das unaufhaltsam seinen ganzen Inhalt verlor.

Der Angriff endete so schnell wie er begonnen hatte, und Khadgar sank haltlos zu Boden. Seine Brust schmerzte bei jedem Atemzug.

Garona hatte sich wieder erholt und stürmte mit erhobenem Dolch auf Medivh zu, um ihm die Klinge in die Brust zu rammen. Medivh wich ihr nicht aus, sondern trat auf die angreifende Halb-Ork zu, tauchte unter ihrem Stoß hindurch. Er hob eine Hand und berührte ihre Stirn. Sie erstarrte inmitten ihrer Bewegung.

Mystische Energien hingen als gelber Rauch zwischen ihm und der Halb-Ork. Ihr Körper zuckte hilflos, während der Magier ihre Stirn festhielt.

„Arme, arme Garona", sagte Medivh. „Ich dachte, wegen deiner komplizierten Herkunft würdest du besser verstehen, was ich durchmache. Ich hatte gehofft, du würdest erkennen, wie wichtig es ist, den eigenen Weg zu gehen. Aber du bist wie all die anderen."

Die Halb-Ork krächzte mit weit aufgerissenen Augen etwas Unverständliches.

„Lass mich dir meine Welt zeigen, Garona", sagte Medivh. „Ich werde dir meine Zweifel und Widersprüche schicken. Du wirst niemals wissen, wem du dienst – und warum. Du wirst niemals Frieden finden."

Garona versuchte zu schreien, aber der Schrei erstarb in ihrer Kehle, als ihr Gesicht in einem Licht, das aus Medivhs Handfläche kam, erstrahlte.

Medivh lachte und ließ die schluchzende Halb-Ork zu Boden sinken. Sie versuchte sich zu erheben, brach jedoch wieder zusammen. Ihr Blick flackerte, und ihr Atem ging stoßweise, wurde immer wieder von ihrem Schluchzen unterbrochen.

Khadgar bekam wieder Luft, aber er atmete schwer. Seine

Gelenke brannten, und seine Muskeln schmerzten. Er sah sein Spiegelbild in dem polierten Boden …

… und ein alter Mann blickte zurück. Schwere müde Augen, die von Falten und grauen Haaren umgeben waren. Sogar sein Bart war weiß.

Khadgars Hoffnungen schwanden. Man hatte ihm seine Jugend und seine Magie gestohlen. Er glaubte nicht, dass er diese Schlacht überleben würde.

„Das war interessant", sagte Medivh und wandte sich wieder an Khadgar. „Ein negativer Aspekt meiner Gefangenschaft in einem menschlichen Körper ist, dass der Mensch in mir nach draußen strebt. Er will Freunde haben. Menschen helfen. Es ist schwer, sie dann später zu vernichten. Ich hätte beinahe geweint, als ich Moroes und Köchin tötete, weißt du das? Deshalb musste ich hier herunter kommen. Aber es ist wie bei den meisten Dingen. Wenn man sich erst einmal daran gewöhnt hat, kann man auch Freunde so einfach töten wie jeden anderen."

Er stand einige Schritte von Khadgar entfernt. Seine Schultern waren gerade, seine Augen leuchteten. Er sah mehr nach Medivh aus als jemals zuvor. Er wirkte selbstsicher, lässig und geistig völlig klar.

„Und jetzt musst du sterben, mein Vertrauen", sagte der Magus. „Du hast wohl doch dem Falschen vertraut."

Medivh hob eine Hand und sammelte mächtige magische Energien.

Ein gebrüllter Ruf von rechts ließ ihn innehalten.

„Medivh!", schrie Lothar, Champion von Azeroth.

Medivh sah auf, und sein Gesicht wirkte einen Moment

lang freundlicher, obwohl die Kräfte immer noch in seiner Hand brannten. „Anduin Lothar?“, sagte er. „Alter Freund, warum bist du hier?“

„Hör auf damit, Med“, sagte Lothar, und Khadgar bemerkte den Schmerz in der Stimme des Champions. „Hör auf, bevor es zu spät ist. Ich will nicht gegen dich kämpfen.“

„Und ich will nicht gegen dich kämpfen, alter Freund“, sagte Medivh und hob die Hand. „Du hast keine Ahnung, wie es ist, die Dinge zu tun, die ich getan habe. Böse Dinge. Notwendige Dinge. Also leg deine Waffe nieder, Freund, und lass es uns beenden.“

Medivh öffnete seine Faust, und magische Partikel flogen auf den Champion zu, hüllten ihn in Sterne.

„Du willst mir helfen, nicht wahr, alter Freund?“, sagte Medivh, und das freudlose Lächeln kehrte zurück in sein Gesicht. „Du willst mein Diener sein. Hilf mir, dieses Kind loszuwerden. Dann können wir Freunde bleiben.“

Die Sterne rund um Lothar erloschen, und der Champion trat entschlossen einen Schritt vor, noch einen weiteren – dann griff er an. Der Champion hob seine runenverzierte Klinge hoch über den Kopf. Er lief auf Medivh zu, nicht auf Khadgar. Er stieß einen Fluch aus, der voller Mitleid und Trauer war.

Medivh war einen Augenblick lang überrascht. Er wich nach hinten aus, und Lothars erster Schlag traf nur die Luft, dort wo er eben noch gestanden hatte. Der Champion nutzte den Schwung und trieb den Magier mit einem weiteren Schritt zurück. Ein dritter Schlag traf beinahe.

Medivh erholte sich von seiner Überraschung, und der

nächste Schlag prallte gegen einen Schild aus blauer Energie, an dem die gelben Funken des Schwerts harmlos zerstoben. Lothar versuchte die Klinge nach oben zu führen, zu drehen und zuzustoßen, doch jeder Angriff wurde von dem Schild abgewehrt.

Medivh fauchte und hob seine klauenartige Hand. Mystische Energien tanzten in seiner Handfläche. Lothar schrie auf, als seine Kleidung plötzlich Feuer fing. Medivh lächelte zufrieden, winkte knapp und schleuderte Lothars brennenden Körper wie eine Puppe zur Seite.

„Wird. Immer. Einfacher", sagte Medivh durch zusammengebissene Zähne und drehte sich zu der Stelle, wo Khadgar gekniet hatte.

Doch der hatte sich bewegt. Medivh bemerkte den ehemals jungen Magier neben sich. Das Schwert, das Lothar ihm gegeben hatte, drückte gegen die Brust de Magus. Die Runen auf der Klinge leuchteten wie kleine Sonnen.

„Wage es nicht einmal zu blinzeln!", keuchte Khadgar.

Ein Schweißtropfen lief über Medivhs Wange.

„So soll es also enden", sagte der Magus. „Ich glaube nicht, dass du diese Waffe einsetzen willst oder kannst, mein Vertrauen."

„Ich denke", sagte Khadgar, und seine eigene Stimme schien zu ächzen, „dass der menschliche Teil von Medivh trotz deiner Pläne andere um sich haben wollte. Als Rettungsanker. Als Plan für den Tag, an dem du schließlich den Verstand verlieren würdest. Damit deine Freunde ein Ende machen können. Damit wir den Kreis durchbrechen, den du selbst nicht durchbrechen konntest."

Medivh seufzte leicht. Seine Stimme klang sanft. „Ich wollte nie jemandem ein Leid zufügen“, sagte er. „Ich wollte nur ein eigenes Leben haben.“

Er riss seine Hand plötzlich hoch, wollte Khadgars Geist mit seinen mystischen Energien ebenso versklaven, wie er es bei Garona vorgeführt hatte.

Doch das gelang ihm nicht. Beim ersten Zucken warf sich Khadgar nach vorne und stieß die Klinge des Runenschwerts zwischen Medivhs Rippen hindurch bis ins Herz.

Medivh wirkte überrascht, sogar schockiert, aber seine Lippen bewegten sich weiter. Er versuchte etwas zu sagen.

Khadgar durchbohrte ihn mit der Klinge, bis sie am Rücken die Robe des Magus aufschlitzte. Medivh brach in die Knie, und Khadgar sank mit ihm zu Boden, die Hände immer noch fest um das Schwert geschlossen. Der alte Magier stöhnte und rang um Worte.

„Danke“, sagte er schließlich. „Ich habe so lange gekämpft, wie es ging …“

Dann veränderte sich das Gesicht des Magiers. Sein Bart wurde endgültig zu Feuer, und Hörner wuchsen auf seiner Stirn. Durch Medivhs Tod kam Sargeras an die Oberfläche. Khadgar spürte, wie der Griff des Runenschwerts warm wurde, als die Feuer über Medivhs Fleisch tanzten und ihn in ein Ding aus Schatten und Flammen verwandelten.

Hinter dem knienden, sterbenden Magus sah Khadgar, wie Lothars Körper sich noch einmal aufrichtete. Der Champion stolperte vorwärts, sein Fleisch und seine Rüstung qualmten. Er hob sein Runenschwert und schlug zu.

Die Klinge leuchtete wie die Sonne, als sie den Hals des Magus traf und seinen Kopf mit einem einzigen Hieb vom Körper trennte.

Es war, als habe man eine Flasche entkorkt, denn alles in Medivh schoss durch seinen Hals nach draußen. Eine wirbelnde Masse aus Energie und Licht, Schatten und Feuer, Rauch und Wut sprudelte wie die Fontäne eines Springbrunnens nach oben und schlug gegen die Decke der Höhle, wo sie sich langsam auflöste. In ihrer Mitte glaubte Khadgar ein gehörntes Gesicht zu erkennen, das vor Zorn und Verzweiflung brüllte.

Und dann war es vorbei, und nichts blieb zurück, außer der Haut und der Kleidung des Magus. Alles, was sich in seinem Inneren befunden hatte, war vernichtet worden, und ohne seinen menschlichen Körper konnte sich dort nichts mehr halten.

Lothar benutzte seine Schwertspitze, um in den Lumpen und dem Fleisch zu stochern, das einst Medivh gewesen war, und sagte: „Wir müssen gehen."

Khadgar sah sich um. Garona war verschwunden. Das Fleisch war vom Kopf des Magus gebrannt worden, und nur ein rotweißer Schädel war übrig geblieben.

Der ehemalige Schüler schüttelte den Kopf. „Ich muss hier bleiben und mich um einige Dinge kümmern."

Lothar erwiderte: „Die größte Gefahr ist gebannt, aber eine andere existiert noch immer. Wir müssen die Orks zurücktreiben und das Portal schließen."

Khadgar dachte an die Vision des brennenden Stormwind und an Llanes Tod. Er dachte an die Vision seines älteren

Selbst im Kampf mit den Orks. Doch er sagte nur: „Ich muss die Überreste von Medivh begraben, und ich muss Garona finden. Sie kann nicht weit sein."

Lothar grunzte zustimmend und hinkte auf den Eingang zu. Dann drehte er sich um und sagte: „Wir konnten nichts daran ändern. Wir versuchten, es zu verhindern, aber es gehörte zu einem größeren Plan."

Khadgar nickte langsam. „Ich weiß. Alles ist Teil eines größeren Kreises. Eines Kreises, der jetzt vielleicht endlich durchbrochen wird."

Lothar ließ den ehemaligen Schüler unter der Zitadelle zurück, und Khadgar sammelte die sterblichen Überreste des Magus ein. Im Stall fand er eine Schaufel und eine Holzkiste. Er legte den Schädel, die Hautreste und die Fragmente des *Lieds von Aegwynn* in die Schachtel und vergrub sie im Hof. Später würde er vielleicht einen Grabstein errichten, aber im Augenblick war es besser, wenn niemand wusste, wo die Reste des Magiers lagen. Als er den Magus begraben hatte, hob er zwei weitere Gräber aus und bestattete Moroes und Köchin neben Medivh.

Dann seufzte er tief und blickte zum Turm. Die weißen Steine von Karazhan, Heimat des mächtigsten Magiers von Azeroth, des letzten Wächters vom Orden von Tirisfal, ragten hoch über ihm empor. Hinter ihm hellte sich der Himmel auf, und die ersten Strahlen der Sonne berührten die Spitze des Turms.

Etwas anderes erregte seine Aufmerksamkeit. Auf dem Balkon über dem Eingangstor bewegte sich etwas wie ein

Splitter aus einem Traum. Khadgar seufzte noch tiefer und nickte dem geisterhaften Besucher zu, der jede seiner Bewegungen beobachtete.

„Ich kann dich sehen", sagte er laut.

Epilog

EIN KREIS SCHLIESST SICH

Der Besucher aus der Zukunft blickte vom Balkon aus auf den nicht mehr jungen Mann aus der Vergangenheit.

„Seit wann kannst du mich sehen?“, fragte der Besucher.

„Ich habe dich seit meiner Ankunft fühlen können“, sagte Khadgar. „Schon an meinem ersten Tag. Wie lange bist du dort gewesen?“

„Fast den ganzen Abend“, sagte der Besucher in seinen zerrissenen roten Gewändern. „Hier oben sieht man schon die Morgendämmerung.“

„Hier unten auch“, sagte der ehemalige Schüler. „Vielleicht können wir uns deshalb unterhalten. Du bist eine Vision, aber anders als alle anderen, die ich geschaut habe. Wir können uns sehen und miteinander sprechen. Bist du Zukunft oder Vergangenheit?“

„Zukunft“, sagte der Besucher. „Weißt du denn, wer ich bin?“

„Du hast eine andere Form angenommen, als beim letzten Mal, als ich dich sah. Du bist jünger und ruhiger, aber ja, ich weiß, wer du bist“, sagte Khadgar. Er zeigte auf die drei frischen Erdhügel – zwei große und einen kleinen. „Ich dachte, ich hätte dich gerade begraben.“

„Das hast du“, sagte der Besucher. „Zumindest hast du viel von dem begraben, was schlecht in mir war.“

„Und jetzt bist du zurückgekehrt. Oder wirst zurückkehren“, sagte Khadgar. „Anders, aber doch gleich.“

Der Besucher nickte. „In mancherlei Hinsicht war ich beim ersten Mal nie wirklich hier.“

„Das tut mir Leid“, sagte Khadgar. „Und was bist du in der Zukunft? Magus? Wächter? Dämon?“

„Du kannst sicher sein, dass ich ein besseres Wesen bin als zuvor“, sagte der Besucher. „Dank deiner beherzten Tat bin ich vom Makel des Sargeras befreit. Jetzt kann ich mich direkt mit dem Herrn der Brennenden Legion auseinandersetzen. Danke. Es kann keinen Sieg ohne Opfer geben.“

„Opfer“, sagte Khadgar. Das Wort schmeckte bitter auf seiner Zunge. „Sag mir dies, Geist aus der Zukunft: Ist alles, was wir gesehen haben, wahr? Wird Stormwind wirklich fallen? Wird Garona König Llane töten? Muss ich in diesem alten Körper in einem gottverlassenen Land sterben?“

Das Wesen auf dem Balkon schwieg eine Weile, und Khadgar befürchtete bereits, es würde sich auflösen, als es doch noch sprach: „So lange es Wächter gibt, gibt es Ordnung. Und so lange es Ordnung gibt, müssen die Rollen gespielt werden. Entscheidungen, die vor Tausenden von Jahren gefällt wurden, haben deinen und meinen Weg bestimmt. Sie gehören zu einem großen Kreis, der uns alle festhält.“

Khadgar blickte in den Himmel. Die Sonne erhellte jetzt

die obere Hälfte des Turms. „Vielleicht sollte es dann keine Wächter geben, wenn das der Preis ist."

„Ich stimme zu", sagte der Besucher, und mit dem stärker werdenden Tageslicht begann er zu schwinden. „Aber im Moment, in deinem Moment müssen wir alle unsere Rollen spielen. Wir müssen alle den Preis zahlen. Und wenn wir die Möglichkeit erhalten, beginnen wir von vorne."

Und mit diesen Worten verschwand er. Ein plötzlicher magischer Wind zog seine Essenz zurück in die Zukunft.

Khadgar schüttelte den Kopf und betrachtete die drei frischen Gräber. Lothars überlebende Soldaten nahmen ihre Toten und Verwundeten und brachten sie zurück nach Stormwind. Es gab keine Spur von Garona. Khadgar wollte den Turm zwar abermals durchsuchen, aber er bezweifelte, dass sie sich noch im Inneren aufhielt. Er würde die Bücher mitnehmen, die er für wertvoll hielt, auch einige Vorräte, und den Rest würde er mit Schutzzaubern sichern. Dann würde er den Turm ebenfalls verlassen und Lothar in die Schlacht folgen.

Er nahm die Schaufel, kehrte in die verlassene Burg von Karazhan zurück und fragte sich, ob er sie jemals wiedersehen würde.

Als der Besucher sprach, kam eine schwache Brise auf, die nur die Blätter leicht bewegte, aber ausreichte, um die Vision zu verwischen. Der nicht mehr junge Mann löste sich auf wie Nebel, und der nicht mehr alte Mann sah zu, wie er ging.

Eine einzelne Träne lief über Medivhs Gesicht. So viele

Opfer, so viel Schmerz. All das, um den Plan der Wächter voranzutreiben – und dann noch mehr Schmerz, um diesen Plan zu vereiteln und die Welt aus ihren Fesseln zu befreien, um wahren Frieden zu erlangen.

Und jetzt stand selbst das auf dem Spiel. Jetzt wurden neue Opfer verlangt. Er musste die Macht aus diesem Ort ziehen, wenn er bei dem, was bevorstand, siegen wollte. Beim letzten Kampf gegen die Brennende Legion.

Die Sonne war höher gestiegen und hatte den Balkon fast erreicht. Er musste sich beeilen.

Er hob eine Hand, und Wolken begannen sich um die Turmspitze zu bilden. Sie drehten sich zuerst langsam, dann immer schneller, bis die Spitze des Turms von einem Wirbelsturm verdeckt wurde.

Jetzt griff er tief in sich hinein und befreite die Worte; Worte, die aus Bedauern und Ärger bestanden; Worte, die in ihm gefangen gewesen waren seit dem Tag, da er zum ersten Mal starb; Worte, nach denen sein gesamtes vergangenes Leben verlangte, das Gute wie das Böse. Er akzeptierte die Macht und mit ihr die Verantwortung für das, was passierte, als er das letzte Mal aus Fleisch und Blut gewesen war.

Der Wirbelsturm heulte rund um den Turm, der sich Medivhs Forderung widersetzte. Er forderte es erneut und dann ein drittes Mal, schrie es über den Sturm hinweg, den er selbst gerufen hatte. Langsam, fast schon zögerlich, gab der Turm seine Geheimnisse preis.

Die Macht brannte in den Steinen und im Mörtel und wurde vom Wind nach draußen auf Medivh zugetrieben. Die Visionen lösten sich von ihrem Fundament und strebten nach unten. Der Fall von Sargeras, mit seinen Hunderten schreiender Dämonen, stürzte auf ihn, ebenso wie der letzte Kampf gegen Aegwynn – und auch Khadgars eigene Schlacht unter der stumpfen roten Sonne. Medivhs Auftritt vor Gul'dan und die jugendlichen Kämpfe der drei jungen Adligen – und der Tag, an dem Moroes Köchins Lieblingsschale zerbrach. Und mit diesen Visionen kamen die Erinnerungen und mit den Erinnerungen die Verantwortung. Das musste verhindert werden. Das durfte nicht noch einmal geschehen. Dass musste verändert werden.

Und dann kamen auch die Bilder und die Macht aus dem Turm, der sich *unter* dem Turm verbarg. Der Fall von Stormwind flammte vor ihm auf und Llanes Tod und die Myriaden von Dämonen, die in der Nacht gerufen und gegen jene Mitglieder des Ordens ausgesandt wurden, die der Wahrheit zu nahe gekommen waren. All das stieg nach oben und wurde vom Körper des Magiers aufgesogen, der auf dem Balkon stand.

All die Splitter, all die Teile der Geschichte, ob bekannt oder verborgen, wirbelten vom Turm herab oder stiegen aus seinen Kerkern empor und flossen in den Mann, der einst der letzte Wächter von Tirisfal gewesen war. Der Schmerz war stark, aber Medivh verzog das Gesicht und akzeptierte ihn. Gleichmütig nahm er die Energie und die bittersüßen Erinnerungen, die damit kamen, in sich auf.

Das letzte Bild, das verging, befand sich direkt unter dem Balkon. Es war das Bild eines jungen Manns, neben dem ein Rucksack stand und der einen Brief mit dem roten Siegel der Kirin Tor in einer Hand hielt. Er trug Hoffnung im Herzen und hatte Schmetterlinge im Bauch. Der junge Mann löste sich langsam auf, als er auf den Eingang zuging. Die Magie, die seine Vision umgab, seine Splitter der Vergangenheit, stieg auf und verwehte, bis sie in den ehemaligen Magus überging. Als der letzte Rest von Khadgar in ihn floss, spürte Medivh eine Träne im Augenwinkel.

Medivh kreuzte die Hände vor der Brust und sortierte alles, was er erhalten hatte. Der Turm von Karazhan war nur noch ein Turm, eine Ansammlung von Steinen inmitten von Hügeln, die weit von allen Straßen entfernt lagen. Die Macht dieses Ortes ruhte jetzt in Medivh. Und die Verantwortung, dieses Mal etwas Besseres daraus zu machen.

„Und so beginnen wir von Neuem", sagte er.

Mit diesen Worten verwandelte er sich in einen Raben und flog davon.

Über den Autor

Jeff Grubb ist der Autor von *StarCraft: Liberty's Crusade*. Er ist außerdem Autor oder Co-Autor einiger Romane der *Forgotten Realms*-, *Dragonlance*- und *Magic: The Gathering*-Reihen. Seine Aufgabe ist es, Welten zu erschaffen, sein Hobby, sie anderen Menschen zugänglich zu machen. Er lebt mit seiner Frau und Mitautorin Kate Novak und zwei Katzen in Seattle.